Tim Krohn

Die heilige Henni der Hinterhöfe

Roman

Kampa

Für den Blick hinter die Verlagskulissen:
www.kampaverlag.ch/newsletter

Der Autor dankt dem Deutschen Literaturfonds
für die Unterstützung seiner Arbeit an diesem Buch.

Lektorat: Ulrike Ostermeyer, Berlin
Originalausgabe

www.kampaverlag.ch
Covergestaltung: Kamil Kuzin und Hannah Kolling,
Büro für Gestaltung, Hamburg
Covermotiv: Lonny, 1931
Satz: Herr K | Jan Kermes, Leipzig
Gesetzt aus der Stempel Garamond LT
Druck und Bindung: Friedrich Pustet, Regensburg
Auch als E-Book erhältlich
ISBN 978 3 311 10026 3

Heldentum

Nachdem Henni Binneweis sich vier Wochen lang fast lüstern mit dem blutigen Attentat auf Herzogin Sophie und ihren Gatten befasst, Zeitungsausschnitte gesammelt, Fakten und Namen auswendig gelernt und an der Ungerechtigkeit der Welt gelitten hatte, war sie begeistert, als Kaiser Wilhelm den Serben den Krieg erklärte. Nichts konnte gerechter sein als das. Dass Männer Männer umbrachten, war ja normal. Dass dagegen ein Mann eine Frau erschoss, dazu noch eine Herzogin und Mama und eine, die brav im Auto gesessen hatte und keinem etwas antun wollte … Was mussten diese Serben für Barbaren sein! Jeden Abend lag Henni noch ein Weilchen wach und malte sich aus, wie sie sich zwischen das Automobil und den Schützen werfen würde, um mit der eigenen, schmalen Brust die Kugel abzufangen, und dabei fühlte sie eine innige Verzweiflung darüber, dass sie die arme, hilflose Sophie Maria Josephine Albina Gräfin Chotek von Chotkowa und Wognin, Fürstin und Herzogin von Hohenberg, an jenem 28. Juni in Sarajevo nicht vor diesem Gavrilo Princip hatte retten können, sondern zum Schulausflug auf dem Wannsee gewesen war. Der Name Henriette Binneweis wäre zweifellos in die Geschichtsbücher eingegangen, man hätte sie zum

Ritter geschlagen oder heiliggesprochen. Es war zu ärgerlich, und manchmal weinte sie deswegen sogar ein paar richtig echte Tränen.

Damit sie flossen, half es, wenn sie daran dachte, was die drei verwaisten Herzogskinder wohl in dem Moment durchmachten, die zwölfjährige Sophie, der kleine Ernst und Max, der Mittlere, der wie Henni elf war. Sicher lagen sie jetzt auch schlaflos irgendwo in diesem fernen Böhmen und heulten Sturzbäche. Der Erzherzog hatte ja, ehe ihn die Kugel traf, seine schon getroffene Frau noch extra angefleht: »Sopherl, Sopherl, stirb net, bleib am Leben für unsere Kinder!« So hatte es in *Frau und Welt* gestanden. Und was hatte es geholfen? Da lagen sie nun ohne Mutter, ohne Vater, in einem finsteren, leeren Schloss in Böhmen, und ihre Zukunft war wüst und leer. Wo Böhmen lag, hatte Henni mehrmals nachgeschlagen und immer gleich wieder vergessen, aber sie stellte sich eine weite karge Landschaft vor, in der es tagein, tagaus dämmerte, und wer dort aufwuchs, war zart und bescheiden und hatte – sogar die Adeligen – ganz abgearbeitete Hände.

Bestimmt würden Sophie, Max und der kleine Ernst, schutzlos, wie sie waren, dort sehr bald auch ermordet.

Das malte sich Henni ganz besonders gern aus, wobei sie sie abwechselnd vergiften oder erdrosseln ließ. Leider blieben ihre Fantasien dabei etwas blass, weil sie so vieles nicht wissen konnte. Schliefen Adelskinder zum Beispiel auch auf piksenden Rosshaarmatratzen? Und schliefen sie in Wäsche oder nackig? Aus diesem Grund ging sie schließlich dazu über, sich selbst und Kuddl meucheln zu lassen, am liebsten von ganzen Horden böser Buben, deren Augen unter schwarzen Kapuzen hervorfunkelten und die sie mit haarigen, sehnigen Händen am Schopf die Treppe runterzerrten, wo sie gefesselt, bespuckt und auf Karren verladen wurden. Das brachte Hennis Blut so richtig in Wallung, und sie wand sich und stöhnte nach Herzenslust, bis Kuddl einen Schuh nach ihr warf, weil er nicht schlafen konnte.

Kurz vorm Einschlafen dachte sie dann wieder an die Kaiser. Erst an den bösen, an Kaiser Franz Josef von Österreich, der sich erfrecht hatte, Herzogin Sophie ein Staatsbegräbnis zu verweigern, bloß weil ihm ihr böhmischer Adel zu unfein gewesen war, dabei war sie für sein Österreich gestorben. Dann, als Krönung sozusagen, nochmals daran, wie nun ihr deutscher Kaiser den Serben die Lektion erteilte und nicht eine Sekunde danach gefragt hatte, ob die Sophie böhmisch, österreichisch oder deutsch gewesen war. Eine Frau gehört nicht so erschossen, Punktum. Ja, an ihrem Kaiser sollte Franz Josef sich mal ein Beispiel nehmen in Sachen Größe und Güte! Bisher war Henni so deutsch gewesen, wie man etwa brünett ist oder Senkfüße hat oder angewachsene Ohrläppchen. Aber seit Kaiser Wilhelm den Krieg erklärt hatte, war sie richtiggehend stolz darauf.

Aufwärts

Und sie zweifelte auch nicht daran, dass jetzt ihr eigenes kleines, popeliges Leben eine Wende nahm. Denn das war ihr geweissagt worden. An ihrem vierten Geburtstag, dem 29. November 1906, hatte sie sich in den Kopf gesetzt, mit ihrem Papa, dem Postbeamten Arthur Binneweis, auf den Spielplatz zu gehen. Nicht den normalen am Wörtherplatz, sondern raus auf die Hasenheide, zum sogenannten »großen« Platz, zu dem ein Wunderkreis gehörte, ein Rundlauf, eine Schlängelbahn, Turngeräte und vor allem ein haushohes Klettergerüst aus Stangen und Seilen. Das nämlich wollte Henni besteigen, und da war es ihr piepegal, dass über Nacht an den Fenstern Eisblumen gewachsen waren und es nasse, schwere Flocken schneite.

Während also Mama Honigkuchen buk und Kuddl in der Schule saß, fuhr Arthur Binneweis, der extra freigenommen hatte, mit Henni in der Elektrischen nach Neukölln und ritt sie huckepack zur Hasenheide. Das Wasser rann ihm von der Hutkrempe und Henni unters Mäntelchen, und auf dem Spielplatz standen dicke Pfützen. Doch der Kletterturm war dort, wo er hingehörte, und anderes zählte nicht.

Die nassen Taue machten klamme Finger, und das Holz war glitschig, aber Henni zögerte nur kurz. Als Papa fragte: »Wollen wir die Kletterei nicht bis zum Frühjahr schieben und dafür im Josty heiße Schokolade trinken?«, kletterte sie schon vom ersten Balken und zog sich Sprosse um Sprosse hoch. Anfangs stützte er sie noch, dann stieg sie einfach weiter, immer weiter, und im Nu war sie oben.

»Ich bin oben!«, rief sie. »Siehst du mich?«

Arthur Binneweis applaudierte und rief: »Und nun

steig mal wieder ab, bevor mein Hut sich auflöst, dann trinken wir zur Feier im Josty Schokolade.«

»Ich weiß aber nicht, wie runter.«

»Na, einfach runter«, rief Papa wenig hilfreich, »so, wie du hochgekommen bist.«

»Geht nicht, du musst mich holen.«

»Schritt für Schritt, es ist ganz einfach.« Arthur Binneweis sah seine Tochter im Schneegestöber nur noch wie schraffiert.

Sie tapste mit einem Fuß im Leeren, dann rief sie wieder: »Geht nicht, komm mich holen.«

»Also gut, ich hole dich!« Er hängte Hut und Mantel an ein Pauschenpferd und stieg aufs Gerüst. Aber kaum war er ein paar Meter hoch, rutschte er in seinen Halbschuhen ab, fiel halb, sprang halb vom Gerüst und stauchte sich den Knöchel.

Henni hörte ihn wohl schreien, sie fragte aber nur: »Holst du mich jetzt? Ich fühle meine Fingerchen gar nicht mehr.«

Arthur Binneweis versuchte sie nochmals zum Klettern zu bewegen. Er sah sie jetzt auch besser, weil es nicht mehr schneite, sondern regnete, und wollte ihr beschreiben, wo die Sprossen waren.

Doch Henni schrie nur immer: »Komm mich holen, komm mich holen!«

»Ich hole Hilfe«, erklärte er schließlich und humpelte zum nächsten Haus. Dort öffnete ihm ein Mädchen, das etwas älter war als Henni, vielleicht sieben.

»Den Kletterturm kenne ich gut«, sagte sie und versprach, Henni herunterzuhelfen.

»Das ist Elfriede«, rief Arthur Binneweis, als sie wieder auf dem Spielplatz waren, »sie hilft dir runter.«

Elfriede kletterte hoch und machte direkt unter Henni halt. »Ich nehme jetzt deinen Fuß und setze ihn auf die untere Sprosse. Dann stehst du drauf, und ich nehme den anderen Fuß.«

Henni klammerte sich aber nur am Gerüst fest, und als Elfriede ihren Fuß vom Seil ziehen wollte, trat sie zu.

Elfriede heulte gleich los. »Sie hat mich ins Gesicht getreten, der helfe ich bestimmt nicht runter.«

Vergeblich versprach Arthur Binneweis ihr einen Groschen. Elfriede blutete aus der Nase, daher bekam sie den Groschen dann auch so und einen zweiten dafür, dass sie Arthur Binneweis zur Feuerwehr brachte.

»Henni, hältst du durch?«, fragte er davor. »Ich hole die Feuerwehr.«

»Ich will bei Josty dafür aber Wiener Schokolade mit viel, viel Sahne«, erklärte Henni.

Arthur Binneweis humpelte los, schrie und ächzte bei jedem Schritt und war bald schweißgebadet.

Danach ging alles ganz schnell: Zwei Mann rückten mit dem Leiterwagen aus, und bis Arthur Binneweis sich zurück zur Hasenheide gekämpft hatte, war der eine schon bei Henni, hob sie vom Gerüst, setzte ihr seinen Helm auf und trug sie runter.

Während Arthur Binneweis sich ans Pauschenpferd klammerte und nach Luft rang, machte Henni es sich auf dem Arm des Feuerwehrmanns gemütlich.

»Entschuldige dich bei den Herren für die Mühe, Henni«, sagte Arthur Binneweis.

Doch ehe Henni etwas sagen konnte, lachte der eine Feuerwehrmann. »I wo, Ihr Frollein Tochter is nu mal eene, die will hoch hinaus, find ick prima. Fußvolk ham wir ja mehr als jenuch in Preußen. Ihre Henni dagegen, dit sarick Ihn, is zu Höherem jeborn, aus der wird wat. Da wernse noch staunen.«

Und danach setzte er Henni sogar auf den Leiterwagen und kutschierte sie zur Straßenbahn, Arthur Binneweis humpelte hinterher. Zum Café Josty schaffte er es nicht mehr. Als sie nach Hause kamen, war sein Knöchel geschwollen wie eine Melone, Fieber hatte er auch, und statt heißer Schokolade gab es nun Essigwickel oben und unten.

Dafür hatte er eine Geschichte, die er von da weg an jedem Geburtstag erzählte. Henni sagte meist nicht viel, sie erinnerte sich auch bald nur noch daran, wie sie der Feuerwehrmann vom Gerüst gehoben und gesagt hatte: »Die Henni is zu Höherem jeborn.«

Und wenn in ihrer Mietskaserne am Prenzlberg wieder Katzenjammer herrschte, weil es mit Deutschland einfach nicht aufwärtsgehen wollte, und erst Krieg mit den Hottentotten war und dann oder darum oder trotzdem Hunger herrschte, in Moabit Kohlearbeiter und Kutscher erschossen wurden, weil sie nicht mehr hungern wollten, die deutsche Fußballelf gegen England nur unentschieden spielte und dann auch noch die Titanic unterging, die doch laut Papa nicht nur das größte Schiff der Welt gewesen war, sondern vor allem ein Beweis für den Sieg des modernen Menschen und darum als Sonderdruck des *Berliner Anzeigers* über der

Essbank gehangen hatte, und Mama heulte: »Was soll in soner Welt nur aus den Kindern werden?«, dann wusste Henni immer genau, dass aus ihr schon etwas werden würde, wenn auch noch nicht abzusehen war, was.

Alles piefig

Arthur Binneweis konnte sich für seine Tochter nichts Besseres denken, als dass sie Fräulein vom Amt oder Stenotypistin würde. Hennis Mama Ruth Binneweis versuchte sie dagegen für die Häuslichkeit zu begeistern: für fachgerechtes Scheuern der Fußböden (Fettlauge und Bürsten nach Strich für die Bohlen, Milchwasser und Leinen für den Linoleumteppich, dazu täglich Bohnern mit einem Ärmel von Papas alter Jägerjoppe, die ihm lange vor Hennis Geburt ein aufgebrachter Terrier zerrissen hatte, als er auf Pirsch mit seiner schlagenden Verbindung gewesen war, sowie Salmiak und kaltes Wasser für den gelackten Flur), fürs Wäschewaschen mit Kleie, Borax und Essig, und zwar mit Hebelwaschmaschine und Dampfwaschhafen, fürs Entfernen von Flecken in der Wäsche mit Sauerkleesalz und Schwefeldampf, Panamarinde, Terpentin, Magnesia, Löschpapier und Soda, fürs Stärken, Walken, Flicken, Bügeln, fürs Heizen, Kochen, Einmachen und Backen mit Klingenberger Turff, englischer Anthrazit- oder belgischer Würfelkohle, Buche, Kiefer oder Petrol, fürs Lampen-, Herd- und Öfenputzen, fürs Bettenmachen und Teppichklopfen, Sticken, Stricken, Nähen, Häkeln,

Knüpfen, Flechten, für ordentlich Ordnung im Wäscheschrank, für Einkauf und Buchführung mit Einschreiben und Abschluss, Menüplanung und Lagerung.

Doch Henni begeisterte sich nur für die Wartung des Erste-Hilfe-Schränkchens, weil sich dabei manch wunderbar Schauriges denken ließ, und fürs Pumpen an der Waschmaschine. Dabei malte sie sich aus, sie fahre auf der Eisenbahn-Draisine noch weit hinter die Hasenheide, und zwar ins wilde Kurdistan, von dem Kuddl ihr erzählt hatte (er las, seit er die Daimon-Taschenlampe hatte, jede Nacht bis in die Puppen unter der Bettdecke Karl May) und wo sie sicherlich Größeres werden konnte als neben ihrer Mama. Die war eine stille, duldsame Frau, verrichtete, seit Henni denken konnte, Tag für Tag im selben schwarzen Wollkleid mit Krinoline und Haarteil die Hausarbeit, und fragte Michel Pavellek oder Frau Professor Hein nach ihrem werten Befinden, sagte sie immer nur: »Och, das Jesulein am Kreuze hat doller gelitten, denk ick ma.«

Das sagte sie auch, wenn Henni sich wieder mal das Knie aufschlug: »Nu, nu, nu«, sagte sie, »das Jesulein am Kreuze …« Und selbst, als Kuddl im Hof von der Leiter fiel, weil er um eine Murmel gewettet hatte, dass er es schaffte, auf einer freistehenden Leiter bis ganz nach oben zu steigen, und einen offenen Bruch am Arm davontrug, der Knochen kiekste aus dem Fleisch, und Kuddl brüllte wie am Spieß, da meinte sie nur: »Weißt du, Kurt, das Jesulein am Kreuze …«. Dabei machte der Anblick sie ganz käsig im Gesicht, und dann übergab sie sich.

Als das passierte, war Henni acht und heulte danach den ganzen Abend, und Arthur Binneweis saß noch lange bei ihr am Bett, versuchte sie zu trösten und rief: »Das Kind hat einfach zu viel Gemüt!« Dabei heulte Henni, weil sie gemein fand, dass Kuddl den Arm gebrochen hatte und nicht sie und dass er in die Charité gefahren worden war und jetzt einen großartigen Gips hatte, und zum Abendbrot hatte Mama Binneweis sein Lieblingsessen gekocht, ausgerechnet, Eisbein mit Kartoffelsalat, das sie sonst nie kochte, weil Henni Eisbein nicht ausstehen konnte, und ganz allgemein war Kuddls Unfall das Größte, was den Binneweisens je passiert war. Und dabei war doch sie diejenige, die hoch hinauswollte, und nicht Kuddl, das war einfach nicht gerecht.

Eine zweite Ahnung von Größe erlebte Henni im Jahr darauf, als Mamsell Szàbo, eine Ungarin, die eigentlich als Zugängerin in Pankow arbeitete, an Schwindsucht darniederlag. Mama Binneweis brachte ihr manchmal doppelte Kraftbrühe, und Henni ging gern mit, weil der Anblick, wie die Mamsell so wächsern und fast schon tot in ihrer schmutzigen Spitzenbettwäsche in der engen Besenkammer lag und röchelte, großartig feierlich war, und wenn sie was sagte, roch es nach Gruft, und einmal kam plötzlich ein Schwall Blut aus ihrem Mund. Aber auch Mamsell Szàbo kam dann zum Sterben in die Charité, und das ganz plötzlich. Als Henni von der Schule kam, war schon alles geschehen, und Justus Karnerich, das Faktotum in der Mietskaserne, räucherte gerade die Besenkammer aus. Die stand danach eine Weile leer, und manchmal versteckte Henni sich darin und spielte schwindsüchtig, denn darin steckte wenigstens eine Ahnung von Größe. Aber richtig wahre Größe war es noch nicht.

Mobilmachung

Die kam erst, als Kaiser Wilhelm den Serben den Krieg erklärte. Am nächsten Tag schon wurde mobilgemacht, und halb Berlin rannte zum Schloss, um ihm zuzujubeln, und der Kaiser hielt vom Balkon herab eine Rede. Binneweisens kamen zu spät, aber Justus Karnerich erzählte ihnen, dass der Kaiser von seiner verkrüppelten Linken einen Tennisschläger hatte baumeln lassen, ganz so, als wollte er die Serben damit persönlich verkloppen, das fand Henni wieder herrlich. Und alle sangen »Die Wacht am Rhein« und schrien: »Schlagt die Serben!« Als Binneweisens nach Hause kamen, begegneten sie der Professorengattin Hein, die mit ihrem Mann in der Beletage im Vorderhaus wohnte und der Henni öfters für einen Groschen den Dackel Gassi führte, und die fand: »Nun sollen unsere Männer dieses Pack mal tüchtig Mores lehren«, obwohl ihr Mann niemanden mehr Mores lehrte, denn der war bestimmt schon über sechzig und damit raus aus dem Alter, in dem man durch Schützengräben robbt.

Sonst wurde aber auch in ihrer Mietskaserne auf Teufel komm raus mobilisiert. Die Salomons aus dem ersten Hinterhaus schickten gleich drei Söhne los, der mittlere, Adolf, wurde davor noch schnell kriegsgetraut, das ging, weil Krieg war, ohne Aufgebot und alles. »Passiert mir was, kriegt mein Schnorrchen immerhin Rente«, hatte er erklärt. So was wurde zwar nicht gern gehört, da doch alle wussten, in zwei Wochen war der Krieg vorbei, aber getraut wurde er doch (und Schnorrchen bekam später auch die Rente). Bestimmt fünfzig Männer marschierten ein, die meisten freiwillig, sodass schließlich fast alle Familien ihren Soldaten hatten. Nicht jeden nahmen sie mit Kusshand, der Frisör Michel Pavellek mit seinem verkürzten Bein wurde in Berlin abgewiesen und musste vier Garnisonen im Umland abklappern, bis eine ihn nahm. Fuhrmann Meisel dagegen durfte sogar seine Pferde mitnehmen und bekam dafür noch tausend Mark. Nur eben Professor Hein war zu alt für den Krieg, und leider rückte auch Hennis Vater nicht ein. Er bekleide auf der Post eine kriegswichtige Position, sagte er, als sie vom Kaiser zurück waren und noch ein spätes Abendbrot verdrückten, und das mochte schon stimmen, aber peinlich war es Henni und Kuddl doch. Auch Mama benahm sich nicht schön, sie hatte gleich Zucker, Reis, Schmalz, Mehl, Grieß und Graupen für ein ganzes Jahr gehamstert und hätte noch mehr eingekauft, hätte Kaufmann Wisniewski ihr nicht für den Rest der Woche Ladenverbot erteilt, dazu schimpfte er sie ein »pessimistisches Element« und hatte recht damit. Kuddl jedenfalls wäre sofort an die Front, mit seinen knapp dreizehn Jahren durfte er natürlich noch nicht. Für die nationale Sache konnte er vorerst nichts weiter tun, als am nächsten Morgen früh um halb sechs dem Schuster Klapp den Pappkoffer an den Bahnhof zu tragen.

Dort erfuhr er auch, dass alle zivilen Reisen gestrichen waren. Sonst fuhren die Binneweisens im August immer nach Plön, wo Hennis Halbschwestern lebten, die Zwillinge Emma und Ella. Zu fünft oder sechst, je nachdem, ob Mama mitkam, quetschten sie sich in ein Fischerhäuschen an einem der Plöner Seen, das Onkel Albrecht gehörte, und Henni schlief wahlweise unterm Waschtrog oder draußen auf der Veranda, wo es von Mücken wimmelte. So war sie dem Kaiser für den Krieg gleich doppelt dankbar. Und Kuddl hatte noch was zu erzählen: Sonderbarerweise fuhren nämlich die Soldatenzüge gar nicht ostwärts nach Serbien, sondern erst hörte er, die Front sei in Russland, dann hieß es Frankreich. Tatsächlich eroberten die deutschen Soldaten an dem Tag aber Luxemburg und Belgien, was wiederum gar nicht weit von Plön lag, da hätten sie glatt mitfahren können. Was Luxemburg mit den Serben und Herzogin Sophie zu tun hatte, hatte Kuddl niemand erklärt, und auch Henni fand den lieben langen Tag keinen, der es ihr erklären konnte, nicht mal Papa wusste Bescheid. Aber sie beschloss dann für sich, dass der Kaiser schon das Richtige tat und einfach besonders raffiniert war.

Spione

Kuddl war lange am Bahnhof geblieben, denn dort gab es viel zu sehen. Der Bahnhof war gerammelt voll mit Wehrpflichtigen, dazu kamen allerhand Truppen auf

Durchreise, die in Baracken verpflegt wurden, ehe sie weiterfuhren, und Tausende Schaulustige, die »Hurra« und »Deutschland« brüllten. Die Züge waren bemalt und beschrieben wie für einen Kinderumzug, und die Soldaten in den Fenstern winkten und machten flotte Sprüche. Landsturmleute und Bahnbeamte mit Gewehr bewachten die Bahnsteige, damit kein Spion eine Bombe legte oder eine Achse ansägte. Sah jemand zu fremdländisch aus, wurde er von den Leuten verprügelt und vom Landsturm hopsgenommen, denn man durfte kein Risiko eingehen.

Das brachte Kuddl auf die Idee, sie könnten auch in der Mietskaserne auf Jagd nach Spionen gehen, bei ihnen wohnte ja eine ganze Reihe Ausländer. Die meisten waren in den Tagen davor aufs Amt zitiert worden, damit sie entweder dem Deutschen Reich die Treue schworen oder interniert oder abgeschoben wurden. Aber Kuddl meinte, er würde wetten, dass der eine oder andere sich noch in der Wohnung verkrochen hielt, und das wäre dann der Beweis dafür, dass der ein Spion sei und nur darauf warte, zuzuschlagen.

Er machte Henni den Vorschlag, dass sie sich auf die Lauer legten, zum Beispiel unter der Treppe bei den Briefkästen, bis sie einen entdeckten, der vorbeischlich, ihn dann fesselten und im Handwagen auf die Wache führten. Doch als er auf die Idee kam, war es schon fast Mittag, und zu Hause warteten Latkes mit Apfelmus und saurer Sahne, was eine von Hennis Leibspeisen war. Außerdem reichte allein die Tatsache, dass einer zu Hause war, der Polizei kaum als Beweis, dass er auch

Bomben legte. Und so entschied Henni, einfach zu klingeln und die Ausländer ins Gesicht zu fragen, wie sie es mit den Serben hielten und ob sie planten, den Krieg zu sabotieren.

Kuddl fand das doof. »Warum sollten sie dir überhaupt aufmachen, wenn sie sich doch verstecken«, sagte er.

Doch Henni fand: »Lass mich nur machen«, und zog gleich von Stock zu Stock und Hof zu Hof, um bei allen zu klingeln oder klopfen, die einen komischen Namen hatten oder sonst wie verdächtig waren.

Sie kannten sie ja alle. »Herr Spolianski«, rief sie durch die Türen, »Herr Sullivan, Frau Chevalier, können Sie mich verstecken?«

Die meisten machten wirklich nicht mehr auf. Erst im vierten Hinterhaus, zwei Treppen links, kam Herr Fjodorov ihnen sogar nachgelaufen, als sie weiterzogen. »Entschuldige, Kindchen«, sagte er und hielt noch einen Topf in der Hand, in dem er rührte, »ich koche meinen Katzen gerade das Essen und wollte nicht mehr Gas verbrauchen als nötig. Komm nur rein, vor wem musst du Ärmste dich denn verstecken? Kurt, willst du ihr etwa böse?«

Herr Fjodorov war wohl pensioniert, jedenfalls war nicht ersichtlich, wovon er lebte. Seine Wohnung teilte er mit mindestens zehn Katzen, und so roch er auch. Dafür holte er Henni manchmal, wenn eine der Katzen geworfen hatte, und sie durfte die Jungen streicheln, bevor Herr Fjodorov sie seufzend in einen ausgedienten Futtersack von Fuhrmann Meisel steckte und in der

Spree versenkte, weil der Hausverwalter ihm eigentlich schon die zehn anderen Katzen nicht erlaubte.

»Kuddl doch nicht«, sagte Henni, »nein, wir sind Spione, Herr Fjodorov, und wenn man uns findet, werden wir verkloppt. Sind Sie auch Spion? Also wir jagen ja heute Nacht einen Zug in die Luft, und Sie?«

Herr Fjodorov brauchte einen Augenblick, bevor er begriff, wovon sie redete, dann lachte er aber und sagte vergnügt: »Wofür habe ich wohl all die Katzen, na, Kindchen? Morgen binde ich jeder eine Bombe um den Bauch, und dann lasse ich sie in der Hauptpost laufen.« Vor ihnen her ging er in seine Wohnung zurück. »Dann kommt mal rein.«

Doch Henni schüttelte den Kopf. »Etwas in der Art hatte ich eben befürchtet, Herr Fjodorov«, sagte sie traurig, nahm Kuddl an der Hand und rannte mit ihm auf die Straße, um Herrn Fjodorov zu melden. Zwei Schupos holten ihn dann auch gleich ab.

Henni hatte sich das Enttarnen von Spionen allerdings heroischer vorgestellt, irgendwie blieb ein fieser Nachgeschmack, und so hatte sie beim Mittagessen gar keinen richtigen Appetit.

»Wer kümmert sich jetzt um die Katzen?«, fragte sie nach einer Weile und überlegte, ihre Latkes zu sparen und ihnen zum Abendbrot zu bringen.

»Vergiss die Katzen«, sagte Kuddl und mopste ihr die Latkes vom Teller, »denk lieber an die Wohnung, die frei wird. Mensch, drei Zimmer, da kann eine ganze deutsche Familie drin wohnen.«

Der Heeresbericht

Leere Wohnungen gab es in den nächsten Jahren allerdings noch viele. Von den drei Salomon-Söhnen zum Beispiel kehrte kein einziger wieder: Einer blieb in Galizien, einer in Sibirien, einer habe, hieß es, aus dem Krieg weglaufen wollen und sei an der holländischen Grenze erwischt worden, der wurde gehenkt. Bald danach zogen auch die übrigen Salomons fort, die Eltern und zwei Mädels, mit denen Henni nie gern gespielt hatte, weil sie nach Salmiak rochen.

Es gab noch mehr Verluste, und Henni war immer froh, wenn die Hinterbliebenen wegzogen, denn ihre langen Gesichter konnten einem den Krieg verderben. Der war nämlich im Großen und Ganzen sehr lustig, alles geriet drunter und drüber, überall wurde improvisiert, und das führte dazu, dass den Kindern viel mehr erlaubt war. Zum Beispiel waren die meisten Lehrer an der Front, zur Aushilfe kamen ein paar pensionierte zurück, außerdem wurden Frauen angelernt, die mit den Mädchen vor allem strickten. Am Morgen wurde Abgetragenes aufgedröselt, am Nachmittag wurde gestrickt. Das war langweilig, zugegeben, umso langweiliger, als auch Hennis Mama strickte. Sie schloss sich sogar einer Strickgruppe vom Roten Kreuz an, und natürlich wollte sie, dass Henni sich nach der Schule gleich zu ihr setzte. Dafür wurden dann in der Schule Frontpäckchen gepackt. In der ersten Lieferung, schön verziert, schickten sie hundertfünfzig Paar Pulswärmer, achtzig Paar Socken, zwölf Leibbinden und zwölf Paar Kniewärmer in den Krieg.

Das Abgetragene sammelten sie in der Nachbarschaft, und nicht alles wurde aufgedröselt, vieles ging direkt an die Armen und Kriegsinvaliden, Hosen, Westen, Joppen und Überzieher. Die durften sie einmal selber zur Verteilstelle bringen, und so konnten sie zusehen, wie die Krüppel sich eindeckten. Sie sammelten noch viel mehr: Gummi, Papier, Laub, Kirschkerne, Brennnesseln, Weißdorn, Kastanien, sogar Knochen, aus denen wurde Seife gekocht, leider auswärts, nicht in der Schule. Später wurden auch Zettel verteilt, in denen die Leute aufgefordert wurden, Kriegsanleihen zu zeichnen, damit der Kaiser neue Kanonen und Flugzeuge kaufen konnte, weil die alten nicht reichten, so viel Krieg wurde geführt.

Über das Gesammelte wurde Buch geführt, und manchmal erkor die Schule eine Sammelsiegerin, die gewann dann eine Murmel, die Oberschulleiter Menke gestiftet hatte – und nicht irgendeine Murmel, sondern eine, die er noch vor dem Krieg gekauft hatte und die ganz tief in Flaschengrün oder Kobaltblau oder einem unbeschreiblichen Lila leuchtete und gleichzeitig fast durchsichtig war. Muranomurmeln hieß die Sorte. Henni gewann nie eine, aber das war ihr nicht wichtig, schließlich brachte Kuddl immer mal wieder eine nach Hause.

Während nämlich die Mädels dröselten und strickten, durften die Knaben den Heeresbericht studieren, der täglich am Polizeirevier angeschlagen war. Das heißt, jeden Morgen, nachdem die ganze Schule sich im Hof getroffen und entweder gesungen hatte: »Der König rief: Mein Volk, wach auf« oder »Die deutsche Flagge, sie soll wehn« (mit der Zeile »Tot lieber, als kein Deutscher sein«, die Henni so liebte, dass sie sie regelrecht brüllte), durften zwei Jungen los und den Heeresbericht abschreiben, kamen atemlos zurück ins Klassenzimmer gerannt, weil natürlich die Ehre verlangte, dass sie blitzschnell zurück waren, und dann wurde bei Lehrer Wuppke analysiert und diskutiert, was es bedeuten mochte, wenn da stand: »Zwischen Narew und Bug hielten die Russen in der gestern gemeldeten Linie hartnäckig stand. Der Nurzecübergang ist am späten Abend von unseren Truppen erzwungen. Die Armee des Generals v. Gallwitz nahm 3550 Russen gefangen (darunter 14 Offiziere) und erbeutete 10 Maschinengewehre. Der Ring um Nowo-Georgiewsk schließt sich enger. Auf allen Fronten wurde Gelände gewonnen.«

Außerdem führte jeder Knabe Buch darüber, wo wie viele Gefangene genommen, wie viele feindliche Schiffe versenkt, wie viele Flugzeuge abgeschossen worden waren und wie viel Kriegsgerät man erbeutet hatte. Auch da gab es nämlich wieder einen Wettbewerb: Wer zum Jahresende der amtlichen Statistik am nächsten gekommen war, gewann wieder eine von Menkes Muranomurmeln. Das war besonders knifflig, weil die amtlichen Zahlen zum Jahresende nochmals ganz andere waren, als die Arithmetik erwarten ließ, und meist gewann einer, der gar nicht gut rechnen konnte, deshalb wurde der Wettbewerb dann auch eingestellt.

Wie Kuddl (der ziemlich gut rechnete) zu seinen Murmeln kam, erfuhr Henni erst im zweiten Kriegsjahr. Sie hätte auch lieber den Heeresbericht studiert, als Pulswärmer gestrickt, und kaufte sich von dem Groschen, den die Frau Professor Hein ihr jede Woche dafür zahlte, dass sie ihren Dackel Winnie Gassi führte, sonntags die *Deutsche Kriegszeitung*. Dort erklärte ein alter preußischer Offizier, der ungenannt bleiben wollte, immer sehr ausführlich, wie der Kaiser den Krieg zu gewinnen gedachte und was in der letzten Woche dafür getan worden war. Und wenn Kuddl sich sonntagabends mit seinen Kameraden bei Wertheim traf, weil dort in einem der Schaufenster auf einer großen Landkarte mit Zinnfiguren und Pappschildern der Kriegsverlauf nachgestellt wurde, und darüber philosophierte und fachsimpelte, wie die Russen oder Franzosen sich aus der Patsche hätten befreien können, in die ihre Dämlichkeit sie immer wieder ritt – denn die Deutschen gewannen natürlich alle Schlachten oder gingen höchstens auf »taktischen Rückzug« und nahmen jede Woche ein paar zehntausend Russen und Franzosen gefangen, sodass es ein unerklärliches Wunder blieb, wieso der Endsieg noch immer auf sich warten ließ –, dann bestürmte Henni ihn jedes Mal, sie mitzunehmen, damit sie überprüfen konnte, was sie gelesen hatte. Und oft wusste sie besser Bescheid als die Jungen.

Manchmal ließ Kuddl sich erweichen. Das heißt, eigentlich ließ er sich dafür bezahlen, entweder mit Nachtisch oder mit sogenannten »Diensten«, zum Beispiel übernahm Henni das Ofenputzen für ihn.

Erst als sie zwölf war, hörte das auf. Eines Sonntagabends quetschte sich vor dem Schaufenster bei Wertheim nämlich einer der Kameraden aus Kuddls Klasse, Matze, dauernd von hinten an sie, als könnte er sonst nichts sehen, dabei war er ein so langer Lulatsch. Erst als sie ihm eine schmierte, rückte er ihr von der Pelle, und so bekam sie auch heraus, dass Kuddl doppelt abkassierte. Kuddl verprügelte Matze nämlich danach, und erst dachte Henni, es sei wegen der Bruderehre. Doch Tatsache war, dass Matze Kuddl eine Murmel dafür schuldete, dass er Henni mitgebracht hatte, und die wollte Matze jetzt nicht mehr rausrücken. Offensichtlich nahm Kuddl Henni also immer genau dann mit, wenn wieder einer der Jungen in Henni verknallt war, und dafür ließ er sich bezahlen.

Wogegen Kuddl danach die Murmeln eintauschte, verriet er ihr nie. Aber jedenfalls bezahlte Henni ihn danach nicht mehr dafür, dass er sie mitnahm.

Hendrik

Im dritten Hinterhaus über dem Leierkastenmann wohnte Hendrik zur Untermiete beim Schuster Klapp. Wie Kuddl im Kleinen, handelte Hendrik im Großen. Er war ein kantiger Schlaks mit schwarzem Wuschelhaar, den sie als Kinder immer abgepasst hatten, weil er selbst noch ein halbes Kind war und außerdem so schön erzählen konnte. Zum Beispiel behauptete er, sein »Alter« sei in China beim Boxeraufstand und »Muttchen« samt Hendriks kleinem Bruder Max anno 09 in der Petersburger Choleraepidemie umgekommen, und das habe ihm nicht nur ein nettes Erbe eingebracht, sondern dazu noch Vollwaisenrente. Ob das stimmte, war nicht zu sagen, aber tatsächlich hatte er 1910, mit siebzehn Jahren, Geld genug, um eine ganze Fuhre Gasmasken zu kaufen, fabrikneu, weil gerade der Halleysche Komet im Anflug war und alle damit rechnen mussten, an giftigen Gasen zu sterben. Auf der Straße verschacherte er sie zum vierfachen Preis, außerdem verkaufte er Flaschen mit »Höhenluft«, die hatte er über Nacht einfach geöffnet unters Dach gestellt. Kuddl, der damals acht war, durfte ihm für einen Fünfer helfen, die Etiketten aufzukleben. Als der Komet dann vorbeigerauscht war und kein Mensch vergiftet, kaufte Hendrik die Gasmasken um einen Pappenstiel zurück und lagerte sie seither unterm Dach. »Der nächste Komet kommt ooch noch«, sagte er, wenn der Leierkastenmann Paul Pauli schimpfte, es stinke an den heißen Tagen bis in seine Bude hinunter nach verbranntem Gummi.

Hendrik machte andauernd Geschäfte. Als der Krieg kam, konnten Frontsoldaten auf Urlaub, die nicht gleich wieder einrücken mochten, bei ihm »Jeschlechtskrankheiten koofen«. Eine Mark kostete eine erfolgreiche Ansteckung mit Tripper, damit landete man für vier Wochen in der Charité – das Honorar der beteiligten Dame wurde separat verrechnet. Für zwei Mark gab es weichen Schanker und sechs Wochen Charité, fünf Mark kostete die Syphilis, dafür war das »jeschlechtliche Vergnügen« gratis, weil die Dame angeblich froh über Besuch war, und mit dem lustigen Soldatenleben war's ziemlich sicher für immer vorbei.

Als Hendrik selber einrücken sollte, waren die ungesunden Huren vom Reichsgesundheitsamt leider gerade aus dem Verkehr gezogen worden. Er versuchte sich erst mit Geschenken und »guten Kontakten« zu drücken, da war sein Geld aber schnell alle. Deshalb seifte er den linken Arm dick ein, wickelte ihn über Nacht in nasse Tücher und rannte am Morgen, als er einrücken sollte, mehrmals gegen den Türrahmen. Er hatte sich sagen lassen, dass man sich so sehr zuverlässig den Arm brechen konnte. Der brach und brach aber ums Verrecken nicht, also rückte er notgedrungen ein.

»Lass ich mich eben durchlöchern wie mein Alter«, rief er alle paar Meter, während er zur Kaserne marschierte.

Stattdessen war er jedoch schon im Sommer darauf wieder zu Hause, und der linke Arm nicht bloß gebrochen, sondern ganz weg, Handgranate. »So jehts ooch«, sagte er.

An der Front war er schon wieder reich geworden, er hatte mit Sexcoupons gehandelt. Das deutsche Heer hatte nämlich so ein System, damit die Soldaten »nicht den Feind schwängern«. Dazu gehörte neben Dienstbordellen und ärztlich kontrollierten Damen ein Büchlein mit Coupons, die jeder Frontsoldat bekam, das war seine Ration an Vergnügen. Die Dauer der Bordellbesuche, Tageszeit und Güteklasse der Huren errechnete sich aus Dienstgrad, Heereseinheit und Zahl geleisteter Kampfeinsätze. Wie gut sich mit diesen Coupons handeln ließ, begriff Hendrik, als er selbst im Lazarett war, da lagen Hunderte Rationen brach. Er organisierte sich ein Startkapital und einen, den er »Steher« nannte. Der stand im Heerescasino auf der Matte, denn dort verkehrten die, die ihre Ration Sex bereits verfrühstückt hatten, und verkaufte ihnen Extrarationen. Damit der »Steher« Hendrik nicht behumpste, besorgte der ihm Morphium vom Lazarettarzt.

Beim Lazarettarzt wiederum, der ebenfalls mit seinen Coupons nichts anfangen konnte, weil er auf »Knabenliebe« stand, legte Hendrik selber Hand an. »Eene hab ick ja noch.« Darüber kicherten Henni und Kuddl am meisten, und »Eene hab ick ja noch« wurde für eine ganze Weile ihr Spruch.

Hendriks Untergang war, dass er zu ungern ein lohnendes Geschäft ausließ. Er besaß ja noch die Fuhre Gasmasken, die in der Hitze unterm Dach litten, die mussten endlich weg. So schaltete er denn in der *Kriegszeitung* ein Inserat, wies die »werte Bevölkerung« darauf hin, dass die Franzosen mittlerweile »Giftgas gegen unsere Truppen schleudern«, und riet dazu, den Männern neben dem üblichen Taschenöfchen Marke Vaterland, Kaiser's Brustcaramellen und Altenhofer Punsch aus der Tube auch eine »Vollgesichtsmaske mit Aktivkohlefilter aus dem Hause Hendrik M.« ins Feld zu schicken. Das Inserat wurde nie gebracht, dafür wurde Hendrik wegen »verleumderischer Volksverhetzung« und Hochverrat verhaftet und doch noch durchlöchert wie weiland im Boxeraufstand sein Alter.

Justus Karnerich fasste den Auftrag, die Gasmasken zu konfiszieren. Henni hätte zu gern eine zum Andenken behalten.

»Sind doch schon ganz morsch«, sagte sie und zog an einem Riemen, der auch gleich brach, dabei zwinkerte sie ihm zu.

Doch Justus nahm ihr noch die kaputte Maske ab, packte sie zu den anderen und sagte: »Nichts da, die kriegen unsere Jungens an der Front.«

Der Krieg geht aus

Mit jedem Kriegsjahr war der Hunger schlimmer geworden. Schließlich gab es nur noch Steckrüben satt, falsche Buletten aus Heringslake und Kartoffelmehl, und zu den Geburtstagen Kuchen aus Kunsthonig, mit Sägespänen versetztem Mehl, reichlich Vanillin und Backpulver – die beiden waren immerhin nie knapp – sowie blauer Milch. Bei Papa war jeweils noch eine Prise Kaffeeersatz drin, das hieß dann »Herrentorte«. Ach ja, und einmal ergatterte Mama um einen Wucherpreis ein Kuheuter, anderes Fleisch war sowieso nicht mehr bezahlbar.

Viele starben an der Grippe oder am Hunger, auch in der Mietskaserne. Und weil die Ärzte schlecht zu besserer Ernährung oder wärmeren Zimmern raten konnten, hieß es nun einfach: »Kinder an die frische Luft.« Das war Hennis Glück, denn endlich wagte auch Mama nicht mehr, sie in der dusteren Küche stricken zu lassen. Stattdessen schnappte Henni sich ein paar von Kuddls abgetragenen Hosen und Papas Schirmmütze für die Sommerfrische, schob ihr Haar darunter und zog mit Kuddl und seiner »Bande« um den Block.

Kuddl war es recht, denn die maßgebliche Währung waren immer noch Murmeln, und Henni hatte eine Art, die Jungens zu missachten, dass fast jeder seine beste Murmel gab, damit sie ihn mit ihren moosgrünen Augen mal ansah und so richtig schön fassungslos sagte: »Mensch, hast du eine schöne Murmel – und die ist für *mich*?!« Die Murmel gab sie dann Kuddl, und der tauschte sie gegen Tabak oder Zucker.

So wurde das Leben immer bunter, je länger der Krieg dauerte. Nicht nur der Krüppel wegen, von denen es immer mehr gab, und der malerischen Gefangenen, die ab und zu durchs Brandenburger Tor getrieben wurden. Alles fand nun in den Höfen und auf der Straße statt, die Leute verkauften erst ihre Erbsachen, dann klauten sie, zuletzt verkauften sie sich selbst. Je höher der Fleischpreis stieg, desto billiger wurde alles andere. Da waren auf einmal Frauen guter Hoffnung, die ihren Mann seit einem Jahr nicht gesehen hatten, und in vielen Witwenwohnungen wurde die Nächte durchgetanzt. Die alte Frau Meisel meinte ja, es liege alles daran, dass der Schnauzbart aus der Mode sei: »Wirken die Männer nicht viel appetitlicher?« Daran freute sie sich wie Bolle.

Im Winter 17 gab es keine Kohle mehr zu kaufen, und so schliefen die Binneweisens zu viert in einem Bett, Mama noch in der Krinoline. Frau Meisel fanden sie eines Morgens verhungert und erfroren auf dem Etagenklo und mussten sie so in der Hocke zu Grabe tragen, es war nirgends im Haus warm genug, dass man sie hätte auftauen können.

Deshalb nahmen Henni und Kuddl und seine Bande

im Frühjahr dann auch an einem Streik gegen den Hunger teil, eine tolle Masse Menschen kam da zusammen. Trotzdem war es keine gute Idee gewesen, denn tausend, hieß es, wurden verhaftet und an die Front geschickt, darunter auch zwei Jungens aus der Bande. Danach war für kurze Zeit sogar Henni nicht mehr national gesinnt.

Im Herbst wurde dann aber in Frankreich Mata Hari erschossen. *Frau und Gesellschaft* brachte einen achtseitigen Artikel, der sehr romantisch war, und Henni hatte wieder Träume. Spionin wäre sie ja immer noch zu gern gewesen, und mit ihren moosgrünen Augen und ihrem »und die ist für *mich*?!« rechnete sie sich gute Chancen aus.

Doch ganz plötzlich, ohne jeden Tusch, ohne Endsieg, ohne auch nur wenigstens eine Rede vom Kaiser war der Krieg vorbei. Die *Deutsche Kriegszeitung* war wegen Papiermangels schon vor ein paar Monaten eingestellt worden, und an einem nasskalten Novembermorgen blieb auch der Heeresbericht plötzlich aus. Am nächsten Tag war bei Wertheim das Schaufenster mit dem Frontverlauf verhängt, und es hieß, der Kaiser habe abgedankt und sei in Holland. Jemand rief anscheinend die Republik aus, jemand anderer widerrief. Es hieß, auch die Deutschen machten jetzt Revolution, und vor dem Schloss wurde erstmals geschossen. Später hörten sie, Revolution sei nun doch nicht, die Revolutionäre hätten sich gegenseitig niedergemacht. (Das hieß es noch mehrmals.) »Waffenstillstand« stand in fetten Lettern auf den Sonderausgaben, und darunter eine ellenlange Liste mit Bedingungen, die das Deutsche Reich zu erfüllen hatte.

Zu erfüllen hatte, damit was nicht geschah? Henni begriff überhaupt nichts. Was konnte denn passieren? Die deutschen Armeen hatten doch dauernd gesiegt! Und was war mit den Millionen Kriegsgefangenen und den abertausend Kilometern Landgewinn? Die konnte man doch tauschen! Oder war das alles nichts wert?

»Wir führen doch!«, rief sie verärgert, und an dem Abend heulte sie richtig dicke Tränen in ihr Kissen.

Als sie am anderen Tag noch mal zu Wertheim ging, weil dort der Krieg ja vielleicht doch weiterging, war das Schaufenster schon neu dekoriert. Wertheim verkaufte jetzt Schnittmuster, und an Puppen wurde vorgeführt, was sich aus Soldatenuniformen so alles »für Mutter und Kind« schneidern ließ.

Noch ein paar Wochen lang hing über der Eckbank am Küchentisch ein Blatt, auf das Kuddl in Schönschrift geschrieben hatte:

Die deutsche Kriegsbeute im vierten Kriegsjahr.
Berlin, 30. Juli 1918.
Die Leistungen des deutschen Heeres während des vierten Kriegsjahres kommen in folgenden Zahlen zum Ausdruck: Den Feinden wurden entrissen und von deutschen Truppen besetzt: im Osten 198'256 Quadratkilometer, in Italien 14'423 Quadratkilometer, an der Westfront 5'323 Quadrat kilometer (geräumtes Gebiet an der Marne ist abgerechnet), im Ganzen 218'002 Quadratkilometer.

Ferner halfen unsere Truppen vom Feinde bzw. von räuberischen Banden säubern: in Finnland 373'602 Quadratkilometer, in der Ukraine 452.033 Quadratkilometer, in der Krim 25'727 Quadratkilometer. An Beute wurden eingebracht: 7'000 Geschütze, 24'600 Maschinengewehre, 751'972 Gewehre, 2'867'500 Schuß Artilleriemunition, 102'250'900 Schuß Infanteriemunition, 2'000 Flugzeuge, 200 Fesselballons, 1'705 Feldküchen, 300 Tanks, 3'000 Lokomotiven, 28'000 Eisenbahnwagen, 65'000 Fahrzeuge. Die Zahl der im vierten Kriegsjahr gemachten Gefangenen beläuft sich auf 838'500, somit hat die Gesamtgefangenenzahl die Höhe von nahezu 3 ½ Millionen erreicht.

Doch da Klopapier inzwischen rar geworden war, nahm auch die stolze Heeresbilanz 18 bald den Weg alles Irdischen.

Berlin macht sich frei

Nachdem der Krieg vorbei war, floss in Berlin erst richtig Blut. Nun ging es nicht mehr gegen die Franzosen, Engländer oder Russen, sondern gegen die Nachbarn. Zu Hause borgte man sich immer noch Wasser für die Toilette, aber auf der Straße war man einander spinnefeind. Justus Karnerich hielt es mit den Roten, Kalle Grafenhuber, der über ihm wohnte, mit den Freischärlern. Professor Hein regierte eine kurze Zeit als Sozialdemokrat mit (dann wollte seine Leber nicht mehr).

Auch in der Schule gab es welche, die trugen das Abzeichen vom Deutschnationalen Jugendverein oder vom Bismarckbund. Kuddl und seine Bande Gott sei Dank nicht, die wollten nur Spaß, und Kuddl konnte sich herrlich aufregen. Aber er hatte auch recht: Wenn Freikorpskämpfer, das waren die Rechten, sich als Truppen der Regierung verkleideten, die wiederum sozialdemokratisch war (»das Ganze is ja nun ne Republik«), und so am Montag die Kommunisten niederschossen und am Dienstag ein rivalisierendes Freikorps, am Mittwoch wiederum von der Regierung in Dienst genommen wurden, um hochoffiziell einen Streik aufzulösen, weil Polizei und Truppen das nicht »jebacken« kriegten, dann konnte man nur noch für die Kommunisten sein. Andererseits hieß es, die wollten, schlimmer noch als die Siegermächte, alle deutschen Werte zerstören und russische Verhältnisse einführen, und doch, kaum waren Karl Liebknecht und Rosa Luxemburg glücklich erschossen und der Spartakusbund aufgelöst, ging halb Berlin auf die Straße und trauerte um die Leute, und die Regierung erschoss gleich noch mal tausend von ihnen. Das sollte jemand verstehen!

Dazu fiel, seit Frieden war, andauernd etwas aus, mal die Straßenbahn, mal der Strom, das Wasser oder die Post. Das bedeutete meist, dass irgendwo wieder eine Regierung gestürzt und die nächste an der Macht war, aber trotzdem ging alles gleich weiter.

Und weil ja nun kein Krieg mehr war und kein Endsieg mehr winkte, wurde es schwer, sich im Alltag zu amüsieren. Kuddls Bande gab dennoch ihr Bestes, und

Henni trug weiter seine Klamotten auf, nannte sich Henri und war mit von der Partie.

Im Frühjahr 19 spitzte sich das »Tohuwabohu«, wie Frau Professor Hein es nannte, zu: Schulen wurden besetzt, Direktoren erschossen, auf den Pausenplätzen wurde gekämpft, und die Bande machte sich einen Sport daraus, durch Hinterhöfe und über Dächer in die abgesperrten Straßen zu kommen und im Rücken der Kampfverbände wieder raus.

Trotzdem war irgendwie Frieden, Frieden mit Aprilwetter sozusagen.

Zum Beispiel spazierten Binneweisens mit zehntausend anderen Unter den Linden entlang (am Sonntagmorgen ging sogar Mama an die frische Luft), als plötzlich Panzer auffuhren, alles rannte und sich versteckte, ein bisschen geschossen wurde, mal von vorn, mal von hinten. Doch schon nach ein paar Minuten war alles vorbei, die Leute kamen wieder aus den Torbögen hervor. Wer sich hingeschmissen hatte, dem klopfte man den Staub ab, dann flanierten alle weiter.

»Wir lassen uns den Frieden nicht vermiesen«, sagte Mama bei der Gelegenheit und steckte seelenruhig das Hütchen neu, und Henni musste lachen, weil Mama so verdreht dachte, denn in Wahrheit hatte doch der Frieden den Krieg vermiest.

Das fand jedenfalls – mal abgesehen von den Eltern Binneweis – ganz Berlin, und damit es nicht zu langweilig wurde, war jetzt jeden Abend Vergnügen angesagt. Alle rannten dauernd zum Tanzen, und zwar zu amerikanischer Musik.

»Die enthemmt so herrlich«, sagte sogar Hennis Lehrerin Frau Kannegießer, die ging auch.

Und mit der Musik kamen Kleider, die das Knie frei ließen, Seidenstrümpfe waren der letzte Schrei, und bei so einem Seidenstrumpf will man ja immer auch wissen, wo er denn aufhört. So war für Aufregung gesorgt, und wenigstens nachts war das Endziel wieder klar: Der Feind war erlegt, wenn er Stielaugen machte. Im Nu war Berlin »sexualisiert«, wie Kuddl es nannte, wobei er das Wort lutschte wie einen Bonbon.

Auch Henni wurde »sexualisiert«, allerdings nicht beim Tanzen. Sie waren als Bande unterwegs gewesen und hatten ein Sperrgebiet hinterm Alex »erobert«, dabei waren sie in ein Gefecht geraten und wurden versprengt. Henni rettete sich in einen Kohlenkeller, zusammen mit Herbert, einem Hageren mit Bürstenschnitt aus Kuddls Jahr, der immer schnell rote Flecken ins Gesicht bekam. Dort saßen sie erst mal fest, denn oben wurde immer wieder geschossen. Eine Weile lehnte jeder an seiner Wand und hörte nach draußen, dann sagte Herbert ganz aus dem Nichts: »Glotz mich nich so an.«

Henni erschrak, weil seine Stimme sonderbar kollerte, außerdem hatte sie gar nicht ihn angeglotzt, sondern ihren Fingernagel, den sie sich auf der Kohlerutsche eingerissen hatte. »Ich glotz dich doch gar nicht an«, sagte sie und sah hoch, »du bist der, der glotzt.«

»Siehste«, sagte Herbert und grinste, »jetzt glotzte mich doch an.« Dann räusperte er sich.

»Ich seh nur deine roten Flecken an«, antwortete Henni und lutschte Blut.

»Die hab ich wegen dir.«

»Blödsinn, die hast du vom Renner. Du kriegst immer so rote Flecken.«

»Ja, aber von dir«, beharrte Herbert und wurde immer heiserer, da half alles Räuspern nichts.

Henni sagte dann nichts mehr, und wäre draußen nicht mehr geschossen worden, wären sie wohl aufgestanden und wieder raus.

Aber es wurde noch, und Herbert holte tief Luft, hustete und verriet: »Ich kriege von dir nicht bloß rote Flecken.«

Henni tat, als interessierte sie nur ihr Nagel, obwohl sie schon neugierig war, was jetzt kam.

»Willste nich wissen, was ich noch krieg?«

»Nee«, sagte Henni, »von mir kriegste jedenfalls nüscht.« Gleichzeitig hörte sie draußen wieder eine Salve und freute sich, denn sie wollte hier so schnell nicht wieder weg.

»Weißt du, wasn Harter is?« Diesmal überschlug Herberts Stimme sich sogar.

»Nee, weiß ich nicht«, antwortete Henni, obwohl sie das sehr wohl wusste, seit sie im Winter 17 zu viert in einem Bett geschlafen hatten und Kuddl sich hatte an sie quetschen müssen, um nicht rauszufallen. »Aber ich wette, du wirst es mir zeigen.«

»Was wettest du?«, fragte Herbert. Offenbar bekam er Angst vor der eigenen Courage.

Aber Henni lachte nur. »Hast du Heftpflaster?«, fragte sie und leckte an ihrem Finger, der wieder blutete, weil sie zu sehr daran herumgefingert hatte.

Herbert schüttelte den Kopf. Danach wusste er nicht weiter und sah stumm zu, wie sie am Nagel lutschte.

»Nu, dann zeig mal deinen Harten«, sagte sie irgendwann, »solange sie noch schießen.«

Ein paar Sekunden lang war er stumm, dann sagte er: »Vielleicht ist er nicht mehr so hart.«

»Hm«, sagte Henni und schob die Mütze aus der Stirn, sodass er ihre Augen gut sehen konnte und die nackte Stirn, dazu blickte sie ihm fadengerade ins Gesicht. Das reichte. Als sie fragte: »Nu, isser hart?«, nickte Herbert. Die Flecken auf den Wangen und am Hals wurden noch dunkler, ansonsten war er wahrscheinlich bleich wie Schneewittchen, jedenfalls schimmerte er ganz wunderbar im Halbdunkel, und endlich knöpfte er die Hose auf und zeigte seinen Harten.

»Darf ich anfassen?«, fragte Henni, und als Herbert nickte, fasste sie seinen Harten mit zwei Fingern, so, wie man eine Blindschleiche fasst. »Und nu?«, fragte sie.

»Wenn du«, sagte Herbert und musste schlucken, »wenn du vielleicht die Mütze ausziehen und deine Matte …«

Mehr brachte er nicht heraus, und so nahm Henni die Mütze ganz ab und beugte sich vor und schüttelte das Haar aus. Dabei streifte es seinen Harten, und gleich spritzte er. »Jetzt hast du gespritzt«, stellte sie fest.

»Weiß ich selber.« Er klang plötzlich sauer und wollte wieder einpacken.

Aber Henni sagte: »Lass mal noch, sie schießen ja noch.« Danach fasste sie mit beiden Händen zu und untersuchte seinen Johannes, der jetzt aussah wie die

Spritztüte beim Bäcker. »So was sieht man ja nicht alle Tage.« Sie schnupperte und tippte einmal mit der spitzen Zunge. »Wird er jetzt nicht mehr hart?«

»Weiß nicht.« Herbert flüsterte inzwischen nur noch. »Vielleicht, wenn du ihn richtig in den Mund nimmst.«

Henni überlegte kurz, dann richtete sie sich aber wieder auf. »Nee, Herbert.« Sie wickelte ihr Haar wieder auf und suchte nach der Mütze. »Pack mal wieder ein. So weit geht unsere Freundschaft noch nicht.«

Erwerbsleben

Im Sommer 1919 trieben es die Berliner den Stadtvätern dann zu bunt, und das Organisieren von Tanzveranstaltungen wurde ebenso verboten wie das Fischen mit Handgranaten, womit die Kriegsveteranen sich den Hunger und die Zeit vertrieben. Die Jungens, auch Kuddl, spielten fortan wie besessen Fußball, das war neuerdings sogar Schulsport, und dort konnte man noch richtig gewinnen. Die Mädels tanzten im Privaten mit »geladenen Gästen«, und statt Frischfisch aus den Berliner Seen gab es »Proteine aus der Tube«, wie Anna Köchel scherzte, die es von allen Mieterinnen in der Kaserne am dollsten trieb. Sie wohnte im Vorderhaus unterm Dach und veranstaltete dort sogenannte Schönheitsabende.

Was Anna Köchels Scherz bedeutete und dass Berlins »Sexualisierung« nun eben in den Hinterhöfen blühte (oder in Anna Köchels Dachwohnung), begriff Henni erst, als sie entschied, berufstätig zu werden. Was man in der Schule lernte, war ja ein paar Wochen später ohnehin nichts mehr wert, das wussten auch die Lehrer, und entsprechend freudlos schleppte sich der Unterricht. »Unsere Gesellschaft geht vor die Hunde«, sagte Rektor Hinrichs gar in seiner letzten Quartalsansprache, »in solchen Zeiten lernen Sie am besten zu schnüffeln.« Er wollte damit wohl nur Lacher ernten, aber die national gesinnten Burschen führten sich tatsächlich auf wie bissige Hunde, trugen Schlagringe und Gummiknüppel mit sich, steckten ihre Nase in alles, und wenn sie fanden, einer komme ihnen zu kommunistisch, lauerten sie ihm auf und hauten ihn weg. Auch Rektor Hinrichs wurde ein paar Wochen nach seiner Ansprache halb totgeschlagen und kehrte nicht in den Dienst zurück.

Seit ihrem sechzehnten Geburtstag war Henni aus der Schulpflicht. Den Winter über hatte sie noch durchgehalten, dann aber schmiss sie die Schule von einem Tag auf den anderen, ging stattdessen zum Frisör und wollte andere Haare.

»Wie denn?«, fragte Herr Pavellek, der ganz unbeschadet aus dem Krieg zurückgekehrt war (nur sein verkürztes Bein hatte er natürlich noch).

»Was weiß ich« sagte Henni. »Am liebsten hätte ich sie kurz wie meine Jungens.«

»Da hab ich was«, sagte Pavellek und zeigte ihr das Bild einer englischen Tänzerin, die Irene Castle hieß. »Nennt sich Bob, soll Mode werden.«

Den Bob fand Henni toll, und sie beschloss auch gleich, wie Irene Castle Tänzerin zu werden.

»Ach Kind, muss das sein?«, fragte Mama.

Papa sagte erst gar nichts, dann sagte er: »Was soll man in dieser Zeit auch werden.«

Und als Henni erzählte, dass Fräulein Stresemann fand, sie hätte genau die Beine dafür, und sie ganz ohne Geld anlernen wollte, waren sie doch froh.

Fräulein Stresemann war ihre Nachbarin gewesen, ehe die Binneweisens sich hatten verkleinern müssen. Sie war adrett und freundlich, und als Mama fragte: »Die tanzt doch klassisches Ballett, nicht wahr?«, konnte Henni mit fast reinem Gewissen nicken. Das Ballett war nämlich pleitegegangen, und Fräulein Stresemann tanzte jetzt modern. Und nackt. Bei Anna Köchel. Aber alle Welt tanzte jetzt nackt.

Die Sache mit dem Verkleinern war die gewesen: Nach Kriegsende hatte die Post Arthur Binneweis in eine niedrigere Lohnstufe versetzt – vorübergehend, hieß es –, und sie waren ins vierte Hinterhaus gezogen. Statt einer Wohnung hatten sie nur noch ein Zimmer mit Ofen, Henni hatte ihr Bett unter der Treppe beim Etagenklo. Kreti und Pleti kamen da durch, aber es waren alles gute Leute, außerdem schlief Kuddl einen Stock höher, auch unter der Treppe, und »bewachte« sie. Inzwischen war Kuddl allerdings politisch geworden, besuchte Abendkurse am Schlossplatz und blieb meist die halbe Nacht weg. Das bedeutete, Henni konnte schalten und walten, wie sie wollte.

Ohne das wäre aus ihren Zukunftsplänen auch nichts geworden. Denn Fräulein Stresemann – die sich nun »Mitzi« nannte – unterrichtete sie nachts von zehn bis drei viertel zwölf. »Das heizt mich gleich prima auf«, erklärte sie. Danach, Schlag zwölf Uhr, ging, nein, glitt und hüpfte sie zu Anna Köchel ins Vorderhaus und tanzte sich die Hitze wieder aus dem Leib.

Bereits am ersten Abend lernte Henni eine gute Stunde lang, um Fräulein Stresemann herumzugleiten und -zuhüpfen und »sich der Musik zu öffnen«. Nach Mitternacht lernte sie dann alles andere.

Huren

Als Erstes: Nur tanzen, um des Tanzens willen, tat niemand mehr. Mitzi Stresemann war, was man eine »Minette«, ein »Kätzchen« oder eine »Kratzbürste« nannte: Mit den Schleiern, die sie einen nach dem anderen fallen ließ, fesselte sie nach dem Tanz elegante Herren und plagte sie gegen gutes Geld je nach Wunsch bis aufs Blut oder »bis zur Erlösung«. Oder beides. Auch Mitzis schöne Füße waren beliebt, und gegen Aufpreis (und ein Pfand von zwanzig Mark) spielte sie auch schon mal »Rennpferd«. Das Pfand war für den Fall, dass vom Ritt oder von der Rute Striemen blieben, die wollte sie nicht haben. Anna Köchel war aber nicht nur Gastgeberin der Schönheitsabende, sie angelte sich Kundschaft auch über Inserate in Zeitschriften, die *Die Schönheit*, *Licht, Luft, Leben* oder *Nackt-Sport* hießen. Dort bot sie sich als Masseuse an, was im Jargon »Fohse« hieß. Und weil Anna Köchel Fernsprechanschluss hatte, vermittelte sie auch gleich noch sogenannte Jungfrauen, das waren damals die Töchter vom Kutscher Schuler, die zwölf, dreizehn und sechzehn waren und, wenn eine Bestellung eintraf, unter großem Hallo der Gesellschaft geschminkt und als Filmstars verkleidet wurden (Milli Schuler, die Jüngste, war besonders süß als Fritzi Massary). Danach wurden sie per Autodroschke ausgeliefert. Henni hätte auch so ein Telefonmädchen werden können – alle waren sich einig, dass sie eine reizende Lucy Mannheim abgab – und hätte in einer Nacht so viel verdient wie Papa Binneweis im ganzen Jahr nicht.

Aber sie wollte gar kein Geld, sie wollte tanzen. Nackig oder angezogen, das war ihr egal, und wenn sie dafür Mettwurst-Schnittchen satt bekam und Sekt, umso schöner. Klar, war ein Herr sehr elegant und roch gut, setzte sie sich auch mal auf sein Knie und ließ ihn tatschen. Aber ebenso gern tanzte sie die ganze Nacht nur für sich – nachdem sie erst die Pflicht erledigt hatte, Mitzi Stresemann zu umhüpfen »wie eine freche Maus die schöne, träge Persianermieze neckt« –, summte mit geschlossenen Augen zur Musik, satt und bloß, und sagte sich: »Wie angenehm kann doch das Leben sein.«

Und alle waren da. Die schöne, unnahbare Julia Zeiss aus dem Seitenflügel rechts, Gattin eines Uhrenhändlers, entpuppte sich als »Demi-Castor«, das hieß, sie verkaufte sich im Westen, in einem Etablissement erster Güte, sobald ihr Mann in seinem Laden war. Zu Anna Köchel kam sie nur zur Messezeit, da war er in der Schweiz. Nackig machte die sich nie, sie geizte sehr mit ihren Reizen, trotzdem wollten immer drei, vier

Männer ihre Anschrift. Fleischers- und Soldatenwitwe Käthchen Kull kam in Strapsen und mit Peitsche. Sie schlug gegen Bezahlung, aber auch sonst, wenn ihr gerade danach war, und verteilte Werbekärtchen, führte sie doch in der stillgelegten Schlachterei von ihrem Hubert selig eine sogenannte Körperkultur-Klinik.

Susi von Leim war hinterm Ku'damm »Apothekerin« und kam zu Anna Köchel auf der Suche nach »Pillen«. Als Henni das hörte, begriff sie erst gar nichts, doch Susi von Leim erklärte es so: »Kommtn Kunde in meine Apotheke und sagt: Ick habe son Leiden, schon zehn Tage, und bräuchte dringend ne blonde Pille, aber nur vom Süßesten. Icke: Kann ick liefern, macht dreihundert bar uff die Kralle, dazu krieg ich Adresse und gewünschte Uhrzeit. Jibt er mir, und ick schick ihm die wirklich zuckersüße Lili Heißenbüttel, kennste, oder? Jüngste von acht Kriegswaisen, wohnt bei uns im dritten, die is blond und haarscharf zehne, wie gewünscht, verstehste? Zehn Tage Leiden heißt zehn Jahre, blonde Pille heißt der kleene Blondschopf. Weil, legal is dit ja nich. Aber wer fragt danach? Ham doch die Heißenbüttelkinder wieder einen Monat wat zu fressen. Du rutschst vielleicht auch noch rein, Henni, wie alt biste? Ick nehm Mädels bis sechzehn.« Als Henni ihr sagte, sie sei ganz zufrieden nur mit Tanzen, lachte Susi von Leim, als hätte Henni einen schmutzigen Witz erzählt: »Du kommst schon ooch noch.«

Anna Köchel besuchten nicht nur einzelne Kunden, auch viele Paare waren da und ganze Cliquen, die es einfach herrlich fanden, nackte Mädels wie eben Henni anzusehen, das brachte ihr Blut in Schwung. Auch dafür hatte Anna Köchel vorgesorgt: Zwei Zimmer mit aufgeschlagenen Betten standen bereit, da durften die Herrschaften sich dann gegen eine kleine Miete verlustieren, und manchmal hüpfte eines der Mädels mit dazu, nur so zum Spaß. Das hätte auch Henni manchmal gereizt, sie sah dann aber doch höchstens mal von der Bettkante aus zu, »damit ich lerne, wie die Sache läuft«. Sogar dafür bekam sie manchmal Trinkgeld.

Das Leben bei Anna Köchel war schon herrlich. Die Krönung war ja, dass ein Fürst von Pappenhofen oder so, einer mit Melone, Stock und Frack, Henni bat, seine Tischfrau zu sein, er wollte einen kleinen Empfang für ausländische Diplomaten geben. Sie hatte schon zugesagt, dachte, als Tischfrau begleitet man den Herrn zu Tisch und plaudert Unsinn, aber denkste. Mitzi Stresemann erklärte ihr, dass Tischfrau die edelste Form von Hure war, die es nur in den teuersten Privatclubs im Westen gab. Tischfrauen tanzten auf dem Tisch, daher der Name. Sie mussten aber nicht bloß tanzen können und den Herrn befriedigen, sie mussten mordsschön sein und alle möglichen Sprachen sprechen, denn ihre Gäste waren Künstler, Filmstars und Politiker. Dass einer sie zur Tischfrau wollte, war also eine große Ehre, und hatte sie dazu noch ein klitzekleines Quäntchen Masel, wachte sie am anderen Morgen auf und war eine Frau Großmogul. Henni sagte trotzdem wieder ab. Ihr reichten Anna Köchels Mettwurst-Schrittchen.

»Wie gut so ein kleines bisschen Elend der Menschheit doch steht«, sagte Anna Köchel oft nachdenklich, während sie und Henni auf all die nackten Hintern und roten Köpfe sahen.

Romanows

Dabei schien es tüchtig aufwärtszugehen. Denn die halbe Welt strömte jetzt nach Berlin. Es wimmelte von Kriegskrüppeln und heimatlosen Soldaten, die nach und nach aus den Lazaretten oder aus Gefangenschaft und den Lazaretten entlassen wurden, von Russen, die alle irgendwie mit dem Zaren verwandt waren, von Landpomeranzen und schnieken Amerikanern.

Die Russen, das waren in Hennis Kaserne zwei Schwestern mit ihrem scheintoten Großonkel. Die Schwestern, selbst schon halb über den Jordan, waren vor der Revolution angeblich Schneiderinnen am Hof der Zarin gewesen, der Großonkel gar Minister. Sie zogen mit Truhen voller mottenzerfressener Pelze, Perücken und viel Brokat ein: Kissen aus Brokat, Hüte aus Brokat, Schuhe aus Brokat. Das meiste speckig und fleckig, weil sie aber behaupteten, an den Sachen klebe das Blut der Zarenfamilie, und auch haarklein von der Hinrichtung jedes einzelnen Sprosses der Zarenfamilie erzählen konnten, kriegten sie die Sachen doch los, vor allem an die Amis.

Die Schwestern nannte man Anna und Olga, den Großonkel Herrn Schirjajew, und Henni wurde mit ihnen bekannt, weil Mitzi Stresemann sich bei den Russinnen ihre Schleier schneidern ließ und auch für Henni ein Kostüm in Auftrag gab: ein keckes Trikot aus Crêpe Georgette mit Kapuze und Mäuseohren, was Henni das gewisse Etwas gab, das alle sehr bewunderten. Niemand jedoch fasste es so schön in Worte wie Demi-Castor Julia Zeiss: »Henni Binneweis ist fortan unser Cherub«, sagte sie, »ein Engelswesen, halb Tier, halb Mensch, das uns dereinst erlösen wird, wenn wir für unsere Ferkeleien in der Hölle braten.« Dafür fiel Henni ihr um den Hals, und Julia Zeiss küsste sie doch glatt, vor allen und mit Zunge, sodass Henni nochmals ganz anders wurde und sie für ein Weilchen fast verliebt war in Julia Zeiss.

Und weil die Crêpe Georgette andauernd riss, saß Henni oft bei Anna und Olga im Souterrain im vierten Hinterhaus und ließ sich in ihrem herrlich verwickelten Deutsch erzählen, wer wen wie in Russland in den letzten zwei Jahren verraten und beerbt oder verschleppt und ausgehungert und vergewaltigt hatte und danach erschossen, vergiftet, erstochen oder bei lebendigem Leib verbrannt und danach verbuddelt, gehäutet oder in Säure gebadet. Es waren alles Menschen mit wunderbaren, unaussprechlichen Namen und angeblich nur den vorzüglichsten Eigenschaften, einer reizender, großherziger, bezaubernder als der Nächste, jedermann unendlich bedauernswert in der einen Geschichte – »armes Häschen«, riefen die Schwestern dann in seltener Einmütigkeit im Chor und fuchtelten mit dem zerkratzten Lorgnon, und Herr Schirjajew brummte dazu und sabberte braunen Kautabaksaft – und ein kaltherziger Meuchler in der nächsten, ein Jud, nicht wert, noch namentlich genannt zu werden. Darüber stritten die beiden sich auch pausenlos, wobei sie einander weiter liebevoll Anjenka und Oljenka nannten, denn was sie erzählten, waren ja alles Gerüchte. Tatsache war nur, die Menschen waren fort und verschwunden – wie und warum, erzählte jeder Russe anders.

Außerdem lernte Henni von Anna und Olga kochen, mit nun aber wirklich gar nichts, darin waren sie noch gewiefter als Mama Binneweis. Aus Wurstpelle, Kartoffelpelle, Binsen und Simsen, die sie am Spreeufer pflückten, dort, wo es matschig war, dazu einem Löffel Riemenfett, kochten sie ein Süppchen, das Henni besser schmeckte als ein paar Jahre später im Westen Rumpsteak flambé und Spargelsalat.

Landeier

Im Frühjahr 20 zogen dann drei Busenfreundinnen aus der Lüneburger Heide ein, die Henni richtig ins Herz schloss, die aber leider zu blöd für die Stadt waren und nicht lange blieben. Minna, Auguste und Bertha waren Ausreißerinnen, die hofften, in Berlin ihr Glück zu machen. Sie kamen mit einer Ziege und drei Hühnern im Gepäck, weil sie offiziell zu einem Schullager an der Ostsee unterwegs waren und Minnas Papa, der Kleinbauer war, gefürchtet hatte, sie müssten dort Hunger leiden. In Kühlungsborn, dort unterhielt ihr Dorf mit ein paar anderen Dörfern nämlich ein Ferienheim. Im Übermut hatten sie beim Umsteigen in Rostock die

Fahrkarten getauscht, den Zug in Richtung Wittenberg bestiegen und sich eingebildet, sie könnten dieses Berlin im Vorbeimarsch erobern. Sie waren wie Henni sechzehn und stotterten vor Aufregung, dass sie es tatsächlich nach Berlin geschafft hatten. Henni führte sie in den ersten Tagen ein bisschen rum, zeigte ihnen das Schloss, das Brandenburger Tor, das KaDeWe und wie man die U-Bahn benutzte, dafür lernte sie melken.

Die Ziege hatten die Mädels allerdings nicht lange. Die Hühner, für deren Gehege Henni Justus Karnerich mobilisiert hatte, kamen schon in der ersten Nacht weg. Danach hielten sie die Ziege auf dem Dachboden (die drei wohnten zur Untermiete bei Schuster Klapp, im selben Schlag, in dem einst Hendrik »Eene hab ick ja noch« gewohnt hatte), eines der Mädels schlief immer bei ihr und bewachte sie. Doch so eine Ziege ist nun mal weitherum zu hören und zu riechen, und als Minna in der fünften Nacht Wache schob, bekam sie Besuch von unbekannt. Noch im Schlaf fing sie sich eine satte Ohrfeige ein und fasste sich erst, als die Ziege schon meckernd durch die Dachluke geflogen und mit dumpfem Krachen im Hof gelandet war. Als die Lüneburger Mädels im Morgengrauen endlich wagten nachzusehen, brutzelte sie sicher schon in einer Pfanne. Nur der Blutfleck war noch eine Weile zu sehen.

Danach wären sie am liebsten gleich wieder nach Hause, denn auch sonst kamen sie mit dem Stadtleben schlecht zurecht. Sie verstanden die Berliner Schnauze nicht, und wenn sie um Arbeit anstanden, waren sie viel zu langsam, zu höflich und zu scheu. Doch das Geld für die Rückfahrt hatten sie Schuster Klapp gegeben, und den Eltern zu schreiben, trauten sie sich nicht, denn offiziell waren sie ja zur Erholung an der Ostsee. Dass sie stattdessen einen verregneten April lang in einem dritten Hinterhof am Prenzlberg zur Untermiete hockten, ohne Ofen, ohne Geld, ohne Ziege und Hühner, ohne Arbeit oder auch nur ein wenig Hoffnung, schüttelte sie heftig, und keine wollte schuld gewesen sein. Da half es wenig, dass Henni prahlte, wie knafte ihr Berlin war, hatte man sich erst an ein paar Dinge gewöhnt, und sich allerhand Mühe gab, sie auf den Geschmack zu bringen.

In ihrem Mitleid nahm sie sie schließlich mit zu Anna Köchel. »Wenn ihr da keinen Spaß kriegt, weiß ich auch nicht. Und selbst wenn nicht, die Asche für die Heimfahrt verdient ihr da mit einem Wackler mit dem Hintern.«

So hielten Minna, Berta und Auguste durch, bis Anna Köchel von einer Reise zu ihrem Patenkind nach Travemünde zurück war, und an einem Freitagmittag ließen sie sich präsentieren.

»Ach Gottchen, was bringste denn da«, rief Anna Köchel erst nur, denn Landeier waren bei der Kundschaft wenig gefragt. Henni zuliebe fasste sie sich dann aber ein Herz, taufte die Mädels um in Hanny, Fanny und Tilly, schickte sie zu Anna und Olga, dass die ihnen etwas Schmissiges nähten (streng verbrieft auf Kredit), und versprach, sie ihren Gästen am anderen Abend anzudienen. Henni war begeistert, begleitete die drei zu Anna und Olga, und während Maß genommen wurde, brachte sie den Mädchen noch ein paar praktische Sätze bei wie: »Ohne Moos nüscht los«, »Kommste rin, kannste rauskieken«, oder: »Eenmal Küche ausjefeecht macht schlappe Fünfe, für Zehne mach ick mich noch nackich.«

Anna und Olga hatten ihnen aus »loser Raschelware«, wie sie eine olle Gardine nannten, hübsche Schlupfblusen genäht, deren Saum haarscharf dort lag, wo das Bein aufhörte und die Lüneburger Heide zu sprießen begann. Anna Köchel befahl ihnen, die Zöpfe aufzudröseln, rieb ihnen die Backen rot und drapierte sie direkt unterm Lüster auf dem Sofa. Sie sahen richtig süß aus, Henni war tüchtig stolz und überzeugt davon, dass sie Anna Köchel einen Renner beschert hatte. Allerdings futterten Hanny, Fanny und Tilly, noch ehe die Gäste eintrudelten, alle Mettwurst-Schnittchen weg. Danach hockten sie wie die Hühner auf der Stange steif und aneinandergepresst auf der Sofakante, kriegten den Schnabel nicht auf, wenn ein Herr sie ansprach, und Tilly fing auch noch an zu heulen. Anna Köchel bot die Lüneburger Mädels vier Stunden lang wie sauer Bier an, um Mitternacht ertrug sie ihre langen Gesichter dann nicht mehr und jagte sie in ihren Schlupfblusen davon.

Melken

Henni wollte den dreien nach und rannte auf dem Treppenabsatz in Hanny, die hatte noch im Hof kehrtgemacht. Vor den anderen Mädels hätte sie sich ja geniert, sagte sie mit hochrotem Kopf, aber eigentlich hatte sie sich noch gar nicht sattgesehen.

Und ohne ihre Freundinnen blühte Hanny so richtig auf. Erst tanzte sie ganz ungefragt mit Henni um Mitzi Stresemann herum und half die Schleier fangen. Dafür durfte sie zusehen, als Mitzi mit einem der Herren im Zimmer verschwand, und danach glühte sie so reizend, dass sie noch vor ein Uhr die ersten beiden Freier hatte. Das beeindruckte sogar Anna Köchel, und sie gab einen Toast auf Henni aus, erkor sie feierlich zur geborenen Kupplerin.

Als Henni auch noch verriet, dass Hanny richtig echt melken könne, und Hanny übermütig rief: »Die Henni kann das aber auch!«, ging es erst richtig rund, denn Anna Köchel arrangierte daraus gleich ein Sonderprogramm. Bis morgens um viere saßen Hanny und Henni breitbeinig auf dem Sofa und molken der Reihe nach alle anwesenden Herrschaften, manche gleich zwei- oder dreimal.

So kam Henni zu ihrem ersten »Fleischkontakt« und ihrem ersten selbstverdienten Geld (abgesehen von den Dackelgroschen und ein paar Trinkgeldern fürs Zusehen). Hanny war von da an Teil der Familie, und weil Anna Köchel neuerdings ein Sonntagsfrühstück anbot, zu dem sie Anita Berbers Frühstücks-Elixier reichte, was Chloroform und noch was auf echte Rosenblütenblätter geträufelt war. Dazu gab es Opium in Pfeifen und Morphiumzäpfchen, die man sich gegenseitig verehrte, und weil Hanny Landei natürlich an dem Morgen besonders viel verehrt wurde, war sie auch gleich so süchtig, dass sie das nächste Wochenende kaum erwarten konnte.

Henni war schon früher zurück unter ihrer Treppe. Ausschlafen war dort sowieso nicht, und zu Binneweisens Sonntagsspaziergang wollte sie auch nicht zu gerädert erscheinen.

Sie spazierten an der Spree entlang, weil endlich mal die Sonne schien und man dort am meisten davon abbekam, und Henni war noch immer guter Laune, weil sie am Abend davor doch viel Gutes getan hatte.

Als sie zurück in die Mietskaserne kam, wartete eine heulende Hanny auf sie und erzählte, dass ihre schöne Busenfreundschaft mit Fanny und Tilly in die Binsen gegangen war. Tilly war nach dem Rausschmiss bei der Köchel nur noch schnell bei Schuster Knapp vorbei, um ihr Köfferchen und den rollbaren Hühnerkäfig zu holen, danach war sie mitten in der Nacht zum Bahnhof, um den ersten Zug nach Lüneburg zu kriegen, ohne jedes Geld. Fanny hatte vergeblich versucht, sie aufzuhalten, und danach die ganze Nacht auf Hanny gewartet, die einfach nicht kam. Als Hanny um elf Uhr mittags dann endlich quietschfidel und beduselt in die Kammer trat, platzte Fanny vor lauter Sorge und aufgestautem Ärger und schrie sie nicht nur an, sondern biss sie und riss sie am Zopf (den hatte Hanny sich zum Melken wieder geflochten, damit ihr die Haare nicht in den Weg kamen, und die Herrschaften hatten es geliebt, sich daran festzuhalten). Hanny redete sich damit heraus, dass sie es nun mal nicht aushielt, bei Anna Köchel wegen des Kostüms in der Kreide zu stehen. Das immerhin verstand Fanny. Sie meinte sogar, eigentlich hätte es sie ja auch gereizt zu sehen, was man mit einem Kerl so alles anstellen könnte, wenn man mal die Scham beiseiteließ, und hätte die Tilly nicht so geheult, hätte sie auch mitgemacht. Worauf Hanny sagte: »Ja, aber das ist ja wonnebar«, und vorschlug, Fanny solle am andern Wochenende mit ihr und Henni zu Anna Köchels Schönheitsabend kommen, dann wären sie wieder zu dritt, und mit Henni könne man herrlich schweinigeln. Fanny fand es allerdings keine Art, wie die Köchel sie behandelt hatte, und dachte nicht daran, der auch noch Prozente abzugeben, sondern wollte sich auf eigene Faust verkaufen und erwartete von Hanny, dass sie mit von der Partie war. Hanny wiederum gefiel es in Anna Köchels Vorderhaus viel zu gut, und sie zerstritten sich gleich wieder, mit dem Resultat, dass Fanny ihr die Freundschaft kündigte. Und jetzt teilten sie zwar notgedrungen noch das Bett, aber Fanny hatte quer durchs Zimmer mit Kohle einen Strich gezogen, sogar mitten durchs Bett, und bewohnte jetzt die linke und Hanny die rechte Hälfte, und wenn Hanny zur Tür wollte, die in Fannys Hälfte lag, musste sie anklopfen und bitte schön sagen, und das war überhaupt das Einzige, was sie noch redeten.

Henni tat das alles furchtbar leid, trotzdem fiel ihr dazu nichts weiter zu sagen ein als: »Nu, nu, das wird schon wieder«, und: »Das Jesulein …«

Leider wurde es überhaupt nicht wieder. Inzwischen hingen an allen Ecken Plakate der Gesundheitsbehörde: »Berlin, halt ein, besinn dich, dein Tänzer ist der Tod!«

Dafür hatte die Berliner Regierung das allgemeine Tanzverbot wieder aufgehoben, und Fanny – die sich auch weiterhin so nannte und nach Tillys Abreise mindestens so enthemmt war wie Hanny – rekrutierte ihre Männer auf den öffentlichen Bällen. Dabei holte sie sich gleich den Tripper, angelte sich aber auch einen sogenannten Onkel, älteres Semester, hochspendabel und kauzig, spazierte im sonnigen Mai mit Pelzkragen durch die Kastanienallee und zog denn auch bei Schuster Klapp aus, ohne sich mit Hanny versöhnt zu haben.

Selbst von Henni verabschiedete sie sich nur, weil sie sich zufällig noch einmal über den Weg liefen. »Ick bin dann besser mal weg, bevor meene Olln mich finden«, sagte Fanny schon ganz berlinerisch, und als Henni sich wunderte, dass das nicht längst passiert war, weil Tilly sie doch sicher verpfiffen hatte, lachte Fanny schmutzig und sagte: »Die Minna ist doch zu doof, um sich ne Anschrift zu merken. Außerdem wird sie froh sein, dass sie mit dem einen blauen Auge vom Ziegendieb davongekommen ist, und sich von uns kein zweites holen wollen.«

Tatsächlich hatte Minna sich nie gemerkt, in welcher Straße die Mietskaserne lag, sondern war Berta und Auguste immer nur nachgetrottet, was sich zeigte, als Hanny Landei in Lüneburg anrief. Das war auch wieder Hennis Idee gewesen, denn Hanny war chronisch pleite und inzwischen gehörig verschuldet. Was sie bei Anna Köchel verdiente, wurde gar nicht mehr ausbezahlt, sondern verrechnet, Anita Berbers Frühstücks-Elixier gab es ja nicht gratis, auch nicht für Anna Köchels

Mädchen. Beim Schuster Klapp wohnte Hanny noch gegen Naturalien, aber das wollte der sich auch nicht ewig leisten, und Henni schlug ihr vor, von Anna Köchels Fernsprechapparat aus in die Lüneburger Heide zu telefonieren und den Herrn Papa um Unterstützung zu bitten.

»Sag, du hast ne tolle Chance, dich hier zur Herrenschneiderin ausbilden zu lassen, und brauchst die Penunse für eine eigene Nähmaschine. Will er Referenzen, reichst du ihn an mich weiter. Ich erzähl ihm was von Sakkos und Tuxedos und Jägerjoppen und Gabardinejacketts, bis ihm ganz blümerant wird.«

Das tat Hanny Landei. Sie erreichte den Papa in seiner Eisenwarenhandlung, kam aber gar nicht zu Wort (und Henni sowieso nicht), weil er gleich loswetterte, er hätte Hanny, nein, Auguste schon längst am Kragen oder an den Haaren zurück nach Lüneburg geschleppt, hätte er sie nur gefunden. Gleich zu dritt waren sie nach Berlin gereist, Fannys Vater, ihr Bruder und er. Aber Tilly hatte ihnen nur mit auf den Weg geben können, dass die ausbeuterische Hexe Anna Köchel hieß, und die war nicht registriert. Das kam daher, dass »Köchel« ihr Mädchen- und Künstlername war, während die Wohnung und der Fernsprechanschluss noch auf ihren Gatten selig liefen, und der hatte Huber geheißen und war anno 15 an der Italienfront im Gebirgskrieg gefallen.

Nachdem Hannys Vater sich am Telefon ausgetobt hatte, fragte er dann doch noch: »Von wo aus rufst du denn an?«, und Hanny war so blöd zu sagen: »Na, von Anna Köchel, und die ist ganz und gar keine Hexe!«

Worauf ihr Vater rief: »Ha, dann hab ich dich jetzt.«

Denn natürlich fragte er beim Amt an, auf wen der Anschluss registriert war, und tauchte am anderen Morgen bei der Köchel auf, um gehörig Rabatz zu machen.

Hanny hatte sich allerdings nach ihrem Lapsus dünnegemacht, und Henni durfte für sie Anna Köchels ramponierte Wohnungstür bezahlen, weil sie die dumme Idee mit dem Telefonat gehabt hatte.

Suppe

Henni hatte auch sonst kein glückliches Händchen, wenn es darum ging, anderen zu helfen. Die Heins waren so ein Beispiel. Gleich nach Kriegsende war Professor Hein einer der Männer in Gehrock und Zylinder gewesen, die dachten, sie könnten sich in die neue Zeit retten, indem sie den Kaiser verabschiedeten und die Republik ausriefen. Aber dann hatten die Ereignisse den Guten überrollt, und er verlor erst die »Contenance«, wie die Frau Professor es ausdrückte, dann seine Ämter, und bald verramschten die Heins ihr Familiensilber – unerklärlich viel Familiensilber, bis aufflog, dass die halbe Berliner Unterwelt den Heins ihr Klaugut brachte und die es weiter verhökerten. Professor Hein wurde vor Gericht gestellt und wäre nach Tegel und hinter Gitter gekommen, hätte er es nicht seit dem Kohlrübenwinter 17 arg auf der Lunge gehabt. Weil andere Herren mit Zylinder für ihn bürgten, durfte er seinen Arrest zu Hause absitzen.

Bis dahin war die Geschichte allgemein bekannt, die Zeitungen hatten darüber berichtet, danach sprach es sich rum. Auch Henni erfuhr es so, denn den Dackel der Frau Professor führte sie schon länger nicht mehr Gassi. Das besorgte die inzwischen selber, und fast immer rief Fuhrmann Meisel ihr nach: »Führnse wieder diese spillrige Suppeneinlage spaziern?«, worauf die Frau Professor ihren dünnen, langen Hals reckte und zurückrief: »Der Hund ist ebenso ein Geschöpf Gottes, Herr Meisel, wie Sie und Ihre Pferde.«

Henni kriegte das mit, weil sie Fuhrmann Meisel morgens half, die Pferde zu striegeln, dafür bekam sie dann die Wolle, und Mama Binneweis machte daraus Filzpantoffeln. Dann kam Frau Professor eines Morgens ohne ihre Winnie aus dem Haus, und Fuhrmann Meisel sagte nüscht.

Auch am zweiten Morgen kam sie ohne, diesmal rief Henni ihr nach: »Frau Professor, nun sagen Sie nicht, Winnie ist krank, sie war doch vor zwei Tagen noch so fröhlich.« Worauf die Frau Professor wie angeschossen losheulte.

Und Fuhrmann Meisel feixte: »Wat heißt da krank? Jekocht hat se den Dackel! Hätte icke ja schon längst.«

Worauf die Frau Professor schluchzte: »Nur sind Sie nicht so in Not, Herr Meisel!« Dann rannte sie zurück ins Haus und ging nie mehr durch den Hof nach draußen, sondern immer nur vorne.

Was danach kam, hörte Henni auch wieder nur hintenrum, diesmal von Anna Köchel. Die wiederum hatte es von ihrer Kundschaft – die eben nicht mehr nur die ihre war. Denn offensichtlich waren die Heins, nachdem Winnie gekocht und alles Mobiliar außer einer Matratze, einem Tisch, zwei Stühlen und dem Waschtisch verkauft oder beschlagnahmt war, auf die Idee verfallen, Frau Heins Großnichte aus Rostock herzuholen, ein unverwüstlich fröhliches Ding von vierzehn Jahren mit Schraubenlocken, das Alexandra hieß und Lexi gerufen wurde. Die kam übrigens auch nie in den Hof, sondern saß im Fenster zur Straße raus und machte Faxen, miezte mit den streunenden Katzen, rief den Passanten Komplimente zu und flachste mit ihnen. Währenddessen schaltete Frau Professor allerhand Annoncen, mit denen sie Ausländer oder sonst wie Zugereiste in die Wohnung lockte: Mietangebote, Sprachkurse, Stellen- und Freizeitinserate. Alles auf gehobenem Niveau. Und kamen die Herrschaften dann, sagte sie ganz nebenbei: »Ach, da wir hier gerade so gemütlich plauschen, möchten Sie nicht unsere Nichte tanzen sehen?« Ehe die Herrschaft piep sagen konnte, kam Lexi herein gehüpft, zog sich zwitschernd aus und sprang der Herrschaft auf den Schoß. Die Frau Professor goss derweil Eichelkaffee nach und versprach: »Gegen kleines Entgelt erhalten Sie gern mehr, Herr Soundso, man lebt ja nur einmal, n'est-ce pas? Auch ich habe einiges zu bieten, mein Mann ist ebenfalls nicht ohne. Wenn Sie also möchten, tummeln wir uns alle viere nackt, wie Gott uns schuf, ein Weilchen auf dem Plumeau.«

Anna Köchel fand das zum Totlachen, Henri dagegen wurde ganz traurig, weil sie die Frau Professor gern mochte und sich vorstellen konnte, wie es dabei in ihr drinnen aussah.

Deshalb erzählte sie auch Kuddl davon, und das war eben der Fehler. »Mensch, Kuddl«, fragte sie, »kann man denen nicht irgendwie helfen?«

Denn Kuddl lachte sich auch halb tot und erzählte es seinen Kumpels in der Abendschule weiter, ein paar hatten beim Herrn Professor studiert. Einen von denen hatte der Herr Professor bei einem Examen durchsausen lassen, und der witterte nun Rache. Als Türke verkleidet, besuchte er die Heins, brachte eine Fotokamera mit und bot ein Extrageld für Nacktbilder, die er danach unter den Kommilitonen verkaufte. Das war das endgültige Ende der Heins. Sie setzten Lexi wieder in den Zug nach Rostock und schluckten zwei Röhrchen Veronal. Für den Fall, dass das nicht genügte, knieten sie sich hinter ihre letzten beiden Stühle nieder, nachdem sie die Leibbinde des Herrn Professor in zwei Stücke geschnitten hatten, banden sich jeder das eine Ende um den Hals und das andere an der Stuhllehne fest, damit sie beim Einpennen gleich noch stranguliert wurden.

»Auf Ideen kömmt der Mensch!«, schloss Justus Karnerich, der Henni die Schose brühwarm erzählte.

Danach war die Parterrewohnung eine Weile lang polizeilich versiegelt, und immer, wenn Henni vorbeiging, dachte sie an die Zeit zurück, als Frau Hein die unzivilisierten Serben noch hatte Mores lehren wollen. Keine sechs Jahre war das her, und als Kuddl ihr vorlas, was die *BZ am Abend* über die Heins berichtete, weinte sie etwas. Aber natürlich hatte Kuddl recht, als er fand, alte Zöpfe gehörten abgeschnitten, und Leute wie die Heins passten nun mal nicht mehr in diese Welt.

»Ja«, sagte sie selber, »vermutlich ist es sogar ein Segen, dass wir den Krieg verloren haben. Früher, unterm Kaiser, was muss es da popelig gewesen sein!«

Entspannung für Kriegsversehrte

Als sie am nächsten Samstagabend bei der Köchel war, sah sie trotzdem andauernd die armen Heins vor sich, wie sie zwei Stock tiefer auf Knien in des Herrn Professors Leibbinde hingen, und mochte gar nicht tanzen. Kuddl hatte ihr vorgemacht, wie das aussah: Zunge raus und verdrehte Augen.

»Ach, Kindchen«, sagte Anna Köchel zwar, »das Elend gehört nun mal in die Welt. Was glaubst du, wie es in all den Jungens aussieht, die zerschossen, kleingehackt, verätzt oder mit Sprung von der Front heimgekehrt sind? Zappenduster, sag ich dir, zappenduster. Für die machst du das. Denn sich freuen, wenn ein hübsches Ding für sie den Hintern schwingt, das können die noch immer. Also hab dir mal nich so.«

Und Julia Zeiss erzählte ihr von einem, dem hatte bei Verdun eine heereseigene Splittermine das Bein zerfetzt, sodass es abgenommen werden musste. Wenn er nun zu ihr kam, musste sie mit ihm spielen, dass sie ihm auch gleich noch das zweite Bein abnahm, mit Säge und Knebel und Chloroform. Das allein befriedigte ihn schon. Ein anderer, der Gardeoffizier gewesen war, so ein Geleckter mit Kürassier-Säbel und einem Schnauz, wie mit dem Lineal gezogen, was er Julia Zeiss jedes Mal mit einem Foto bewies, der wollte gar nur, dass sie seinen Armstumpf betatschte und so tat, als sei der eine Offenbarung. Dann heulte er und rief: »Das glauben Sie wohl selber nicht!« Das war alles, dafür zahlte er gutes Geld.

Käthchen Kull hatte auch was zu erzählen. Zu ihr war einer in die Schlachterei gekommen, damit sie ihn sage und schreibe totschoss, weil er es nicht selber fertigbrachte. Davor schenkte er ihr eine Taschenuhr, die hatte er, bevor er eingezogen worden war, seiner Braut zur Verlobung machen lassen. Siebzehn Jährchen hatte sie damals gezählt, er zwanzig. Neunzehn war sie gewesen, als sie ihm nachreisen wollte nach Deutsch-Ostafrika, weil sie vor Sehnsucht zu sterben fürchtete. Auf dem Tanganjikasee raffte sie das Sumpffieber hin, nur die Uhr kam bei ihm an. Die nahm Käthchen Kull denn auch mit Dank, aber erschießen tat sie ihn trotzdem nicht, stattdessen schickte sie ihn zu Anna Köchel. Wegen ihrer Morphiumzäpfchen. »Die entspannen ungemein«, versicherte sie ihm und hoffte, Henni und die anderen Mädchen würden ihn danach auf andere Gedanken bringen. »Tolle Sache«, sagte sie zu Henni, »solltest du auch nehmen.«

Aber Anna Köchel servierte die Zäpfchen strikt erst zum Frühstück, und da war Henni schon weg. Denn pünktlich sechs Uhr fünfundvierzig stand Mama Binneweis jeden Tag auf und ging an Hennis Treppenkoje vorbei aufs Klo. Wehe, wenn Henni dann nicht im Bett lag.

An diesem Wochenende war sie froh darum, denn Käthchen Kulls Kürassier erschien tatsächlich zum Frühstück. Er feiere gerade seinen vierundzwanzigsten Geburtstag, sagte er zu Anna Köchel, salutierte mit dem Stummel und bat um ein Zäpfchen. Verabreichen wollte er es sich selber. Er verschwand damit im »Boudoir«, wie Anna Köchel das Örtchen nannte, und entspannte sich dort immerhin genügend, um sich endlich eine Kugel durch den Kopf zu jagen.

Das war auch deshalb nicht schön, weil Anna Köchel danach Scherereien mit der Polizei bekam. Die Aufhebung des Tanzverbots hatte ihr schon einen Knick in die Bilanz gemacht, das »Blutbad im Boudoir« nun, wie die *BZ am Morgen* titelte, gab ihren Schönheitsabenden den Rest.

Onkel Reimann

Dass Henni bei Mitzi Stresemann nichts Seriöses lernte, hatte Mama Binneweis trotz Hennis Vorsicht längst gewittert. »Kind, du willst doch was werden«, rief sie fast jeden Tag und versuchte sie dazu zu kriegen, dass sie einer geregelten Beschäftigung nachging. Sie hatte sich sogar extra umgehört und eine Liste gemacht, was die Kinder in der Nachbarschaft taten oder werden sollten, damit Henni »einen Begriff von ihren Möglichkeiten« bekam.

So sah die Liste aus:

Putzmacherin, Schaffnerin, Gasarbeiter, Bonbons einwickeln bei Stollberg, Wirtschafterin, Kartenlegerin, Komponist, Volkswirt, Privatgelehrter, Stuckateur / Steinmetz, Retuscheurin, Laborantin, Heizer, Sekretärin, Journalistin, Bibliothekarin, Registratorin, Möbelpacker, Zementarbeiter, Klofrau bei Wertheim, Koch, Kinoplakatmaler, Tapezierer, Elektromonteur, Radio- und Telefonarbeiter, Möbelzeichner, Matrose, Logenschließer an der Oper, Maschinenschlosser, Schiffsjunge, Reklamezeichner

Reklamezeichner hätte Henni nicht schlecht gefallen. Allerdings war sie ja schon beschäftigt, nur eben »moderner«. Weil sie das ihrer Mama schlecht beibringen konnte, saß sie dreimal die Woche Zeit im Park ab und behauptete danach, sie hätte »Ballett« gehabt, hüpfte auch jeden Tag etwas im Treppenhaus, was sie »repetieren« nannte, und wenn sie Fuhrmann Meisel beim Striegeln geholfen hatte (dagegen hatte Mama Binneweis nichts einzuwenden, denn Henni brachte schöne Wolle nach Hause), ließ er sie danach im Stroh ein Nickerchen machen und verriet sie nicht.

Auch abends war Henni jetzt fast immer unterwegs, mal allein, mal mit Mitzi Stresemann oder mit Milli, der jüngsten der drei Schulerschwestern, die immer noch eine süße Fritzi Massary abgab. Was die Orte anging, war Henni nicht wählerisch, Hauptsache, es spielte eine Kapelle und sie kam umsonst rein. Schließlich verdiente sie damit sogar ihr eigenes Geld.

Es begann damit, dass auch Henni sich einen »Onkel«

angelte. Bei einer Polonaise marschierte sie hinter ihm, danach lobte sie den Hauch von Kölnischwasser und Pfeifentabak, den er nach sich zog. »Das ist so urgemütlich«, rief sie ihm ins Ohr (weil die Kapelle inzwischen einen Marsch blies), damit hatte sie ihn schon.

Ihr »Onkel« hieß Franz Reimann und war Wäschefabrikant in Mannheim. Andere schnappten sich einen Ausländer oder Richter, dagegen war Hennis Onkel mehr Alltagsware. Aber man nimmt, was man kriegt, und immerhin fabrizierte er Wäsche für gut, keine Liebestöter.

Dazu meinte er schon beim zweiten Korn: »Sie müssen für mich laufen, Fräulein Henriette«, und meinte damit nicht etwa, dass er sie auf den Strich schicken wollte. Nein, bei den Berliner Modewochen sollte sie seine Wäsche vorführen.

»Eine Vorführdame mit Bob?«, fragte sie und musste lachen. »Außerdem müssen Sie wissen, Herr Reimann, ich bin dürr wie Kalif Storch. Oder wie mein Bruderherz immer sagt: ›Nix an die Hüften und ooch der Busen nur ne Kriegsration.‹«

»Aber haargenau das kommt rasend gut an«, versicherte Onkel Reimann. Auch wenn Henni den Gedanken anfangs komisch fand, dass sie Kleider Gassi führen sollte wie früher Winnie, den Dackel von Frau Professor Hein, sagte sie doch nicht nein.

Und nachdem sie das erste Mal für ihn gelaufen war, war Onkel Reimann so begeistert, dass er ihr versprach, die nächste Kollektion ganz auf ihren Typ zeichnen zu lassen. Das ging natürlich nicht, für eine ganze Kollektion gab Hennis »Notration« einfach zu wenig her. Dafür wollte Onkel Reimann sie von da an bei jeder Berliner Schau haben, und am liebsten wollte er sie exklusiv.

Aber Henni witterte ein Geschäft. »Ganz im Gegenteil, werter Herr Reimann« – Henni bestand darauf, ihren Onkel zu siezen –, »geben Sie mir Ihre Wäsche und besorgen Sie mir ein Engagement für Oberwäsche. Dann lasse ich auf dem Laufsteg hier ein bisschen Schlüpfer sehen, da den Spitzensaum von einem Hemdchen, und ich wette, Sie verkaufen zehnmal besser, als wenn Se mir exklusiv verbuchen.«

Womit sie recht behalten sollte. In der Folge setzte sich Franz Reimann dafür ein, dass Henni jeweils morgens bei Tietz, bei Grünfeld und im KaDeWe vor der betuchten Privatkundschaft lief.

Sie war also tüchtig unterwegs, und manchmal zierte sie sich. Wenn sie abends klagte: »Ach, ich bin gerade so müde, mein lieber Herr Reimann, und die zahlen so mickrig«, ließ er ihr nämlich zur Aufmunterung ein Fläschlein badischen Schaumwein holen und zahlte außerdem noch was drauf. Lief sie im KaDeWe, lud er sie danach noch in die Bar im Dachgeschoss ein, dort flossen aus hundert silbernen Zapfhähnen hundert verschiedene Biere, die wollte er irgendwann in seinem Leben alle durchprobiert haben.

Ja, Onkel Reimann war so lieb, dass er Henni schließlich sogar eine kleine Wohnung mietete, in der er allerdings auch selbst wohnte, wenn er in Berlin war. In Mannheim hatte er bestimmt Frau und Kind, aber Henni war nicht so dumm, danach zu fragen. Die Wohnung lag im Scheunenviertel, viel schäbiger ging nicht, dazu war sie so winzig, dass nur ein einziges schmales Bett hineinpasste, das sie sich notgedrungen teilten. Als Henni ihm erklärte, dass sie beabsichtige, als Jungfrau in die Ehe zu gehen – das hatte sie von Mitzi Stresemann, die wie versessen Schundromane las –, glaubte er ihr den Schmonzes nicht nur, er wollte sie sogar darin unterstützen und schwor mit Spucke auf Finger, Hennis Jungfräulichkeit mit seinem Gut und Leben zu beschützen.

So war sie auf einen Schlag drei Sorgen los: Sie war raus von zu Haus, hatte Geld, und wollte ihr einer an die Wäsche, brauchte sie nur zu sagen: »Pfui, wenn das der Franz Reimann erfährt, dem gehört die Wäsche nämlich!«

Und selbst wenn ihrem Onkel der letzte Schmiss fehlte – wer als Dame auf sich hielt, hatte einen Ami oder Franzmann oder einen dieser knuddeligen Schweizer, und man wohnte auch nicht im Scheunenviertel (was übrigens sogar Franz Reimann selber fand, nur konnte er nicht mehr Spesen als Miete verbuchen, ohne dass Mannheim misstrauisch wurde) –, ein Anfang war es allemal.

Blutweihnacht

Dabei war es ursprünglich ja Kuddl gewesen, der hatte ausziehen wollen. Zu Heiligabend 19 hatte es vor dem Schloss nämlich einen kleinen Aufmarsch gegeben, in

Gedenken an die Erschossenen vom Vorjahr. Henni war mit Kuddl hin, aus Neugierde und weil damals auch Matze gefallen war, der lange Lulatsch aus Kuddls Bande, der sich im Krieg vor Wertheim so an Hennis Rückfassade gepresst hatte.

Diesmal machten sie kehrt, bevor es wieder zu einer Schießerei kam. »Eine Blutweihnacht reicht mir dicke«, hatte Kuddl gesagt.

Nur wurde es zu Hause nicht lustiger. Papas Zwillingstöchter Emma und Ella waren angereist, und zwar erstmals seit Kriegsbeginn. Sone Fatzkes, wie sie als Halbstarke gewesen waren, so etepetete waren sie jetzt. Beide hatten sich Plöner Kürassiere geangelt, sie auch gleich mitgebracht, und sonnten sich nun wie die Primelpötte grinsend in deren Angebereien. Die Binneweisens mussten sich das ganze Weihnachtsessen über anhören, wo die beiden Waffenbrüder Knut und Hartmut ihre Heldentaten geleistet hatten, von der Marne zur Aisne, dann zur Ostfront, Stellungskrieg bei Pinsk, weiter nach Schlesien und zur Rückendeckung der Infanterie an die Westfront. Überall hatten sie das Gesindel weggeputzt, und darauf kippten sie jetzt jeweils ein Gläschen Mirabellengeist, von dem sie zwei Flaschen mitgebracht hatten: »Nich lang snacken, Kopp in Nacken«, riefen sie dazu, oder: »Eeten, slawen, supen, langsam gahn un pupen: Dat sleit an!«

Kuddl verdarb ihnen schließlich die ganze schöne Laune. Er hatte in seinen Abendkursen am Schlossplatz nämlich auch so allerhand über den Krieg gelernt und konnte eklige Fragen stellen: Warum Generalstabschef

Moltke an der Marne bloß den Rückzug befohlen hatte, wenn alles so flott gelaufen war. Und ob man ihnen denn nicht in Schlesien die Pferde weggenommen und den Kürassierstatus aberkannt und sie als Kanonenfutter an die Front gestellt hatte. Knut und Hartmut verhedderten sich immer mehr und sahen bald nicht mehr so heldenhaft aus, und Emma und Ella beschimpften Kuddl und dann auch Henni, weil die nur noch lachte und lachte.

Das alles wäre noch keine Tragödie gewesen, auch wenn Mama Binneweis das ganze Essen über in der Küche blieb, weil sie sich zu Heiligabend keinen Streit anhören wollte, und Papa Binneweis stumm in seinem Armstuhl saß und mehr und mehr in sich zusammensank. Aber dann rief Emma: »Wenn ihr Knut und Hartmut nicht zuhören wollt, dann erzählt doch selber was!« Und Henni erzählte, dass sie von der Kundgebung am Schlossplatz kamen, und Kuddl schilderte die Blutweihnacht im Jahr davor, und Knut und Hartmut liefen immer röter an, weil nämlich haargenau ihr Regiment es gewesen war, das da so feige in die Menge geballert hatte. Sie selber waren damals nicht mehr mit von der Partie gewesen, gleich nach dem Krieg hatten sie abgehalftert und machten nun der eine in Gummi, der andere in Tranen und Ölen. Trotzdem hielten sie natürlich zu ihren Kameraden, die von den Pferden herab (die hatte das Regiment inzwischen wiederbekommen) ihre Landsleute abgeknallt hatten, und Kuddl hielt zu den Arbeitern, und Henni hielt zu Kuddl. Knut und Hartmut waren der Ansicht, dass man alle Roten an die

Wand stellen sollte, Kuddl und Henni am besten gleich mit. Außerdem beschimpften sie Arthur Binneweis, der inzwischen eine Flasche Mirabellengeist gebunkert hatte, still vor sich hin trank und nun Schweißausbrüche bekam, weil sie von ihm eine Rechtfertigung verlangten, dass ausgerechnet einer wie er, ein Mann in seiner Funktion, eine solche Brut heranzüchtete. Das war verwirrend, denn Henni begriff zwar, dass mit »Brut« sie und Kuddl gemeint waren, doch von welcher Funktion war da die Rede? Dass Arthur Binneweis bei der Post nicht am Schalter saß, sondern in einem Hinterzimmer mit eigenem Telefonapparat, war ihr bekannt, auch, dass er angeblich ein »kriegswichtiges Amt« bekleidete, wobei sie das nie ernst genommen hatte. Papiere und Zahlen, Papiere und Zahlen, das war alles, was sie all die Jahre über mitbekam. War nun vielleicht doch mehr dahinter?

Auch Kuddl schien nur Bahnhof zu verstehen. Doch ehe Henni nachfragen konnte, kam es noch dicker. Sie hatte sich schon gewundert, dass es in diesem Jahr nicht wie sonst zu Heiligabend Latkes und Apfelmus gab, sondern bloß Pellkartoffeln mit saurer Sahne. Nun begriff sie, warum. Denn gleich alle viere, Emma, Ella, Knut und Hartmut, hackten auf Arthur Binneweis herum, dass er noch immer mit einer Jüdin lebe, was sowieso und aus Prinzip schon nicht in Frage komme, am allerwenigsten jedoch in der heutigen Zeit. Einer Jüdin auch noch, die zu Heiligabend – zu Heiligabend! – Latkes koche. Einer Jüdin, die zu Kriegsbeginn mit Hamsterkäufen von sich reden gemacht habe. Woher die das wussten? Einer Jüdin, die ganz offensichtlich seine Kinder gegen die deutsche Ordnung aufstachle. Dass er, Arthur Binneweis, das, Himmel, schleunigst ändern solle!

»Arthur«, riefen Knut und Hartmut, obwohl man sich noch gar nicht duzte, »biste ’n beten scharp bacht? Nu nimm Vernunft an!« Und: »Papa«, bettelten Emma und Ella, »nun hör auf sie! Du weißt doch, wie Mamas Familie schon immer darüber gedacht hat.« Was Henni endlich ahnen ließ, wie es dazu gekommen war, dass die Zwillinge nach dem Tod ihrer Mama und nach Arthur Binneweisens zweiter Heirat von den Verwandten nach Plön geholt worden waren – nur fort von »der Jüdin«.

Papa Binneweis fiel zu alledem nichts zu sagen ein, beim besten Willen nicht. »Nu, nu, nu«, stammelte er immer wieder, wie es sonst Mama Binneweis tat. Dabei sah er so klein und mickrig und geprügelt aus, als bräuchte er tatsächlich dringend seine Frau, die ihn knuddelte und tröstete: »Nu, nu, Arthurchen, das wird schon wieder. Das Jesulein am Kreuze hat viel mehr gelitten als du.«

Ruth Binneweis blieb in der Küche und zeigte sich nicht. Irgendwann sprang Henni auf, um sie zu holen, da stand sie am Herd und briet doch noch die Latkes fertig, damit die geriebenen Kartoffeln nicht verdarben. »Lass sie reden, Kind, sie wissen es nicht besser.«

Henni ging ihr zur Hand, um sich zu beruhigen. Als sie ins Zimmer zurückkam, war die Plöner Mischpoke dabei, sich zu verabschieden. Hartmut zeterte noch im Flur, dass die Juden überhaupt den Weltkrieg angezettelt hätten, dann endlich polterten die gewesenen

Kürassiere die Treppe hinab, grölten noch in den Höfen und reisten zurück nach Plön.

Juden

Henni schlug die Tür hinter ihnen zu und riegelte ab, Arthur Binneweis klebte weiter auf seinem Stuhl und nippte stumm am Mirabellenbrand. Schwer zu sagen, ob er überhaupt mitbekam, wie sehr Henni und Kuddl mit ihm schimpften. *Was* genau er tun musste, um Mamas Ehre wiederherzustellen, fiel ihnen auch nicht ein, aber *dass*, stand außer Frage.

Nur Mama Binneweis mochte sich nicht aufregen. »Alles Schmonzes, Kinder«, sagte sie, während sie die Latkes hereintrug. »Bevor euer Papa mich geheiratet hat, habe ich mich in der Herz-Jesu-Kirche taufen lassen. Das wissen die, und das wissen wir. Morgen früh, wenn sie mal darüber geschlafen haben, reden sie auch wieder anders.«

»Aber Mama«, rief Kuddl, »was immer du bist, sie dürfen doch nicht so über dich reden.«

»Nein, vielleicht nicht«, sagte sie. »Aber der Mensch schimpft nun mal gern, und wir sind alle keine Engel. Jetzt esst, heiß schmecken sie am besten.« Das sagte sie immer, wenn es Latkes gab.

»Papa, das waren deine eigenen Töchter«, rief Henni. »Zieh ihnen gefälligst die Ohren lang!«

»Ich?«, fragte Arthur Binneweis nur matt und starrte weiter vor sich hin.

»Lass mal, Kind«, bat Mama, »sie haben schon genug auf ihm herumgehackt. Eben weil sie seine Töchter sind, kann er nichts tun. Das alles ist für ihn schon schlimm genug.«

Sie setzte sich, nahm seine Hand und aß mit links, denn Arthur Binneweis ließ sie das ganze Essen über nicht mehr los.

Sie aßen schweigend, und sie aßen nicht auf. Während Henni das Geschirr zusammenstellte, sagte Kuddl: »Die nehm ich mal in Gewahrsam«, krallte sich die Flasche Mirabellenbrand und ging damit unter seine Treppe. Henni spülte ab, dann ging sie ihm nach. Im Zimmer saßen die Eltern Binneweis noch immer am Tisch, das heißt, Arthur hing im Stuhl wie ein nasses Laken, Ruth tätschelte seine Hand und murmelte: »Nu, nu! Nu, nu!«

Henni ließ sich auf Kuddls Strohmatte fallen und stöhnte: »Der ist ja vielleicht feige! So hab ich ihn noch nie gesehen. Sie auch nicht. Überhaupt ist alles plötzlich anders. Mach mal auf.«

Dass Henni Schnaps trank, war Kuddl neu, aber er zog den Korken aus der Flasche, und während sie sie kippten, regten sie sich immer noch auf. Doch viel war nicht mehr in der Flasche, und danach legten sie sich nebeneinander auf den Rücken, starrten von unten die Treppe an und redeten allgemeiner.

»Was macht einen überhaupt zum Juden?«, fragte Henni. »Sind wir Juden, du und ich? Oder ist das was, das kommt und geht?«

Sie dachte dabei an Lotte Stern, ihre letzte Banknachbarin in der Schule. Deren Mutter war Hamburgerin und tischte deshalb Matjes und Büsumer Krabben auf statt wie die Berliner Rollmops und Hackepeterschrippen. Aber weder war Lottchen deswegen Hamburgerin, sondern immer noch ein waschechtes Prenzlberg-Gewächs, noch war das eine besser als das andere, sondern beides hatte so seine Reize – anders als beim Fisch, da war der Rollmops dem Matjes haushoch überlegen. »Von irgendwo her kommt der Mensch eben«, sagte sie tiefschürfend zu Kuddl, »das ist nicht zu ändern und hat deshalb auch wenig Bedeutung. Den Ami und den Franzmann etwa haben wir letztes Jahr noch totgeschossen, inzwischen bechern wir mit ihm, sitzen auf seinem Schoß und nennen ihn ›Darling‹.«

Das war ihr so rausgerutscht. Zum Glück hatte Kuddl nichts gemerkt, er dachte selber heftig nach. »Sowieso gibt es doch viel zu viele Juden, als dass man gegen sie sein könnte. Die Juden, dit is Berlin.« Dann zählte er alle Juden auf, die sie kannten. Das waren neben ihrer Mama und Lotte Stern mit Familie etwa die Salomons gewesen und »Eene-hab-ick-ja-noch«-Hendrik, außerdem war Kaufmann Wisniewski Jude, wahrscheinlich auch Herr Fjodorov, den sie den Schupos ausgeliefert hatten, Julia Zeiss war Jüdin, jedenfalls dem Namen nach, dann Mitzi Stresemann, Oberschulleiter Menke und Hennis liebste Lehrerin, das süße Fräulein Blau. Aus Kuddls Bande schließlich Abraham Hase sowie der lange Herbert mit dem Bürstenschnitt, mit dem Henni im Kohlekeller gesessen hatte.

Dass der Jude sein sollte, wunderte sie, denn er war nicht beschnitten gewesen, aber damit konnte sie

Kuddl schlecht kommen. Dafür bohrte sie noch etwas nach Kuddls Verhältnis zum Fräulein Blau, denn »süß« hatte er sie genannt, und einerseits war Henni neu, dass Kuddl sie überhaupt zur Kenntnis genommen hatte, andererseits war sie selber damals in der Schule ganz vernarrt in sie gewesen, der Krähenfüße wegen, die Fräulein Blau bekam, wenn sie lachte, und dann lispelte sie noch so reizend. Kuddl machte aber klar, dass alles ganz brav geblieben war, weil Fräulein Blau nämlich orthodox war und auch nur einen orthodoxen Juden heiraten wollte, während er selber gerade ein sogenannter säkularer Buddhist war und an überhaupt keinen Gott glaubte. »Und nie im Leben würde ich mich beschneiden lassen.« Er schüttelte sich, als wäre ihm kalt.

Inzwischen war es so spät, dass im Hof Fuhrmann Meisel schon die Pferde anspannte.

»Ich geh mal ne Treppe tiefer«, sagte Henni und erhob sich.

»Ich ziehe übrigens hier aus«, schob Kuddl noch nach.

»Ach nee! Wegen dem Krach heute?«

Er schüttelte den Kopf. »Ich will näher bei meinen Leuten sein.«

»Sind wir denn nicht mehr deine Leute?«

»Nee.«

Und das hatte Henni schon kommen sehen.

Kuddls »Leute« waren jetzt nämlich zum einen die Absolventen der Abendkurse, die er am Schlossplatz besuchte, erst am Berlin-Institut, dann am Institut für Politik, beide waren liberal und prodemokratisch. Zum anderen sein Lehrmeister Bruno Ballauf. Bei ihm lernte Kuddl seit dem Sommer Fahrradmechaniker und nebenbei so allerhand anderes.

Bruno Ballauf war besser bekannt als der »rote Bruno«, ein KPDler der ersten Stunde, der dauernd palaverte, immer nur über Marx, Engels, Kautsky, Lenin, Trotzki, Luxemburg und wie sie alle hießen. Das klang dann so: »Pass uff, dass dit Rad keene Spannung kriegt. Die Spannung zwischen Individuum und Jesellschaft, verstehste, kann man immer nur revolutionär auflösen, Demokratie is da zu kleinteilig. Lies dem Marx seine Kritik an Feuerbach, Atze, dringend. Und jetz den Schlauch druff und sauber verkleben. Rosa Luxemburg, sarick dir, war ja die Sauberkeit in Person, wa? Sauberkeit, Klarheit, Reinheit sind dit A und O jeder revolutionären Bewegung, Schmuddl und Sumpf war jestern. Die Verhältnisse ändern, dit heißt sauber machen, und nich mit dem feinen Lappen, Atze, mit Stahlspänen, mit Stahlspänen, und ordentlich rubbeln.«

»Atze« nannte der rote Bruno alle, und alle versuchte er zu bekehren. Trotzdem hatte er nichts dagegen, dass Kuddl bei den Liberalen in die Schule ging.

»Studier die Verhältnisse, hör jedem Menschenkind uff Erden zu. Dit is der erste Schritt zum revolutionären Handeln. Dem Marx seine Kritik an Hegel noch nich intus? ›Man muss diese versteinerten Verhältnisse dadurch zum Tanzen zwingen‹ – ›zwingen‹, sacht der –, ›dass man ihnen ihre eigene Melodie vorsingt.‹ Na, denn sing den Liberalen man tüchtich wat, Atze! ›Ein Hoch den Liberalen, sie lassen sich bezahlen.‹ Dit is nich von Marx, dit is von meiner Wenichkeit. Jetzt aber pumpen, Atze, pumpen, bevor die olle Klebe trocknet.«

Nach Feierabend nahm er Kuddl, wenn der nicht gerade Kursus hatte, mit in den Bullenwinkel, eine Schenke beim grauen Kloster, in der sich die KPD traf. Hatte Kuddl Kursus, ging er danach noch mit den Jungsozis zu Deutschbein, der neben der neuen Postkutschen-Umspannstation an der Linienstraße eine Kneipe führte, die sogenannte Schultheiss Restauration. Und weil Kuddl Henni erziehen wollte, fuhr er vorher öfters noch mit dem Rad zu Hause vorbei und schleppte sie mit.

Henni ging mehr aus Gutmütigkeit, denn bei den Sozis wurde ihr entschieden zu viel gestritten. Meist sah sie durchs Fenster den Gassenjungen in der Linienstraße zu, wie sie sich unter den Kutschgäulen um deren Äpfel prügelten, die sie danach verkauften: Im Frühjahr fürs Erdbeerbeet, im Sommer wurde Baulehm damit gestreckt und im Winter eingefeuert. Sie mochte die Kutscher, die ins Lokal kamen und sich, obwohl sie sowieso schon mehr breit als lang waren, von Deutschbein Riesenportionen Buletten und Bockwurst auftischen ließen, die sie mit doppeltem Klarem nachspülten.

»Trinkt doch auch mal einen Klaren«, schlug sie Kuddl

vor, »dann seht ihr vielleicht nicht mehr alles so schwarz.« Aber die Wahrheit war, dass Kuddls Kumpel nicht mal das Geld für ein Bier hatten. Sie tranken Wasser, oder Deutschbein schüttete die Reste aus stehengelassenen Gläsern zusammen, nannte das »Spreewasser« und gab es den verlumptesten von Kuddls Kumpels aus. »Sonst fallt ihr mir beim nächsten Remmidemmi noch von die Barrikaden.«

Bei den KPDlern ging es gesitteter zu, sie waren auch gereifter. Man trank hessischen Rotwein, dazu gab's Schnitzel, und laut gestritten wurde selten. Ja, den roten Bruno packte ab und zu ein Überschwang. Meist aber fielen im Bullenwinkel nur einzelne Sätze, die wiederum so sperrig waren wie ein Schuster-Dreibein oder der Otto-Motor, vor allem die von der alten Frau Zetkin, auch wenn die ein so zärtliches Sächsisch sprach. Aber jedes einzelne Wort schob sie erst im Mund zurecht, bis es haargenau passte, und was sie sagte, war denn angeblich auch – zumindest, wenn man von der Materie was verstand – rasiermesserscharf. Henni verstand nicht viel von der Materie, als Mensch gefiel ihr Frau Zetkin aber so sehr, dass sie sogar versuchte, *Die Kommunistin* zu lesen, das war die Zeitung, die sie herausgab. *Die Deutsche Kriegszeitung* hatte Henni aber doch mehr Spaß gemacht, und als Frau Zetkin im Bullenwinkel die zweite Nummer verhökerte, kaufte Henni sie schon nicht mehr.

Frau Zetkin bedauerte das, weil die KPD sich doch laufend verjüngen müsse, und als Henni ihr erklärte, dass sie eigentlich nur wegen Kuddl hier war und es mit der

Politik nicht so hatte, weil es ihr da zu viele Luftikusse gab und sie ja wohin wollte im Leben, sagte die Frau Zetkin: »Ja leider, so denken heute viele«, und schnitt sie seither.

Dabei hatte Henni nicht unrecht. Das Hickhack dauerte nun schon zwei Jahre.

Im Frühjahr 20 dann, als Kuddl schon ausgezogen war und in der Mietskaserne nur noch vorbeikam, wenn er gerade ein geflicktes Fahrrad zur Probe fuhr, hieß es plötzlich, Kaiser Wilhelm kehre nun wieder. Das war irgendwie ein erhebender Moment. Da waren gerade die Sozialisten an der Macht, doch Generallandschaftsdirektor Kapp, ein aufrechter Beamter mit steifem Kragen, Monokel und kaschierter Glatze, putschte sie mit Hilfe der berüchtigten Brigade Ehrhardt, rief die nationale Republik aus und wollte den Kaiser zurückholen. Nur hatte die sozialistische Regierung, bevor sie nach Dresden ausgebüxt war, den deutschen Arbeiter aufgefordert, zu streiken, und die Kommunisten organisierten denn auch einen mustergültigen Generalstreik, auf den Kuddl sehr stolz war: Straßenbahnen und Droschken blieben stehen, vor allem aber konnte Berlin sich fünf Tage lang nicht waschen, es gab kein Wasser, keinen Strom.

Darüber konnte Kuddl leicht feixen, fließend Wasser und Elektrisch hatte er in seiner Mansarde am Pleyeler Damm sowieso nicht, nur Tauben und Fledermäuse. Leider blieb die Armee regierungstreu, und so konnte der gestrenge Herr Kapp nicht walten, wie er gern wollte. Kaiser Wilhelm blieb verreist, Kapp selber wanderte nach Schweden aus, und die Sozialisten kehrten aus Dresden heim.

Doch natürlich wollten die Arbeiter nun ihren Lohn, immerhin hatten sie den Herrn Kapp vergrault. Und was tat die sozialistische Regierung? Sie kaufte sich die Brigade Ehrhardt, der war Herr Kapp nämlich den Sold schuldig geblieben, und die schoss und bombte nun für gute deutsche Steuergelder die meuternde Arbeiterschaft über den Haufen.

Kein Wunder, dass der rote Bruno, nachdem er dabei selbst um ein Haar erschossen worden wäre, nun von Kuddl eine Entscheidung forderte, ob er Sozialist sein wolle und damit fortan Stellensuchender oder aber Kommunist und weiterhin sein Lehrling: »Weeste, Atze, dit jibt sone und solche Zeiten, und jetz is Schluss mit Verständnis. Marxens elfte These zu Feuerbach nich jelesen, Atze? Jetz wird nich mehr diskutiert, jetz kriegense die Tracht Prügel ihres Lebens, sonst ändert sich nie wat.«

Kuddl hatte sich auch bereits entschieden – »jenuch is jenuch« – und wurde sogar Gründungsmitglied der Kommunistischen Jugend.

Der Stammtisch der Jungsozis bei Deutschbein fiel nach dem Kapp-Putsch ohnehin auseinander. Zwei von ihnen, Sebastian und Paul, waren wie Kuddl von der sozialistischen Regierung enttäuscht und folgten ihrem Kumpel zu den Jungkommunisten, einer blieb Sozialist, alle Übrigen begeisterten sich ausgerechnet für die Brigade Ehrhardt. Die Kerls hatten zwar von allen die mieseste Rolle gespielt, aber sie waren eben auch die

Einzigen, die man – zumindest, wenn man ein Auge zukniff – als die Sieger von dit Janzen ansehen konnte.

Hakenkreuzler

Und das sah in diesem Frühjahr halb Berlin so. Das Hakenkreuz, das die Brigade-Soldaten sich beim Putsch mit nasser Kreide auf den Helm gemalt hatten, war jetzt der letzte Schrei.

Obwohl niemand Henni erklären konnte, was es eigentlich bedeutete. Der jüngere Sohn vom Frisör Pavellek trug es als einer der Ersten und sah darin ein altes Zeichen für Glück, während sein Gruppenführer behauptete, es betone den Eifer der Landsknechte und das gesunde Völkische. Die *Berliner Morgenpost* schrieb, das Kreuz sei das Wahrzeichen der Arier, und als Henni kurz nach Ostern in der Prenzlauer Allee Astern und Schmackeduzchen für Mama Binneweisens Geburtstag kaufte, saß der Kleine vom Optiker Dase auf dem Gehstein, schmierte Hakenkreuze aus Dreck an die Karosse seines Vaters und behauptete: »Dit is jegen die Juden, weil die Juden, die sind dran schuld.« Woran genau, hatte er vergessen, da half auch der Pfennig nicht, den Henni ihm versprach, wenn er sich erinnerte.

Als Henni das Optiker Dase erzählte, schlug der seinem Sohn die Nase blutig, denn sie waren ja selber Juden.

Sonst schlugen aber eher die Hakenkreuzler. Auch wenn sie nicht recht wussten, wofür sie eigentlich ein standen, der Brigade Ehrhardt eiferten sie gern nach. Und was schon beim Kapp-Putsch gegolten hatte, galt auch weiterhin: Wer das Hakenkreuz trug, durfte verprügeln, wen und wie er wollte, dagegen hatte keiner was. Und obwohl es ja nicht die feine Art war, jeden zu vermöbeln, eroberte das Hakenkreuz bald auch die oberen Kreise. Hennis Onkel Reimann etwa trug es als kleines, silbernes Steckerchen am Revers. Als Henni ihn darauf ansprach, versicherte er ihr, dass er zwar nicht die Absicht habe, sich zu prügeln, »allerdings, Fräulein Henni, kann in dem Wirrwarr, das derzeit in Deutschland herrscht, beim besten Willen nicht eindeutig geklärt werden, wer nun eigentlich auf wessen Seite ist und ob die Prügel nicht am Ende wohlverdient sind. Vorschnell verurteilen will ich sie daher nicht.«

Und doch nahm er Henni zuliebe das Steckerchen wieder ab, jedenfalls solange er in Berlin war.

Aufgekratzt

Mit ihrem Umzug ins Scheunenviertel nahm Hennis Leben endlich Fahrt auf. Als Vorführdame verdiente sie zwar nicht üppig, aber es war doch gutes eigenes Geld. Und seit *Die Zeitung für die elegante Welt* über den Bob geschrieben hatte, den sie Bubikopf nannte, und Coco Chanel ihn ihren Modellen verpasst hatte, konnte Henni sich vor Aufträgen nicht retten.

Außer, Franz Reimann war in Berlin, der sie ja exklusiv besitzen wollte. Dann saß sie, wenn sie nicht gerade seine Mode Gassi führte, mit ihm an ihrem winzigen Küchentisch, auf den keine zwei Teller passten, und hörte sich geduldig seine Theorien an. Denn Franz Reimann redete gern. Warum das neue Gesetz, das alle Kinder in den ersten vier Jahren in dieselbe Schule stecken wollte, egal ob arm oder reich, gebildet oder proletarisch, notwendigerweise zu einem Verlust an Geisteskraft in Deutschland führen müsse. Warum die Deutsche Reichsbahn niemals der Hoheit des Deutschen Reichs hätte unterstellt werden dürfen, sondern als Kommanditgesellschaft hätte gegründet werden müssen. Warum die Siegermächte kein Recht hätten, Deutschland von den Olympischen Spielen in Antwerpen auszuschließen, zu deren Ehren »Reimann Feinwäsche« doch extra eine schöne Herrenlinie mit Reitern, Fechtern, Gewichthebern und Segelbooten in Gold entwickelt habe mit Pinseln, Federn, Zirkeln und Geigen in Lorbeergrün – denn auch für Architektur und für die schönen Künste würden Medaillen vergeben, und wer, wenn nicht die deutschen Göttersöhne, hätte die verdient? –, und nun müsste er die vielen tausend Leibchen alle unter Produktionspreis verhökern.

War Franz Reimann wieder nach Hause zu Frau und Kind gefahren, genoss Henni das Nachtleben, tanzte bis in die Puppen und führte nach dem Frühstück Kleider vor. Denn die Frau von Welt kaufte neuerdings morgens ein. Je nach Wetter schlief Henni danach für ein Stündchen im Park oder im Omnibus, wo das Bollern des Motors so schön einlullte, nachmittags setzte sie sich dann in eines der vielen Künstler-Cafés im Westen und lernte interessante Leute kennen.

So kam sie schließlich zu Klumpatsch. Starrte sie einer beim Tanzen an, achtete sie ja nicht weiter darauf, außer, er stank vor Geld, dann ließ sie sich Wachteln oder Spickaal von ihm spendieren. Deshalb sah sie den bleichen, pummeligen Jungen, der sie eines Nachmittags im Romanischen Café ansprach, in dem Moment zur ersten Mal. Engelbrecht hieß er, war sechzehn, sah aber aus wie vierzehn, das machten die Pausbacken. Statt einer Zigarette bot er ihr amerikanischen Fruchtkaugummi an. Henni steckte den Gummi in die Tasche, denn sie wollte noch den Kaffee genießen, der war hier teuer genug. Engelbrecht klebte dann seinen hinters Ohr, bestellte dasselbe und erzählte von einer Künstlerbewegung, die Klumpatsch hieß und gerade in der Nähe vom Tiergarten ausstellte.

Die Klumpatschisten hatten auch eine Jugendabteilung. Engelbrecht gehörte dazu. Seinen Beitrag zur Ausstellung wollte er »spontan« gestalten. Mit Henni. »Ich hab Sie nämlich tanzen sehen, also mehr als einmal. Sie müssten das beruflich machen, und ich biete Ihnen die Chance. Sie und meine Wenigkeit, *das* wär ein Traumpaar!« Henni sollte tanzen, Engelbrecht wollte dazu etwas deklamieren – was im Einzelnen bei ihrem gemeinsamen Auftritt geschehen würde, sollte sich allerdings erst im Moment ergeben, »aus der Eingebung heraus«.

»Klumpatsch« klang für Henni kindisch. Sie stellte sich Puttenengel und bestickte Schlafrollen vor, wahrscheinlich auch wegen Engelbrechts Namen und seinen

Pausbäckchen. Aber weil sie immer gern tanzte, nichts weiter vorhatte und Onkel Reimann mit der Familie für sechs Wochen am Wörthersee auf Sommerfrische war, nahm sie Engelbrechts Rechte, schüttelte sie und sagte: »Henni heiß ick.« Dann zogen sie los, damit er ihr am Lützowufer die Ausstellung zeigte.

Die war wirklich kindisch, aber auch spaßig. Und tatsächlich war ein Engel mit von der Partie, wenn auch mehr böse als niedlich, denn er bestand aus einer ausgestopften Felduniform mit Messer im Ärmel und Schweinekopp aus Pappmaschee, auf dem eine deutsche Offiziersmütze saß. Auf einer Bauchbinde stand: »Vom Himmel hoch da komm' ich her«, und auf einem Schild las Henni, dass man zwölf Stunden auf dem Tempelhofer Feld marschieren müsse, um die Sache als Kunst zu begreifen.

»Also ich muss keine zwölf Stunden marschieren, um zu wissen, dass das keine Kunst ist.«

»Ist ja auch Antikunst«, erklärte Engelbrecht. »Kunst war gestern.«

»Und was ist heute?«

»Revolte«, sagte Engelbrecht und bekam nervöse Flecken ins Gesicht, sodass Henni ganz gerührt an Herbert im Kohlenkeller denken musste.

»Schön, Revolte«, sagte sie. »Aber Revolte wohin? Was soll denn nachher sein, wenn das Alte weg ist?«

»Na, Freiheit.« Ungeduldig tippte Engelbrecht mit dem Fuß, dann holte er den Kaugummi hinterm Ohr hervor, schob ihn in den Mund und kaute nun, statt zu tippen.

»Freiheit haben wir doch schon. Ich jedenfalls könnte platzen vor Freiheit.«

»Deshalb will ich Sie ja auch auf der Bühne haben, weil, ich hab sie nämlich noch nicht.«

»Na, dann verschaffen wir Ihnen die.«

Zweimal traten sie auf, je vor einer Handvoll Klumpatschisten. Beim ersten Mal war Engelbrechts Familie im Publikum, alle so plüschig und wohlgenährt wie er, der Vater ein Herr Ministerialrat. Engelbrecht hatte ein Grammophon aufgestellt und ließ Militärmusik laufen. Aus Zeitungen hatte er Sätze ausgeschnitten, die schüttete er auf dem Parkett aus, und während Henni in ihrem lieben alten Mäusekostüm durch die schnieken Räume tanzte, wie es ihr gerade gefiel, setzte Engelbrecht sich, nachdem er sich in letzter Sekunde noch Hennis Kleid als Turban um den Kopf gewickelt hatte, im halben Schneidersitz vor die Schnipsel, zog einen Zeitungsschnipsel nach dem anderen heraus, las vor, was draufstand, als wären es Gedichte. Dazwischen sah er immer wieder mal himmelwärts und flehte: »Mach mich frei!«

Dass er eigentlich nicht den Himmel anflehte, sondern Henni, verriet er ihr erst, als alles vorbei war. Das Echo war beide Male eher mau gewesen, außer dass Henni viele Komplimente für ihre Beweglichkeit bekommen hatte und die älteren Klumpatschisten ebenfalls gern mit ihr aufgetreten wären. Das gab ihr den Mut, Engelbrecht vorzuschlagen, gemeinsam noch etwas an seinem Part zu feilen.

Engelbrecht ließ sie aber gar nicht erst ausreden, sondern platzte heraus: »Wenn ich sage ›spontan‹, Henni, meine ich damit, dass wir beide reagieren, nicht nur ich auf dich, sondern auch du auf mich.«

»Ja, aber wie hast du denn reagiert?«, fragte Henni verwundert.

»Na, im Instinkt! Ich zieh ja die Schnipsel nicht irgendwie, sondern fühle mit dir, mit deinen Bewegungen, und daraus zieh ich dann. Du dagegen hörst überhaupt nicht hin.«

Da hatte er recht, dazu waren ihr die Zeitungsschnipsel zu doof gewesen. Engelbrecht hatte allerdings den Teil gemeint, wenn er rief: »Mach mich frei.« Das gestand er ihr später am Abend, nach der dritten Molle. So ganz im Geheimen hatte er sich nämlich vorgestellt, Henni würde ihn irgendwann nackig machen und sich selber auch, oder wenigstens so weit, dass sie sich auf ihn setzen konnte – um ihn nämlich zu entjungfern.

»Ach, du Schreck«, sagte Henni. »Da hättest du aber ganz was anderes lesen müssen.« Dann lachte sie tüchtig.

»Kann ich ja noch tun«, rief Engelbrecht in ihr Gelächter hinein und tippte wieder mit dem Fuß. »Ich lese, was immer dich scharfmacht. Aber dieses Gelächter gehört sich nicht.«

»Entschuldige. Weißte, Engelbrecht, ich lach ja nur, weil ich selber noch Jungfrau bin. Und mich auf die Art hinzugeben, wäre wirklich tüchtiger Klumpatsch. Doch nee, du, das Vergnügen spar ich mir noch auf.«

Und Engelbrecht hatte auch viel zu viel Angst davor, mit einer Jungfrau zu schlafen. Schließlich hatte er

Henni genau deshalb ausgesucht, weil er gedacht hatte, keine wäre erfahrener als sie.

Romantik

Trotzdem planten sie noch einen dritten Auftritt, mit allerhand Neuerungen. Dazu kam es dann aber nicht mehr. Denn an jenem Mittwoch wurde Burchards Galerie von einer Horde Jungens besetzt, die behaupteten, Klumpatsch betreibe linke Propaganda und vergifte das deutsche Gedankengut. Die Jungens nannten sich Nationalsoziale und waren irgendwie niedlich, weil sie in ihren zusammengestückelten Uniformen kaum anders aussahen als der mit Rosshaar ausgestopfte Engel der Klumpatschisten. Sie wagten auch nicht, etwas kaputt zu machen, schmierten nur mit Kreidefarbe Hakenkreuze an Wände und Fenster, und danach setzten sie sich breitbeinig auf den Boden und redeten von Hausbesetzung. Für Henni war das eigentlich Wunderbare aber, dass Herbert mit von der Partie war, eben jener hagere Herbert mit dem Bürstenschnitt und den nervösen Flecken im Gesicht, an den Engelbrecht sie erinnert hatte.

»Mensch, Herbert«, rief sie, als sie in die Galerie kam und ihn auf dem Parkett sitzen sah, »jetzt sag nur, du bist auch Klumpatschist?«

Schon bekam Herbert seine Flecken, sprang auf und wischte sich die Pfote an der Joppe ab, bevor er sie ihr reichte. Schweißhände hatte er trotzdem.

»Mensch, Henni.« Auch seine Stimme kollerte ganz

wie damals, nur den Stimmbruch hatte er jetzt hinter sich, und so tönte sie jetzt in einem schönen Bass. »Schweinekram ist das hier, bolschewistischer, wir protestieren gerade. Wolltest du dir das etwa ansehen?«

»Hab ich schon«, antwortete sie. »Auftreten will ich. Wenn du bleibst, tanze ich ganz allein für dich.« Und ehe Herbert etwas sagen konnte, holte sie zwei Bier und drückte ihm eines in die Hand. »Komm, lass uns auf alte Zeiten anstoßen.«

Herbert nahm das Bier, aber er hielt sich nur dran fest. Er schwitzte. Die anderen gafften. »Du, wir sind mitten in einer Aktion. Ich bin nicht privat hier.«

»Ach, Herbert, komm schon, so nah waren wir uns noch nie.« Henni schenkte ihm einen verruchten Blick. »Und überhaupt, bist du nicht Jude? Was machst du mit dem Stecker da?« Sie tippte auf das Hakenkreuz an seiner Brust, so wie man eine tote Maus antippt, um zu sehen, ob sie noch zuckt.

Herbert war jetzt so scheckig im Gesicht, dass Henni an ein Perlhuhn dachte.

»Was bin ich?«, fragte er, fasste Henni ziemlich grob am Handgelenk und zog sie aus dem Raum.

»Komm da lang«, sagte Henni, »da stört uns keiner.« Sie stieß die Kellertür auf, dann machte sie sich los von ihm, hüpfte die Treppe runter und setzte sich an eine Wand. »Setz dich auch«, sagte sie. »Da rüber. Wie damals. Prost.«

Herbert setzte sich aber nicht und trank auch nicht, sondern fragte mit fieser Stimme: »Wieso Jude? Wie kommst du auf Jude? Bin ich etwa beschnitten?«

»Nee, biste nich, hatte mich auch gewundert. Aber ich wollte dich doch nicht blamieren, du. Die Juden, das ist doch Berlin. Ich bin selber von Muttern her Jüdin.«

»Du, Henni?«, rief er. Jetzt trank er doch. »Das wusste ich nicht. Und Kommunistin biste auch?«

Henni schüttelte den Kopf und prostete ihm noch mal zu. »Kuddl is. Ick für meine Person bin jar nüscht, außer Vorführdame für schicke Klamotten.«

»Ja, das kannste sicher toll«, sagte Herbert und setzte sich nun auch, wie damals, an die Wand gegenüber. »Aber wie kommste drauf, dass ich Jude wär?«

Irgendwas sagte Henni, dass sie Kuddl da besser rausließ. »Biste nich?«

Herbert druckste herum, dann sagte er: »Nu, auch so halber. Aber sie sind längst geschieden. Mein Bruder ist noch beschnitten, Hansi, kennste? Ich nicht mehr, Schwein gehabt.«

»Ach weißt du, der Herr von Welt trägt heutzutage kurz.« Den Spruch hatte sie von damals, als sie eine Nacht lang Seite an Seite mit Hanny Landei alle möglichen Johannesse gemolken hatte, dicke, dünne, kahle, struppige und lappige. Da waren auch beschnittene dabei gewesen, und beim ersten, der einem Herrn Dr. Mendel gehörte, hatte Henni im Jux gerufen: »Was ist denn das? Da fehlt doch was, Herr Mendel!« Worauf Dr. Mendel ihr eben erklärt hatte, das sei vorteilhaft für die Hygiene, und der Mann von Welt trage das heute so. Seither hatte Henni sich immer gewünscht, den Spruch mal anzubringen, und Herbert lachte auch so sehr, dass er sich verschluckte und Bier hustete.

Danach wischte er das Kinn mit dem Joppenärmel ab, schüttelte den Kopf und fummelte an seiner leeren Flasche. »Mensch, Henni, was war ich in dich verliebt. Wie lange ist das her?«

»Drei Jahre wohl.« Henni angelte aus einer Kiste noch zwei Biere. »Ewigkeit, was?«

Herbert nickte. »Schade, hast du seither deine Matte abgemacht. Stimmt es übrigens, dass du damals mit Matze zusammen warst?«

»Matze? Wie kommst du darauf?«

»Na, er hat das immer behauptet.«

»Matze? Pfui, kannste denken! Nee, Herbert, so, wie du dir das vorstellst, war ich überhaupt noch mit keinem.«

»Was, nie?« Ihm blieb der Mund offen stehen.

»Nie. Dachte mir, ick spar mir uff.«

»Donnerwetter.«

»Also inzwischen hab ich natürlich auch einen«, schob sie zur Sicherheit nach, stand auf und ging zur Treppe. »Ist aber noch ganz zart.«

»Och, schade!« Er kam ihr nach. »Und trotzdem wolltest du für mich tanzen?«

Sie zögerte. »Weißt du, zieh du mal deine Mannschaft ab, dann meld ich mich bei dir.«

»Versprochen, dass du dich meldest?«

Henni schwor mit Spucke auf Finger, und als sie oben waren, ging sie erst mal für kleine Mädchen. Als sie zurückkam, hatte er seine Leute schon abbefohlen und sich vom Acker gemacht – ohne Gruß, ohne Umarmung. Das machte sie fast wieder wehmütig.

Und das Gefühl von Heimweh und guter alter Zeit blieb auch noch eine Weile, obwohl der Abend danach richtig nett wurde. Die Vorstellung ließen sie ausfallen, es war sowieso kaum ein Mensch gekommen, nur ein paar Klumpatschisten und ein einsamer Journalist, der über ihren Auftritt hatte schreiben wollen. Gemeinsam putzten sie die Hakenkreuze weg, danach saßen sie bis in die Puppen ums Grammophon, tranken Bier und sauren Wein mit Zucker und hörten Jazz. Den hatte Engelbrechts älterer Bruder Karl-Gregor am Tag zuvor erst aus New York mitgebracht, pressfrisch. Das war vielleicht aufregend.

Singen

Dieser dritte Abend in Burchards Galerie am Lützowufer hatte dann so seine Konsequenzen. Die erste war, dass Engelbrecht immerhin halbwegs seine Jungfräulichkeit verlor. Weil Henni von Mamie Smith, Marion Harris, Esther Walker und wie sie alle hießen, nämlich so bald nicht genug bekam, besuchte sie Engelbrecht nun öfter. Beide Brüder wohnten noch bei ihren Alten in einer vornehmen Charlottenburger Etagenwohnung. Und nur auf dem Perserteppich vor dem Grammophon zu lümmeln und mit der Kapelle mitzuwippen, während Engelbrecht vom Sofa aus auf ihren Hintern starrte, hielt sie auf die Dauer nicht aus. Deshalb gönnte sie ihm dann und wann als Entgelt fürs Plattenhören einen Blick unter den Rocksaum, und wenn Engelbrecht sie zuletzt nach unten zur Haustür brachte, molk sie ihn zum Abschied in der Fahrradnische.

Das hatte den Nachteil, dass Engelbrecht nur beim Plattenhören immer ganz hibbelig war und völlig außer Rhythmus zappelte. Damit seine Mutter die Dauerbeule in seiner Hose nicht sah, legte er ihre musikalischen Nachmittage so, dass sie allein zu Hause waren, und Henni war das nur allzu lieb. Denn Engelbrechts Mama war eine ewige Quasselstrippe, außerdem sah sie in Henni schon ihre künftige Schwiegertochter und wollte sie bei jeder Gelegenheit zu etwas Besserem erziehen. Das ging dann so: »Kindchen, doch nicht bei dem Wetter! Kindchen, doch nicht in solch einem Aufzug! Ach, Kindchen, ja, weißt du nicht, wie leicht die Männer denken!« Und: »Nun hör mal, Engelbrecht, willst du bit-te schön deiner Henni verbieten …«

Während Engelbrecht rotgesichtig in der dunkelsten Ecke stand, der Beule in der Hose wegen, und auf seine immer sauber manikürten Finger starrte, spielte Henni mit, um ihn nicht zusätzlich zu blamieren, und flötete: »Ach wirklich, Frau Lüders? Nein, wer hätte gedacht, Frau Lüders! Ja, ist denn das die, Frau Lüders! Was Sie nicht sagen, Frau Lüders! Ja, wirklich, Engelchen, du solltest strenger mit mir sein, du weißt doch nur zu gut, wie lasch ich mit mir selber bin.«

Die zweite Konsequenz aus dem Plattenabend in der Galerie war, dass sie selber zu singen begann. Und dass sie einen zweiten Onkel abbekam. Das hing miteinander zusammen. Denn der Journalist, der nur gekommen war, weil er zuvor in der *Berliner Morgenpost* die Klumpatsch-Ausstellung in die Pfanne gehauen hatte und deshalb von den Oberklumpatschs eingeladen worden war, sich wenigstens noch die Aufführung anzusehen, hatte gleich einen Narren an ihr gefressen, auch wenn es ja zu keinem Auftritt mehr gekommen war.

Wie Franz Reimann war auch Karl schon über vierzig, trug Nickelbrille und Geheimratsecken, und seine überlangen Arme und Beine stachen dicht behaart aus einem weißen Konfektionsanzug heraus wie das Kraut aus der Fenchelknolle. Aber während Franz Reimann auch dann noch scheintot aussah, wenn er lachte, bekam Karl dabei etwas Bübisches, außerdem hatte er ein hübsches, schmales Kinn und zeigte einen ebenso spitzen wie freundlichen Humor bei allem, was er sagte. Deshalb konnte man ihm auch gar nichts übelnehmen.

»Henni«, sagte er, nachdem er zwei Stunden lang mit angesehen hatte, wie sie in Burchards Galerie am Grammophontrichter hing, mitsummte und sich gleich jede Plattenhülle schnappte, um alle Namen auswendig zu lernen, »dass dich das auf die Dauer nicht befriedigt, sieht ein Blinder. Du musst selber singen.«

»Ich soll singen?« Henni lachte, denn eine Stimme wie eine Amsel hatte sie nun nicht gerade. Doch Karl erklärte ihr, dass »schön« auch gar nicht mehr gefragt sei.

Henni sah ihn scheel an. »Mehr lange Beine und Knackarsch, wa?«

»Nein, Ausdruck«, sagte Karl. »Und Ausdruck, den hast du.«

Das fand Henni so süß, dass sie versprach, ihn am

anderen Tag zu besuchen. Denn Karl schrieb nicht nur Artikel für die *Morgenpost*, sondern auch Lieder fürs Kabarett. »Gehobenes Chanson« wie er es nannte, was aber gerade nicht heißen sollte, dass seine Lieder nett waren, sondern dass sie in die Tiefe gingen, zu Herzen – und das, sagte Karl, tat das Sperrige oder gar Hässliche oft viel mehr als das Nette.

Bevor Henni zu ihm fuhr, zog sie extra viele Schichten an, denn Karl hatte so was an sich, dass sie sich für ihn auch ausgezogen hätte, und sie wollte es sich wenigstens so schwer wie möglich machen. Und hatte sie sich erst für ihn ausgezogen, wollte er sie womöglich gar nicht mehr groß rausbringen.

Es kam dann aber alles völlig anders als sie sich ausgemalt hatte. Karl hatte seinen Komponisten dazugebeten, Arthur mit Namen, aber alle Welt nannte ihn nur Fisling, weil Fis-Dur seine Lieblingstonart war, und die Instrumentalisten hassten ihn dafür. Als Henni eintraf und Karl ihr aus dem Mantel half, saß Fisling bereits am Klavier. Danach drückte Karl ihr ein Blatt mit Text in die Hand und sang erst vor, danach sangen sie zu zweit, zuletzt sang Henni allein.

»Also, eigentlich bin ich ja Tänzerin«, sagte sie zur Entschuldigung, als sie fertig war. Daraufhin ließen die Herren sie gleichzeitig tanzen und singen, und zuletzt schickte Karl sie mit zwei Mark um die Ecke, damit sie zum Kaffee etwas Süßes holte.

Als sie zurückkam, hatten sich die Männer besprochen.

»Setz dich«, sagte Karl.

»So schlimm?« Henni setzte sich mit einer Pobacke auf die Sofakante, sodass sie gleich wieder aufstehen und gehen konnte.

»Wie man's nimmt«, sagte Karl. Dann bot er Henni ein Engagement als Blumenmädchen in einer politischen Revue an, in der es um den Kapp-Putsch ging.

»Darf ich da auch tanzen?«, fragte Henni.

»Singen, tanzen und sogar sterben«, sagte Karl.

Das gefiel Henni natürlich ganz besonders.

Entjungfert

Die dritte Konsequenz aus dem letzten Klumpatschistenabend war, dass sich Hennis Schwäche für amerikanische Musik auf die amerikanischen Musiker ausweitete. Beim nächtlichen Tanz in den Kellern und Dielen um den Alex herum, wenn gerade Pause war und die Orchester an der Bar ihre Vertragsgetränke kassierten, hatte sie es schon mal mit einem Schwätzchen versucht. Doch außer »Hello, Johnny« und »Not tonight, sorry« sprach sie kein Englisch, und eine süße Schnute und moosgrüne Augen allein reichten nicht weit, von so was wimmelte es in den Berliner Nächten.

Dabei wäre ein Ami auch deshalb toll gewesen, weil sie doch am allerliebsten so gesungen hätte wie die Harris oder die Walker oder die Smith, ein frecher, forscher Trompeter zum Beispiel, oder, wenn sie praktisch dachte, ein Pianist, der konnte sie auch gleich begleiten. Aber dazu brauchte sie einen, der ihr Englisch beibrachte, und den hatte sie nicht. So landete sie immer wieder bei den deutschen Musikern, und natürlich war es da was anderes, wenn sie denen sagte: »Ich singe und tanze Revue«, und nicht: »Ich führe im Kaufhaus Wäsche Gassi.« Wurde sie dann gefragt, wo sie zu bewundern sei, sagte sie mit wegwerfender Geste: »Wir sind noch in der Probierphase, Herzchen. Aber wenn du willst, schmuggle ich dich mal in eine Probe.« Dabei probierte sie überhaupt noch nicht, weil Karl und Fisling erst einen Impresario finden mussten, und das war nicht leicht.

Ihr erster Musiker war Banjo-Spieler, machte Hillbilly-Musik und trug immerhin den englischen Übernamen »The Wiesel«, weil er mit der Rechten aasig flink schrummelte und mit der Linken so schnell umgriff wie sonst keiner. Er kam jedoch aus Schwabach in Bayern und hieß eigentlich Josef Gafner, oder noch eigentlicher Gafner Seppl. Wie alle war er nach Berlin gekommen, weil er etwas werden wollte, und flink, wie er war, kam er auch gleich in zwei Kapellen unter. Nur wurde er dort so gut wie nicht bezahlt, daher hatte er kein eigenes Zimmer, sondern spielte die Nächte durch und schlief tagsüber hinter der Bar oder in der Ringbahn, manchmal lieh ihm ein Kumpel auch sein Bett für ein paar Stunden.

Das rührte Henni umso mehr, als der Seppl das letzte von acht Bäckerskindern war und ein »Schärleiberl«, wie er es nannte. Das war, was der Bäcker an Teigresten zusammenkratzte, nachdem die ordentlichen Brotlaibe abgemessen waren. So sah er auch aus, keine eins fuffzig hoch, schmaler Schädel, auf dem nur ein Büschel aschblondes Haar wuchs, dazu schielte er nach außen. Dafür waren die Hände überlang und hatten dicke Fingerbeeren, was ihm etwas Froschiges gab. Das fiel allerdings nicht weiter auf, denn im Ganzen gesehen hatte sein Wesen etwas so ganz und gar Beiläufiges, dass man gar nicht genauer hinsah, und wenn er redete, wurde Henni vom bloßen Zuhören schläfrig.

Erst bot sie ihm ihr Bett an, wenn sie selber nicht darin lag und Franz Reimann in Mannheim war. Aber bald legte sie sich mit dazu. Zum einen war er oft einfach nicht wach zu kriegen, und dann rutschte er sowieso immer fast in die Ritze zwischen Bettgestell und Tapete. Dazu roch er noch so herrlich nach Stroh und Dachboden, dass Henni sich schließlich sogar an ihn kuschelte.

Dabei verlor sie, wieder ganz beiläufig, ihre Jungfernschaft. Erst merkte sie gar nicht, dass auch ihr da etwas in die Ritze rutschte, und als sie es gemerkt hatte, war es einfach nur nett. Vor allem, weil der Seppl nicht bloß an den Fingern sonen Knubbel hatte. Und dieser Knubbel schubste in ihr drin etwas an, dass ihr ganz anders wurde, so wie wenn im Winter im Ofenrohr die Backäpfel schmorten. Hätte sie gewusst, dass das nicht jeder Johannes machte, sondern eben der Knubbel, den wieder nur der Seppl hatte, hätte sie ihn nicht so bald weitergeschickt.

Doch der Seppl musste dem Franz Platz machen, der zwar wieder kein Ami war, aber immerhin schon mal Trompeter. Auch er hatte wieselflinke Finger, konnte die Flatterzunge und galt als toller Hecht. Abend für

Abend kreischte am Bühnenrand eine Meute Mädels nach ihm – ganz besonders, wenn er das hohe C blies.

»Da kannste dir was drauf einbilden, ne, dass ich dich will und keine andere, ne«, erklärte er Henni in der ersten Nacht. Nur eben kam alle fünf Wörter dieses »ne«, und das wurde Henni schon in der zweiten Nacht zu ordinär.

Der Dritte war endlich der Volltreffer: Waschechter Ami, braun wie die Schokolade im Josty, mit Kusslippen zum Schmelzen, Haut wie Butter und einer Meublage wie ein Rennpferd. Seine Mutter hatte ihn »Roosevelt« taufen lassen, aber in Deutschland hieß er wie alle Johnny. Er spielte sogar Klavier.

Sie liebten sich eine Nacht und einen Vormittag lang »nonstop«, wie das bei ihm hieß. Henni verpasste deswegen sogar ein Wäsche-Engagement im KaDeWe, und am Bett brach ein Bein ab, aber das hatte vorher schon schief gestanden.

Als Henni danach wieder allein war, fühlte sie sich so herrlich zerschunden, dass sie noch bis in den Abend hinein liegenblieb, pausenlos ihre Hände beschnupperte, die nach Johnny rochen, und für sich entschied, dass ihr offizielles erstes Mal mit Johnny gewesen war und die Nächte mit dem Seppl und dem Franz nur Anwärmen.

Leider fuhr Johnny noch am selben Tag mit seiner Kapelle auf Tournee, über Dresden und Leipzig bis weit in den Osten. Henni fühlte sich in den kommenden Wochen immer maddeliger und dachte erst, das wäre Liebeskummer, aber mehr und mehr zog es in der Leiste und polterte in den Därmen und juckte untenrum, und sie fürchtete sehr, dass sie schwanger war. Und natürlich kam genau dann, als es Henni besonders mau ging, Franz Reimann nach Berlin.

Kranzgeld

Er roch den Braten sofort – was nicht schwer war, denn Henni brach in Tränen aus, bloß weil er plötzlich in der Tür stand.

»Liebeskummer, Fräulein Henni?«, fragte er, aber sie schniefte nur. Nachdem er eine Minute pietätvoll gewartet hatte, fragte er: »Soll ich wieder gehen?«

»Natürlich nicht«, schluchzte sie, »ist doch Ihre Wohnung, Herr Reimann.«

Also machte er erst mal Feuer, holte vom Etagenklo Wasser und kochte Tee. Henni setzte sich und sah ihm zu.

»Nun trinken Sie mal«, sagte er und nahm sich auch ein Tässchen, »danach erzählen Sie mir alles.«

Henni trank gehorsam, dann erklärte sie: »Ich weiß eigentlich gar nicht, wieso ich so flenne. Ich war überhaupt nicht traurig, jedenfalls nicht im Moment. Aber als Sie da in der Tür standen, lieber Herr Reimann …«

»Da haben Sie gehofft, es wäre ein anderer«, sagte Franz Reimann verständnisvoll, und Henni nickte, obwohl es gar nicht stimmte. In Wahrheit hatte sie nur gedacht: »Auf dem sein Geleier hab ich jetzt am allerwenigsten Lust.« Aber das konnte sie ihm ja nicht sagen.

Danach gab eines das andere.

»Will er Sie denn nicht?«, fragte Franz Reimann.

Und Henni antwortete: »Doch, schon. Glaube ich wenigstens.«

»Fragen Sie ihn doch einfach geradeheraus, wenn es Sie quält. Heutzutage darf ein Mädchen das.« Als Henni darauf nichts sagte, fragte er: »Oder ist er etwa verreist?«

Henni nickte und versteckte das Gesicht in der Tasse, weil sie so überhaupt keine Lust auf dieses Gespräch hatte, aber Franz Reimann deutete es falsch und sagte noch mitfühlender: »Nicht gleich wieder Tränen, Kindchen! Er wird doch wiederkommen?«

»Ich glaub schon«, murmelte Henni in ihren Tee.

»Es ist nicht nur das, stimmt's?«

»Nicht nur.« Danach schwieg sie wieder.

Franz Reimann wurde blass um die Nase, und dann sagte er so betroffen, als wäre wer unter den Bus geraten: »Kindchen, Sie wollten doch warten!«

Um ihn abzulenken, fragte Henni: »Haben Sie denn damals gewartet, Herr Reimann?« Aber es funktionierte nicht.

»Und jetzt haben Sie Angst, dass er nicht wiederkehrt?«, bohrte er.

Henni zuckte bloß mit den Schultern und probierte, wie es sich anfühlte, wenn sie die Nasenspitze in den Tee tunkte.

»Du liebe, liebe Güte«, rief er, »sagen Sie nicht …« Er nahm Henni die Tasse weg, stellte sie auf den Boden, weil auf dem winzigen Tisch kein Platz mehr war, und umfasste ihre Handgelenke mit seinen immer so feuchtkalten Tatzen. »Sagen Sie nicht, es hat *eingeschlagen*!«

Henni zuckte ratlos mit den Achseln. »Könnte sein.« Jetzt war sie doch froh, dass sie darüber reden konnte. Aber nur für einen Augenblick. Denn Franz Reimann sprang auf, wühlte im Koffer und zog das zerfledderte Exemplar des Bürgerlichen Gesetzbuches hervor, das er zu säumigen Kunden mitnahm – das mache, hatte er Henni in einem langen, ermüdenden Vortrag über sinnvolle Geschäftspraktiken erklärt, den tiefsten und nachhaltigsten Eindruck. Er blätterte eine Weile darin, bis er gefunden hatte, wonach er suchte, und setzte sich endlich wieder, wobei er triumphierend seufzte. »Damit kriegen wir ihn am Wickel.« Mit erhobenem Zeigefinger las er vor: »Paragraph 1300: ›Hat eine unbescholtene Verlobte ihrem Verlobten die Beiwohnung gestattet, so kann sie, auch wegen des Schadens, der nicht Vermögensschaden ist, eine billige Entschädigung in Geld verlangen.‹« Er schlug das Buch zu und rief: »Der Lump entwischt uns nicht!«

»Aber lieber Herr Reimann …« Henni hätte ihm gern gesagt, dass es ihr um überhaupt kein Geld und nicht einmal um Johnny ging, nur darum, dass sie jetzt kein Gör großziehen wollte.

Doch sie kam nicht dazu. »Sagen Sie bloß nicht, Fräulein Henni, Sie seien *nicht* verlobt?« Vor Entsetzen stand er wieder auf und trat zwei Schritte zurück. »Ja, und Ihre schönen, hehren Grundsätze, denen wir uns so lange, so bedingungslos unterworfen haben?«

»Doch, doch«, versicherte Henni eilig, »wir sind verlobt.«

Mit einem Seufzer setzte er sich wieder, er ließ nicht

erkennen, ob er enttäuscht oder erleichtert war. »Nun sagen Sie mir aber eines, Henni, nur damit die Fantasie nicht mit mir durchgeht: Ist es *hier* geschehen?« Gleichzeitig sah er zum Bett und entdeckte das abgebrochene Bein.

»Nicht doch, Herr Reimann, nicht doch«, rief Henni, »ich würde nie ...«

»Nun, und das Bein?« Er hob es auf, legte es in seine Armbeuge wie einen Säugling und fuhr mit den Fingern darüber, als wollte er es streicheln.

»Ich hab in der Wut dagegengetreten«, behauptete sie, »es war aber schon immer angeknackst. Natürlich bezahle ich den Schaden.«

»Nicht doch, Kindchen«, sagte Franz Reimann und sah dabei sehr traurig aus, »halten Sie Ihr Geld beisammen, Sie werden es noch brauchen.« Dann stand er auf und packte die paar Habseligkeiten in den Koffer, die er bei seiner letzten Abreise zurückgelassen hatte.

»Lieber Herr Reimann, was tun Sie da?« Sie fühlte sich immer schlechter.

»Kindchen, Sie sind verlobt, da schickt es sich nicht mehr, dass wir in einem Bett schlafen.«

Als hätte es sich davor geschickt, dachte Henni, und schon verflog ihr Mitleid wieder. »Kommt nicht in Frage, ich bin diejenige, die geht.«

»Nichts da«, rief Franz Reimann. »Ich bin an alldem mitschuldig. Nie hätte ich Sie so lange allein lassen dürfen. Ein junges Ding wie Sie fürchtet natürlicherweise die Einsamkeit, ich hätte das bedenken müssen und bitte Sie um Verzeihung.« Er nahm wieder ihre Hände und machte sogar Anstalten, vor ihr auf die Knie zu gehen, verbeugte sich dann aber nur.

»Sie sind zu lieb zu mir, Herr Reimann«, sagte Henni und zog die Hände weg.

»Ich weiß, doch mein Herz hängt nun mal an Ihnen.«

»Ich ziehe zum Monatsersten aus«, doppelte Henni noch, doch Franz Reimann kündigte an, gleich im Anschluss bei der Vermieterin Frau Ivancyk vorbeizugehen und bis zum kommenden Sommer die Miete zu begleichen. »Bis das Kind da ist, dann können Sie hier tatsächlich nicht mehr wohnen. Ich bin jedoch zuversichtlich, dass sich bis dahin mit Ihrem Verlobten alles wieder eingerenkt hat. Und falls nicht, schreiben Sie dem guten Franz Reimann nach Mannheim, und wir stellen dem Burschen per Anwalt nach.« Er rechnete ihr noch auf Heller und Pfennig vor, was er Frau Ivancyk gleich an Miete bezahlen würde, damit sie wusste, was sie zurückfordern durfte, falls ihr Künftiger sie schon früher »heimholte«. »Das Sümmchen verwenden Sie bitte schön für Ihre Aussteuer.« Kaum hatte er die Tür hinter sich ins Schloss gezogen, heulte Henni wieder los, das konnte doch nicht normal sein.

Wer sein

Gleich am nächsten Tag ging sie zum Doktor. Nicht zu Kraus in der Kastanienallee, zu dem Papa Binneweis Kuddl und sie als Kinder geschleppt hatte, sondern ins Institut für Sexualwissenschaft am Tiergarten.

Diese Adresse hatte Mitzi Stresemann ihr gleich an ihrem allerersten Schönheitsabend bei Anna Köchel eingebläut, denn dort konnte man sich nicht nur kostenlos beraten und behandeln lassen, dort wurden auch Kinder weggemacht. Das Institut residierte in einem üppigen Palais in der Beethovenstraße. Bei ihrer Ankunft erwartete Henni, dass der Arzt als Erstes eine Moralpredigt halten würde, so wie Onkel Reimann. Doch der junge Assistenzarzt, der sie untersuchte, war ein übers Ganze schief gewachsener Rotschopf – schiefer Brustkorb, schiefe Nase, zwei verschieden lange Beine –, voller Schuppenflechte und viel zu schüchtern, um irgendwas zu predigen. Schon als sie in die Praxis kam, starrte er sie an, als wäre sie ein Geist, und während der Untersuchung schwitzte er immer mehr.

»Hab ich was Schlimmes?«, fragte Henni, als sie sein Schweigen nicht mehr aushielt. Der Rotschopf schüttelte den Kopf und wusch sich hastig die Hände, wobei er etwas Unverständliches murmelte. Dann holte er den Chef. Der war von ganz anderem Kaliber, ein vierschrötiger Mann mit Walrossbart und Stiefeln. Wenn der eine Standpauke hielt, wackelten bestimmt die Wände. Tat aber auch er nicht. »Hirschfeld mein Name«, sagte er nur, schob Henni mit seinen Pranken die Schenkel auseinander, schnupperte und knurrte: »Nun packen Se sich ma wieder ein, Fräulein.«

Während Henni in ihre Wäsche schlüpfte, Onkel Reimanns Modell »Biene Maja«, erklärte er: »Warum Ihnen blümerant ist, weiß ich nicht. Da ist nur ein klitzekleiner Scheidenpilz, Candida albicans. Vermute aber, Sie sollten öfter mal essen, Sie vertragen schon noch was mehr auf die Rippen.«

»Da ist kein Kind?«

»Kein Kind, kein Geschwür, keine Warze, keine Syphilis, nichts auch nur halbwegs Aufregendes. Das müssen Sie sich alles noch verdienen.«

»Und was tu ich gegen den Pilz?«

»Kommt drauf an, was Sie investieren wollen. Essigsöcklein helfen, eingeführt natürlich, nehmen Sie aber saubere Socken. Manche schmieren auch vorm Schlafengehen Joghurt ein. Am besten hilft, Sie kochen Kapuzinerkresse, Eichenrinde, Zinnkraut, Myrrhe und Kamille zu einem Süppchen, lassen es abkühlen und setzen sich rein. Und wenn Sie eine ganz Genaue sind, waschen Sie den Lümmel Ihres Verehrten gleich mit.«

»Aber haben Sie mich wirklich gründlich untersucht?«

»Fräulein, ich rieche, ob eine schwanger ist, und ich rieche, ob sie Pilz hat. Den Rest hat der Junge vorhin untersucht. Und ich wette, der hat es sehr genau genommen. Jedenfalls habe ich ihn so betört, wie eben noch nie erlebt.« Während er redete, nahm er eine Stulle aus der Tasche seines Kittels, wickelte sie aus dem Papier und brach sie in Hälften. »Hackepeter«, sagte er und reichte ihr die eine Hälfte. »Wenn Ihnen danach noch immer flau ist, verklagen Sie mich.« Er biss in die andere.

Henni aß und merkte erst jetzt, wie hungrig sie war.

»Übrigens heißt er Ari«, sagte Dr. Hirschfeld kauend. »Für den Fall, dass Sie was Solides suchen. Die Schuppenflechte wächst sich aus, und ich kann Ihnen versichern, der Junge macht Karriere.«

»Danke«, sagte Henni, leckte etwas Hack vom Finger und schüttelte seine Pranke, »aber Karriere mach ick selber.«

Dr. Hirschfelds Diagnose hatte Bestand: sechs Setzeier, eine Doppelportion Stäbchenkartoffeln mit westfälischem Speck, eine Joghurtpackung und zwei Stück Kirschtorte später fühlte sie sich so gut wie neu, das maue Gefühl war weg und nach sechs Sitzbädern auch der Juckreiz.

Den Speck spendierte ihr in Käthchens Ballhaus ein Stuttgarter Ehepaar auf Silberhochzeitsreise, die Kirschtorte ließ Karl anderntags im Romanischen Café springen. Sie hatte ihn aus seiner Beletage am Ku'damm geklingelt, denn die letzten Tage hatten sie daran erinnert, wie leicht man vom Weg abkam. »Henriette Binneweis«, hatte sie sich beim Verlassen von Dr. Hirschfelds Institut gesagt, »du bist doch zu Höherem geboren, nun mach was draus. Du bist schon bald achtzehn, und danach geht's bergab.«

Dass es nicht ausreichte, Kleider Gassi zu führen und die Berliner Nachtwelt in die Ritze rutschen zu lassen, um wer zu werden, war ihr klar, und sie wollte von Karl hören, wann er sie endlich auf die Bühne ließ. Seit sie ihm und Fisling vorgesungen hatte, waren zwei Monate vergangen, und nichts hatte sich getan.

Karl war in einem Pyjama aus himmelblauem Flanell an die Tür gekommen, dazu hatte er einen Morgenmantel aus chinesischer Seide übergeworfen. Er drückte ihr einen Teil der *Berliner Morgenpost* in die Hand, in dem er wohl gerade gelesen hatte, und ließ sie kurz warten, während er in Hemd und Anzug schlüpfte. Henni las, dass Berlin tüchtig eingemeinden wollte und danach zwölfmal größer würde als bislang. Mit zweimal so vielen Menschen. Nur New York und London waren noch größer. Der Titel lautete:

WIR WERDEN WELTSTADT!!!

Währenddessen hörte sie Karl reden. »Bloß die kleine Klumpatschine, Liebling, unser Blumenmädchen.« Ach, wie weit war sie doch noch von ihren Zielen entfernt. »Ich gehe mit ihr auf einen Kaffee«, sagte er, und »Tüdelü« flötete es zurück.

Karl hatte in Sachen Revue nichts Gutes zu berichten. Den Kapp-Putsch wollte keiner auf der Bühne sehen, nicht einmal aus seiner hochgelobten Feder. »Alle Intendanten sagen: ›Gib uns was zu lachen.‹ ›Der Kapp-Putsch ist zum Lachen‹, sage ich. Aber die sagen: ›Der Kapp-Putsch ist Geschichte, Karl. Wir kieken nicht zurück, wir kieken vorwärts. Schreib was Zukunftsträchtiges. Schreib, wie es aufwärtsgeht.‹«

»Aufwärts? Ja, dahin will ich auch«, sagte Henni mit vollem Mund (die Kirschtorte) und malte sich aus, wie sie dereinst auch in einem Morgenmantel aus chinesischer Seide (darunter aber kein Flanell) in der Beletage ihren Verehrern die Tür öffnen würde und ihr Angetrauter im Hintergrund flötete: »Tüdelü!«

»Alles gut und recht«, sagte währenddessen Karl, »nur wo bitte geht es aufwärts?«

»Na, immer schön den Amis nach natürlich.«

Karl nippte an seinem Kaffee, als wäre es Cognac. »Ja, den Amis nach, so denken viele. Aber nach oben kommst du nur, wenn du deinen eigenen Weg gehst. Solange du einem nachsteigst, bist du maximal Zweiter.«

»Wieso, man kann doch überholen!«

Karl lachte. »Wie sähe das wohl aus, wenn Deutschland amerikanischer sein wollte als Amerika?«

Henni winkte ab. »Wer redet von Deutschland? Ich rede von Berlin! Hast du nicht gelesen? Wir sind jetzt Weltstadt!«

»Na ja.« Er zuckte mit der Schulter. »Ob nun vier Millionen oder zwei …«

»In Millionen kenn ich mich schlecht aus«, gab sie zu. »Aber in einer Reihe stehen mit New York und London, das macht schon Laune.«

»Du findest, das ändert was?«

»Und ob.« Sie orderte noch ein Stück Kirschtorte. »Soll Deutschland noch so oft eins auf den Deckel kriegen, uns Berliner jeht dit nüscht mehr an, wir sind jetz wer.«

Tilla

Wegen der neuen Nachbarschaft zu London und New York wollte Henni jetzt aber wirklich die englische Sprache lernen.

Karl hatte dagegen nichts einzuwenden. »Die deutsche aber auch.«

»Na, Deutsch kann ick ausm Effeff.«

»Eben nicht.«

Und damit sie begriff, was er meinte, nahm er sie mit ins Staatstheater am Gendarmenmarkt.

Sie sahen den *Marquis von Keith* mit Fritz Kortner als Marquis und Tilla Durieux als seine kesse Was-auch-Immer, und Henni blieb die Spucke weg. Allein schon, wie die Durieux, wohlgemerkt satte vierzig, den Backfisch Anna Gräfin zu Werdenfels mimte! Mit welch unverschämter Größe sie zum Marquis sagte: »Wenn ich nur wenigstens deine Geschicklichkeit hätte, den Menschen ihre Geheimnisse vom Gesicht abzulesen! Dann wollte ich ihnen mit der Fußspitze die Nase in die Erde drücken.«

Noch hundertmal sagte Hanni sich nachts im Bett diesen Satz vor. Wie Tilla als Gräfin Gesangskarriere machte mit nix als einem tollen Kleid und einem Lächeln wie Mata Hari! Wie wunderbar gelangweilt sie klagte: »Ach, ich erhalte seit unserem Feenpalastkonzert Tag für Tag ein halbes Dutzend Heiratsanträge.« Und wie eiskalt sie von Keith erklärte: »Du lernst deiner Lebtag keine Frau richtig beurteilen.« Solche Sätze brannten sich ein.

»Da siehste«, flüsterte Henni, als sie die Leiche der armen Molly, die von Keith so an der Nase herumgeführt hatte, aus dem Stadtbach fischten, und der Kloß im Hals blieb bis zum Schluss. Auch der Kortner war allererste Sahne, besonders sein letzter Satz: »Tja«, sagte er und zwinkerte ganz zart ins Publikum, »das Leben ist eine Rutschbahn.«

Rumms fiel der Vorhang.

Aber die Durieux war mehr als klasse, die war eine Erscheinung! Als sie aufstanden und in der Garderobe auf ihre Mäntel warteten, musste Henni immer wieder seufzen vor Glück und Verzauberung. Gleichzeitig war es ihr auch ein bisschen peinlich, dass sie den gleichen billigen Pfeffer-und-Salz-Mantel trug wie im Stück die einfältige Molly, während Karl in einem eleganten Paletot und parfümiertem Seidenschal gekommen war. Als sie nach dem Stück noch lange im Foyer standen und Karl mit allen möglichen Leuten plauderte, drehte sie sich verschämt zur Seite und tat, als wartete sie auf jemanden.

Endlich fragte er: »Gehen wir?«, nahm sie beim Arm und zog sie mit sich.

»Was sagt eigentlich deine Freundin dazu, dass du mit mir so durch die Öffentlichkeit spazierst?«, wollte Henni wissen.

»Du meinst meine Frau. Was soll sie schon sagen?« Gleichzeitig zog er sie durch eine kleine Seitentür.

Henni war sicher, dass Karl sie jetzt gleich küsste, und neugierig, ob seine Haut auch so edel roch wie der Schal. Aber er dachte nicht daran, sondern führte sie durch einen schmalen Gang und durch noch eine Tür, dann klopfte er an einer dritten, trat ein, ohne auf Antwort zu warten, und sie standen – Hilfe! – vor der leibhaftigen Tilla Durieux. Die noch im Bademantel steckte, und Karl küsste nicht Henni, sondern die Durieux, wenn auch nur mit zwei Schmatzern. Trotzdem kam Henni sich immer piefiger vor. Als Karl sagte: »Tilla, das ist Henni«, machte sie spontan einen Kleinmädchenknicks, und als die Durieux wissen wollte, wie ihr die Vorstellung gefallen habe, musste sie sich ablenken, damit sie nicht vor Ehrfurcht stotterte. Sie sah auf die müde Wangenhaut unter viel zu dicker Schminke, auf die Falten um die Augen und das strähnige, dünne Haar, das noch vom Perückennetz plattgedrückt war, dann sagte sie: »Donnerlittchen. Ich meine, wie man sich so bewegt und wie man so die Sätze setzt, also wie man die Leute umhaut mit nüscht als einer kleinen Pause irgendwo vor einem Wort, also das würd ich ja auch rasend gern können.«

Die Durieux reagierte überraschend menschlich. Erst lachte sie geschmeichelt auf, dann nahm sie Hennis Hand und drückte sie, und nachdem Karl sich für Henni entschuldigt und erklärt hatte, dass er Henni ja eigentlich eben deshalb mitgenommen habe, damit sie begreife, dass es bei der großen deutschen Bühnenkunst nicht um Blendwerk gehe wie beim Tingeltangel, nicht um Tricks und Maschen, sondern um Demut, Tiefe und nicht zuletzt um Präzision, lachte die Durieux auch darüber, klopfte ihm auf die Schulter, zwinkerte Henni zu und sagte im Tonfall der Gräfin zu Werdenfels: »Du lernst deiner Lebtag keine Frau richtig beurteilen, Karl.« Danach erklärte sie ihm, dass es in Hennis Alter nur normal und richtig sei, nach Wirkung zu streben, nicht nach Essenz.

»Wovon leben Sie denn, mein Kind?«, wandte sie sich wieder Henni zu, und als sie hörte, dass Henni Mode Gassi führte, sagte sie mit reizender Bescheidenheit: »Wissen Sie was, Henni? Sie *müssen* einmal zu mir kommen und mir zeigen, wie Sie den Laufsteg hinuntergehen. Das ist ja auch eine Kunst. Und ich zeige Ihnen dafür den einen oder anderen Bühnenkniff.« Dabei zwinkerte sie ihr zu.

Doch bevor Henni die Durieux nach ihrer Adresse fragen konnte, schob sie beide wieder aus der Tür, wozu sie »Müde bin ich, geh zur Ruh« sang.

Auch Karl rückte die Adresse nicht raus. »Bei einer Durieux gehst du nicht klingeln, die zitiert dich zu sich«, sagte er und kam Henni erstmals etwas schnöselig vor.

»Hat sie dich denn auch zu sich zitiert?«, wollte sie wissen und kämpfte, um den Anschluss nicht zu verpassen, als er vor ihr her durch die schäbigen engen Theaterflure eilte.

»Das ist etwas anderes, ich schreibe ihre Kritiken.«

Das schien tatsächlich eine Macht zu sein. Beim Ausgang grüßte sogar der Pförtner ihn mit Namen und dankte, dass er das Theater beehrt habe.

Danach ging Henni fast jeden Abend ins Theater, aus Begeisterung und weil dort gut geheizt war. Nicht mehr Parkett natürlich, sondern Stehplatz oder Säulenplatz, wo man nur die halbe Bühne sah. Ihr war das egal, sie wollte lauschen und brauchte keine Faxen zu sehen. Sie war ganz verliebt darin, wie auf der Bühne gesprochen wurde, einmal mit so viel Flirren und schwebend, dann »zack« unter Geratter und Gepolter, wieder »zack«, und die vertracktesten Verhandlungen glitten so aalglatt dahin wie die Modelleisenbahnen in der Spielwarenabteilung des KaDeWe, die von Weiche zu Weiche flitzten und haarscharf und äußerst elegant dem Zusammenprall entgingen (Onkel Reimann hatte sich daran nicht sattsehen können). Dazu kam bei aller Bühnenraserei und allem Schmonzes der Text so messerscharf artikuliert, dass noch ganz hinten unterm Dach der kleinste Liebes- oder Sterbeseufzer klang wie in Glas geritzt. Natürlich nicht bei jedem, aber eben bei der Durieux, beim Granach oder auch beim Steinrück, der schon in München groß gefeiert worden war und jetzt hier.

Auf dem Heimweg und im Bett sprach Henni die halbe Nacht lang all die tollen Sätze nach, rollte das R wie der Granach, bis sie klang wie eine Singer-Nähmaschine, stieß beim Doppel-S die Zunge an die Zähne wie die Durieux, wenn die rief: »So muss ich dich eben verlassen, Heinrich!«, weil Henni überzeugt war, dass genau dieses Lispeln dem Satz überhaupt erst die Tiefe gab.

Und natürlich träumte Henni davon, Max Reinhardts Schauspielschule zu besuchen. Granach kam daher, nur leider erfuhr sie das erst im November, und Aufnahmeprüfung war im Oktober gewesen.

Die Auskunft erhielt sie von einer alten, tatterigen Polin, die wohl die Pförtnerin war, dabei war sie geschminkt, als käme sie gerade von der Bühne. Als sie den Flunsch sah, den Henni zog, sagte sie noch: »Wenn es Ihnen mit dem Theater ernst ist, Fräulein, dann gehen Sie jetzt nach Hause und üben, üben, üben. So wird es im Hui wieder Oktober.«

Das wurde es auch, nur war bis dahin so vieles anders geworden, dass Henni die Schule ganz vergessen hatte.

Die Sache

Vor lauter Theaterschwärmerei war sie ein paar Wochen lang gar nicht mehr tanzen gewesen. Jetzt ging sie wieder, aber nicht, weil das Tanzbein juckte, sondern um ein Abendbrot zu schnorren. Und dabei lief sie Lili Heißenbüttel über den Weg. Die gehörte in Käthchens Ballhaus inzwischen zum Inventar, und auch heute hatte sie wieder eine Traube Kundschaft um sich geschart. Als sie Henni entdeckte, schrie sie gegen die Kapelle an, die gerade furchtbar laut den Ragtime spielte: »Du solltest wohl mal wieder heim, Henni, deine Mama sorgt sich.«

»Um mich?«

Lili schüttelte den Kopf. »Um dein Bruderherz, das soll vom Erdboden verschluckt sein.«

Mehr wusste sie auch nicht, und vielleicht war auch das nur Gerede, aber Henni zog mit doppelt flauem Magen wieder ab, vor Hunger und schlechtem Gewissen.

Das letzte Mal war sie im Juni zu Papa Binneweisens Fünfzigstem zu Hause gewesen. Er hatte sich gewünscht, dass sie alle nach Pankow fuhren, zum Kintopp in den Biergarten Feldschlösschen, so wie er das zu seinem Dreißigsten und Vierzigsten schon gemacht hatte. Doch Kuddl war knapp an Zeit, er sollte zu einem Treffen der kommunistischen Jugend, daher trafen sie sich nur auf ein Eis im Schweizer Garten. Papa tat, als wäre ihm das genauso recht, aber Henni konnte das nicht. Sie stritt sofort mit Kuddl los, dem seine Kumpels wichtiger waren als Papas Fuffzigster. Kuddl wiederum schimpfte sie unpolitisch und behauptete, dass es ihm gar nicht um seine Kumpels ginge, sondern um die Sache, und die sei in der Tat hundertmal wichtiger als ein Familienfest. Und überhaupt solle *sie* sich schämen, weil sie dem Kapital diene und bonzige Klamotten spazieren führe, die sie sich selber nie im Leben würde leisten können.

»Ha, und wer sagt das?«, rief Henni. »Wart mal ab, du!«

Worauf Kuddl so eiskalt sagte, wie sie ihn noch gar nie erlebt hatte: »Von dem Tag an, Henni, an dem du so was trägst, bist du der Klassenfeind. Ich warne dich.« Dazu machte er eine Geste, die ganz unzweideutig »Kopf ab!« bedeutete.

Vor Schreck heulte Henni los, ganz gegen ihren Willen.

Ruth Binneweis rief: »Kinder, Kinder! Können wir es denn nicht einfach etwas nett haben?«

Gleichzeitig tat Arthur Binneweis etwas, das wohl nicht einmal er selbst sich zugetraut hätte. Er zog mit der Linken die Serviette aus dem Kragen, warf sie auf den Tisch und stand auf, dann streckte er die Rechte aus, so zackig wie ein Schupo, zeigte auf die Treppe hinter den schönen Arkaden, die im Juni ganz mit blühenden Glyzinien überwachsen waren, und sagte mit vor Strenge zitternder Stimme: »Wer meiner Henni droht, hat am Familientisch nichts mehr verloren.«

Danach war es erst mal still, wahrscheinlich dachten alle dasselbe: Wieso redet er jetzt so und zu unserem lieben Kuddl, und nicht damals zu den Plöner Kürassieren? Aber er hatte es nun mal gesagt und nahm auch nichts mehr zurück.

Kurz war es ganz still, sogar Ruth Binneweisens obligates »Nu, nu« blieb aus. Dann stand Kuddl ebenfalls auf, friemelte eine Mark aus der Hosentasche für sein Eis und legte sie aufs Tischtuch. »Dann ist das eben so«, sagte er leise und ging.

Als er die Treppe nahm, zuckten seine Schultern, als würde er weinen, aber vielleicht sah es auch nur so aus, weil er trotz der Hitze eines dieser schweren Sakkos trug, die bei den Kommunisten in Mode waren, die Taschen voll mit allerhand Kram wie Schraubenschlüssel und Zahnräder.

»Nun lauf ihm schon nach«, sagte Mama Binneweis, aber weder ihr Mann noch Henni fühlten sich gemeint. Und als sie ihm, mit hüpfender Krinoline, endlich selbst nacheilte, trat Kuddl schon gen Lichtenberg in die Pedale, wo sich die kommunistische Jugend in der Gartenkolonie Dreieinigkeit heimlich in einer Laube traf.

Zwei Wochen später war Kuddls Geburtstag, aber Henni fuhr nicht in den Prenzlberg. Sie konnte sich nicht vorstellen, dass er gefeiert würde, außerdem durfte sie an jenem Mittwoch zum ersten Mal an Engelbrechts Grammophon. Ihren eigenen Geburtstag ließ sie ebenso sausen. Stattdessen posierte sie in Potsdam für Fotos, und zwar in Filzklamotten, die eine Frau Studienrätin Lebrecht in ihrer Freizeit entworfen hatte. Sie hatte Henni im KaDeWe angesprochen und zahlte zwar keinen Heller, noch nicht mal für die Fahrkarte, war aber so rührend begeistert, und das nicht nur von sich selbst und ihrer Mode, sondern auch von Henni und überhaupt von der Welt, dass Henni es nicht übers Herz brachte, nein zu sagen. Und immerhin, als die Frau Studienrätin hörte, dass Henni für sie ihren Geburtstag geopfert hatte, schenkte sie ihr ein Hütchen aus ihrer Produktion, das Henni ganz bestimmt nie tragen würde, dafür aber ihrer Mama schickte, mit Eilpost und der innigen Bitte um Verzeihung, dass sie zum Geburtstag abgeblieben war. Ruth Binneweis würde das Hütchen wohl auch nie tragen, weil es fliederfarben war und sie bekanntlich nur Schwarz trug, aber bestimmt würde sie es auf die gute Kommode stellen und sich jeden Tag daran freuen, dass Henni an ihrem Geburtstag an sie gedacht hatte und dass sie jetzt ein fliederfarbenes Hütchen besaß.

Verschollen

Und das war die erste Überraschung, als sie jetzt in die Mietskaserne kam: Ruth Binneweis trug Braun statt Schwarz. Aber bevor Henni etwas dazu sagen konnte, fiel die Mama ihr schluchzend um den Hals und sagte: »Dem Herrgott sei Dank, dass du lebst! Dass wenigstens *du* lebst!«

»Nu, nu, warum sollte ich auch nicht?«, fragte sie.

Worauf Mama Binneweis erzählte, dass Kuddl schon seit Wochen verschwunden war – nicht verschwunden wie sonst, weil er mit seinen Rädern und den Kommunisten halt zu beschäftigt war, um sich zu melden, sondern so, dass sogar sein Lehrmeister, der rote Bruno auf der Suche nach ihm aufgetaucht war, weil Kuddl weder zur Arbeit kam noch in den Bullenwinkel, und auch in seiner Mansarde hatte er nicht gelegen. Darauf wollten sie bei Henni nachfragen, doch da hatte sich herausgestellt, dass nicht stimmte, was Henni erzählt hatte, dass sie nämlich bei einer Schwester von Mitzi Stresemann wohne, die in Charlottenburg eine Pension für angehende Tänzerinnen habe. Mitzi Stresemann hatte nicht mal eine Schwester, nur einen Bruder, und der war Wildhüter in Australien. Schließlich hatten sie auf dem Polizeihauptposten am Alex Henni und Kuddl gleich alle beide vermisst gemeldet, wobei der Beamte gegähnt und gemeint hatte: »Wat gloobense, wer hier allet Tach für Tach vermisst jemeldet wird? Nachher stellt sich raus, dit die Hälfte nach Amerika ausjewandert is, die andere Hälfte is uffm Strich, und die dritte fischenwa eines sonnigen Montagmorgens erschossen, erdrosselt und ersäuft ausde Spree.«

Jetzt tat es Henni leid, dass sie ihren Eltern nicht verraten hatte, wo sie wirklich wohnte, und das nur deshalb, weil die sich fürs miese Scheunenviertel geschämt hätten und für ihre Liaison mit Onkel Reimann. Aber weil das sowieso nicht mehr gutzumachen war, fragte sie nur nach, wann und wo genau die Eltern Kuddl zuletzt gesehen hatten, und das war, wie bei ihr selbst, an jenem missglückten Geburtstagskaffee von Papa Binneweis im Schweizer Garten gewesen.

Dann fuhr sie zu Bruno Ballaufs Fahrradwerkstatt. Obwohl Mama Binneweis sie nicht wieder ziehen lassen wollte und sich sogar an Hennis Mantelzipfel hängte und erst losließ, als Henni mit Indianer-Ehrenwort schwor, noch am selben Abend wiederzukommen: »Und bis dahin weiß ich auch, wo Kuddl abgeblieben ist.«

Der rote Bruno nahm Henni gleich den Wind aus den Segeln: »Atze, meine Kontakte sind ja ooch nich ohne, und ick hab mir überall rumjehört. Bei die Jungen, bei die Alten, Kommunisten, Anarchisten, Freimaurer, sogar bei die Sozis war ick – weil deine brüderliche Liebe is mir ja irgendwie ans Herze jewachsen. Allet, wat ick hörn konnte, is: Bei die Küken, also die Jungkommunisten, sind im Sommer gleich dreie abjeblieben, Paul, Sebastian und eben Kuddl, von denen keener weiß, wieso und wohin. Und wenn du mich fragst, sind die entweder schon alle übern Jordan, oder sie planen wat janz Großet. Will heißen, wat janz Dummet, weil ohne Wissen der Partei hat dit Frischjemüse janüscht Großet auszubaldovern. Lies Lenin, Atze: ›Nur jemeinsame Arbeit wird imstande sein, die janze Last des Elends und des Schmutzes zu beseitigen.‹«

Bei den Hakenkreuzlern hatte Bruno Kuddl allerdings nicht gesucht, und Henni sagte sich: Das ist die Gelegenheit, mein Versprechen wahrzumachen und bei Herbert anzutanzen.

Erst ging sie zur Keyserlingstraße, aber dort wohnte er nicht mehr. Seine Nachmieterin gab Henni eine Adresse am Griebnitzsee an, und Henni dachte erst, sie wäre verkohlt worden, doch es stimmte: Herbert war gehörig aufgestiegen und besaß ein richtiges »Anwesen«, mit Seeanstoß und einem Butler, der ihr die Tür öffnete, allerdings nur so weit, bis die Kette spannte. Dann meldete er sie »der Herrschaft« an, und erst, nachdem Herbert gerufen hatte: »Henni? Mensch, da bist du ja endlich«, klinkte der Butler die Kette aus, und Henni durfte hinein.

Der hagere Herbert mit dem Bürstenschnitt, so stellte sich heraus, war kein anderer als Wettkönig Bert von Grafenhuber, zu dem neuerdings halb Berlin rannte. Die Bert von Grafenhuber Gesellschaft mit beschränkter Haftung verwaltete nämlich das Geld der Leute, die auf Pferde setzen wollten und nicht wussten, auf welches, und garantierte binnen sechs Monaten fünffachen Gewinn. Dafür war Herbert gerade von der *BZ am Morgen* als Volksbeglücker gefeiert worden.

»Mensch«, sagte da auch Henni, und als Herbert fragte: »Willste erst meine Pferde sehen oder meine Autos und die Villa, oder willste in mein Restaurant?« Ein Restaurant besaß er nämlich auch noch, und zwar dicke am Nollendorfplatz, mit Blick auf die American Church. Und dazu war er blütenweiß angezogen und duftete so teuer, da konnte Henni nur sagen: »Zeig mir erst noch mal deinen Harten, Herbert. Und diesmal will ich auch nicht so sein.«

Den zeigte er ihr gern, gleich auf der Couch im Entrée, und danach alles andere, wozu ein Bad mit Dampfdusche und Grammophon gehörte, ein kohlegeheizter Wintergarten mit Orangenbäumen, die sogar trugen, ein Bootshaus, ganz mit Tropenhölzern ausgeschlagen, und in der Garage zwei Luxuskarossen, nämlich ein königsblauer Meisenleder Roadster, eingeschifft in York, Pennsylvania, und ein wendiger Tribelhorn Nautilus mit Elektromotor, den Herbert selber von Zürich nach Berlin chauffiert hatte.

Der Rundgang dauerte, bis es dunkel wurde, und Herbert sagte: »Die Pferde zeige ich dir lieber morgen, da laufen sie auf der Trabrennbahn Karlshorst. Jetzt kriegst du noch mein automatisches Rundbett zu sehen, und für danach bestelle ich uns was zu futtern. Französische Austern, Rumpsteak mit Stangenspargel, Cherry Cobbler und Mandarinen, dazu Cognac. Ist das was?«

Ja, das wär schon was, nur wurde Henni ja zu Hause erwartet, und wichtiger noch: Kuddl brauchte ihre Hilfe. Als Herbert hörte, wieso sie überhaupt gekommen und dass Kuddl Jungkommunist und womöglich in eine Straßenschlacht mit Deutschnationalen geraten und jetzt irgendwo gefesselt oder verletzt war, und Henni ganz verdruckst bat, ob er sich nicht in seinen alten Kreisen umhören könne, wetterte Herbert kein bisschen, weder gegen die Kommunisten noch gegen Henni, sondern sagte nur: »Au, Backe. Du musst wissen, das sind alles dumme Kinder, die Bolschewisten wie die Nazis. Mit Prügeln veränderst du die Welt nämlich kein bisschen.« Dann ging er ans Telefon.

»Björn, such mir einen«, sagte er in den Hörer. »Kurt Binneweis, alter Kumpel, bei den Jungkommunisten abgeblieben. Wann?« Er sah Henni an.

»Im Juli wohl.«

»Im Juli. Find ihn mir bis morgen, du kriegst zehntausend.« Danach drückte er die Gabel nieder und hielt

Henni den Hörer hin. »Jetzt ruf mal noch deine Alten an und sag, dass du den Kuddl morgen nach Hause bringst.«

»So einfach geht das?«

Herbert grinste. »Mit Prügel geht gar nichts. Aber mit Geld.«

Aber Henni konnte nicht telefonieren, weil Binneweisens ja noch gar keinen Anschluss hatten, dafür schickte Herbert den Butler Willi mit der guten Nachricht und zwei Dutzend Austern zu ihnen.

Verlorene Unschuld

Nach Hause kam Kuddl am nächsten Tag zwar noch nicht, doch Björn konnte immerhin berichten, dass er am Leben war. »Na, und wieso bringst du ihn dann nicht?«, rief Herbert ins Telefon – sein zweites, eines aus Elfenbein, das im Schlafzimmer stand, denn Willi hatte ihnen erst das Frühstück und drei Stunden später auch das Mittagessen ans Bett gebracht. »Was heißt, er will nicht?« Dann wandte er sich Henni zu. »Du, dein Kuddl will überhaupt nicht nach Hause. Was sollen wir machen?«

»Ich will mit ihm reden«, sagte Henni.

Also gab Herbert Björn den Auftrag, ein Treffen zu organisieren, und Willi fuhr nochmals zu Binneweisens, diesmal vertröstete er sie mit Rosen.

Henni und Herbert fuhren währenddessen im Tribelhorn Nautilus zur Trabrennbahn. Henni litt. Erst fror sie furchtbar, weil Herbert derart raste. Dann gab es vor den Rennen einen Sektempfang, mit all den piekfeinen Damen aus der besseren Gesellschaft, vor denen Henni wochentags die teuren Kleider Gassi führte, und natürlich trugen sie alle Gazellenmäntel und Seal-Capes und Schuhe aus Straußenleder und Handtaschen mit Kroko-Aufsatz und Handschuhe aus Crêpe lavable. Henni dagegen steckte in ihrem billigen Wolljumper, darunter trug sie ein kunstseidenes Blüschen und darüber eben jenen Pfeffer-und-Salz-Mantel, der nicht mal auf Taille geschnitten war. Den Bob behielt sie unter der Mütze, damit die Damen sie nicht erkannten.

»Sag mal, schwitzt du nicht?«, fragte Herbert, denn hier war tüchtig geheizt. Und als sie ihm die Sache erklärte, küsste er sie so nass, wie er eben küsste, und sagte: »Du überstrahlst sie trotzdem alle.« Dann ließ er sie stehen, um sich seinen Anlegern zu widmen, und Henni verkroch sich in die Stallungen. Die Pferdeknechte dort trugen auch nur Hammelwolle und Stiefel, und die Pferde rochen gut und gaben ganz andere Wärme als die olle Gasheizung.

Als sie endlich wieder nach Hause fuhren, schrie sie gegen den Fahrlärm an: »Wie liefen die Rennen? Haben wir gewonnen?«

»Unsereiner gewinnt immer«, rief Herbert zurück, hupte dazu und drückte noch mehr auf die Tube, dabei war Glatteis.

»Du, ich will nicht, dass die Binneweisens doch noch ein Kind verlieren«, rief sie ihm ins Ohr.

Herbert hupte nochmals, dann schrie er in die Nacht

hinaus: »Und Kerls wie wir sind auch nicht zu ramponieren!«

Wen genau Herbert zu den »Kerls« zählte, erfuhr sie nicht.

Kuddl jedenfalls war tüchtig ramponiert, als Henni ihn am nächsten Tag traf. Jener Björn, von dem Henni nicht mehr zu Gesicht bekam als eine hochgeschlossene Lederkluft samt Motorradkappe und getönter Brille, fuhr sie im Beiwagen weit raus ins Havelland. Herbert hatte ihr zwar seinen englischen Schal geliehen, aber ungemütlich war es doch. Der Fahrtwind zog durchs Geflecht des Beiwagens, und rutschig war es auch wieder, diesmal vom Laubmatsch und dem zermantschten Fallobst, denn sie fuhren schon ewig eine verlassene Birnenallee entlang. Die Allee war zu allem Überfluss mit Schlaglöchern gespickt, und Henni, die zum Frühstück nur Sekt und Schnecken gegessen hatte, wurde speiübel.

All das zählte nicht mehr, als sie Kuddl sah. Er wartete in einer abgelegenen Kate, die nur aus einem kleinen Raum mit Lehmboden und darüber einem offenen Schlafboden bestand. Henni sah einen Herd und einen kleinen Tisch mit vier Schemeln, auf einem davon saß Kuddl. Er war ganz in sich zusammengesackt, ausgemergelt, käsig und unrasiert.

Sie wagte gar nicht, ihn zu umarmen, so zerbrechlich sah er aus. »Gottchen, Kuddl«, sagte sie betroffen, »was machst du denn hier?« Er antwortete darauf nichts. Sie setzte sich ihm gegenüber und fragte weiter: »Was wohnen hier für Leute?«

»Weiß ich doch nicht«, murmelte er und räusperte sich, weil seine Stimme eingerostet war. »Ist auch egal.«

»Mir ist es ganz und gar nicht egal, bei wem du wohnst.«

Kuddl sah sie an, als wäre sie bescheuert. »Ich wohne hier doch nicht. Die Leute haben Geld bekommen, damit wir uns hier treffen können. Damit alles geheim bleibt.«

»Was soll geheim bleiben?« Henni stand wieder auf und stellte sich an den Herd, weil sie so fror. Immerhin wurde geheizt.

»Damit man mich nicht findet.« Und dann schluchzte Kuddl plötzlich auf, ein einziges Mal nur, dann hatte er sich wieder im Griff. »Ich kann ja nun nie mehr zurück.«

»Aber warum das denn?« Henni schrie fast, dann trat sie zu ihm und fasste ihn bei den Schultern. Durch sein schweres Sakko hindurch fühlte sie, wie sehr er nur noch Haut und Knochen war. »Und ob du zurückkommst, deshalb bin ich doch hier!«

Kuddl wartete schweigend, wohl darauf, dass sie ihn wieder losließ, denn als sie es nicht tat, löste er ihre Hände, stand mühsam auf und stellte sich in die dunkelste Ecke des Zimmers. »Die suchen mich doch«, sagte er.

»Und ob sie dich suchen«, versicherte Henni, »dich und die zwei anderen. Mensch, Kuddl, aber du musst zurück! Mama und Papa sterben vor Sorge.«

»Haben sie die anderen noch nicht gefunden?« Das erste Mal klang Kuddl so halbwegs lebendig.

Henni schüttelte den Kopf. »Niemand hat überhaupt wen gefunden, die Polizei nicht, der rote Bruno nicht. Erst dieser Björn kam dir auf die Spur.«

»Und Björn ist ja selber …«, begann er und brach wieder ab.

»Selber was?«

Doch er überhörte sie. »Dann weiß gar keiner, was passiert ist?«, hakte er nach.

»Was ist denn passiert, Kuddl?«, rief Henni, »Jetzt tu nicht so heimlich!«

Er setzte sich wieder, diesmal aufrechter, und er kriegte auch etwas Farbe ins Gesicht. »Das darf ich dir nicht verraten. Dir nicht und keinem anderen. Nie, mein ganzes Leben lang.«

»Schön, frage ich eben die anderen beiden«, sagte Henni gereizt, weil ihr Kuddls Masche zu pathetisch wurde. »Wo finde ich sie?«

Kuddl stöhnte und rieb sich lange übers Gesicht. Das hatte er schon als Dreikäsehoch gemacht, wenn er nicht losheulen wollte. Endlich murmelte er: »Die kommen nicht wieder.«

»Nun red Klartext«, rief sie. »Sind sie mause, oder was?«

Kuddl zuckte mit den Schultern. »Ich weiß es nicht.«

»Wann hast du sie denn zuletzt gesehen?«

»Ich weiß es nicht.«

Henni wurde ganz zappelig. »Mensch, was war denn, Kuddl? Warum bist du so?«

»Ich weiß es nicht.«

Henni verdrehte die Augen, und Kuddl erklärte: »Du

wirst von mir nichts anderes hören. Wenn das kleinste bisschen herauskommt, bin ich dran. Und schlimmer: Mama und Papa und auch du, Henni, ihr müsstet damit leben. Furchtbar genug, dass ich es muss. Ich komme nur zurück, wenn du versprichst, nichts mehr zu fragen.«

Ihr wurde wieder kodderig. Ganz leise sagte sie: »Du hast sie kaltgemacht.« Kuddl sagte nichts. »Ihr wart doch aber Genossen«, flüsterte sie fassungslos, »sag nur, die waren dir wichtiger als wir!«

»Die Sache war mir wichtiger als die Genossen. Und Sebastian und Paul wollten mich zu was zwingen, das …« Wieder kam ihm ein einsamer Schluchzer hoch, und wieder rieb er sich lange übers Gesicht. Dann atmete er tief durch und sagte: »Sie wollten mich zu was zwingen, was nicht ging.«

Und plötzlich heulte er doch, es schüttelte ihn richtiggehend und noch mehr, nachdem Henni aufgestanden war und ihn über den Tisch gebeugt drückte, so gut es ging. Sie redeten nichts mehr. Kuddl roch nach Kartoffeln. Irgendwann legte er den Oberkörper auf den Tisch, das Gesicht in die Armbeuge gedrückt, und regte sich nicht mehr. Vielleicht schlief er. Das Feuer im Herd ging aus, Henni zitterte vor Kälte und Hunger und wagte nicht, sich zu bewegen, obwohl es schweineunbequem war.

Dann endlich stieß Björn die Tür auf: »Die Zeit ist um, die Leute kommen zurück.«

Kuddl schoss hoch und verließ die Kate, Björn folgte ihm. Henni blieb allein zurück. Sie hatten sich nicht mal verabschiedet. Sie hörte, wie Björn das Motorrad anwarf und mit Kuddl davonfuhr.

Gleich darauf kamen die Leute zurück, ein Mann mit einer Frau und einem Kind. Sie taten, als wären sie allein. Nur das Kind beobachtete Henni aus den Augenwinkeln und zeigte ihr einmal eine Zahnlücke. Nachdem die Frau wieder Feuer gemacht hatte, lehnte Henni sich an die Wand neben dem Herd und wartete, bis Björn sie abholte und zurück nach Berlin fuhr.

Duster

Herbert fragte sonderbar wenig, und Henni befürchtete, dass er mehr wusste, als gut war für Kuddl. Sie beschloss, Herbert locker auf den Zahn zu fühlen, und ließ sich dazu einen Schwindel einfallen. »Er war ganz benommen«, behauptete sie, »und redete kaum was. Glaubst du, er ist in einer Schieberei drin?«

»Weiß ich nicht, ist mir auch schnuppe. Hauptsache, er lebt. So haben deine Eltern wieder was zu lachen, und du bleibst bei mir.«

»Tu ich das?«, fragte Henni, obwohl sie die Idee nicht schlecht fand. »Was, wenn nicht?«

»Du wirst schon bleiben«, antwortete Herbert trocken, »du wärst ja dumm, wenn nicht.« Das war wohl wahr.

Zwei Tage später kehrte auch Kuddl zurück. Während Henni bei der Weihnachtsausstellung von Peek&Cloppenburg als Engel Werbezettel und Schokolade verteilte, zog Björn los, um ihn zu holen, und am Abend stand Kuddl plötzlich in der Tür. Von Henni ließ er sich umarmen, zu Herbert blieb er auf Distanz. Sie waren eben nicht mehr die alte Bande.

Herbert sagte auch nur: »Kuddl, Mensch.«

»Herbert, du Bonze«, sagte Kuddl.

Herbert grinste. »Scheißprolet, geh duschen, und dann komm essen. Willi gibt dir einen Anzug.«

Kuddl grinste aber nicht. »Eine Suppe nehm ich, außerdem will ich mit Henni reden, unter vier Augen. Danach verzieh ich mich.«

»Mach, was du willst«, sagte Herbert, ging raus und zog die Tür zu.

»Was weiß er?«, fragte Kuddl leise.

»Von mir nichts«, versicherte Henni. »Auch sonst nicht, denke ich. Wäre ihm auch piepegal.«

Kuddl nickte. »Hat sicher selber genug Dreck am Stecken, von nüscht kommt ja nüscht. Kann ich bei dir wohnen, bis ich wieder Fuß gefasst habe?«

»Klar kannst du.« Henni gab ihm den Schlüssel.

Und bevor Willi überhaupt die Suppe gebracht hatte, war Kuddl schon wieder weg.

Die nächsten Tage fuhr Henni nach dem Engelspielen bei Peek&Cloppenburg immer gleich in die Schendelgasse und sorgte dafür, dass geheizt war und dass Kuddl aß und nicht nur dalag und Löcher in die Decke starrte. Sie wusch auch seine Kleider. Dazu sang sie, um ihn aufzumuntern, oder erzählte, was sie gerade gehört hatte: dass in Russland Trotzki gesiegt hatte und Lenin ihn trotzdem beschimpfte – weswegen, hatte sie vergessen, und Kuddl meinte auch nur: »Irgendwann bringen die sich gegenseitig um.« Interessanter fand er, dass ein Franzose im Flugzeug über dreihundert Stundenkilometer schnell geflogen war, zumindest sagte er: »Donnerwetter.« Sie erzählte ihm auch, dass Rosa Valetti ein Kabarett aufmachen wollte und sie deswegen unbedingt bei Karl vorbeigehen wollte. »Weil, bei der Valetti auftreten, das wär schon n Ding.« Aber Kuddl fragte nicht mal, wer Karl war, und sie erinnern tat er auch nicht.

Dafür hatte sie ihn zu Heiligabend so weit, dass er mit ihr nach Hause in den Prenzlberg fuhr. Das wurde gespenstisch. Henni war beladen mit Geschenken, die Herbert irgendwo gewonnen hatte und nicht haben wollte, einem englischen Fresskorb mit lauter Ungenießbarem wie Plumpudding und Mint Sauce, einem Musterkoffer voller Strickkrawatten, einem Buch, das sie gekauft hatte, weil der Titel ihr so gefiel (*Träumereien an preußischen Kaminen*), und einem riesigen Laubsack Striegelwolle für Mama Binneweis, die Herberts Pferdeknechte für Henni gesammelt hatten. Die Krawatten und den Fresskorb durfte Kuddl überreichen, weil der nicht an Geschenke gedacht hatte und damit er den schweren Geschenkkorb trug.

Auch bei Binneweisens wurde vor allem geschwiegen. Die Eltern wollten nicht mal wissen, woher die Geschenke kamen, und sie fragten auch nicht, wo Henni eigentlich wohnte, wenn schon nicht bei Mitzi Stresemanns Schwester in der Pension. Sie fürchteten wohl die Wahrheit.

Am demonstrativsten aber schwiegen Arthur Binneweis und Kuddl sich an, jedenfalls bis Ruth Binneweis sagte: »Ach, nun gebt euch die Hand und vertragt euch. Die Sache im Schweizer Garten ist schon so lange her, dass sie fast nicht mehr wahr ist.«

Kuddl sagte: »Wir vertragen uns doch, Mama. Wir haben nur nichts zu reden. Oder willst du uns vielleicht erzählen, Papa, wie es bei der Arbeit läuft?« Dabei bekam er ein böses Flackern in die Augen.

Papa Binneweis musste husten, dann fragte er ganz nervös: »Wieso bei der Arbeit? Es ist nichts bei der Arbeit.«

Und Ruth Binneweis erzählte für ihn, dass er aus Spargründen wieder zurückgestuft worden war und kein eigenes Büro mehr hatte, auch kein Telefon. Das hatte aber sogar sein Gutes, weil dafür *sie* zu arbeiten begonnen hatte, nämlich bei der Feuersozietät Berlin, Versicherungen aller Art, und dort gefiel es ihr sehr gut.

»Das sieht man, Mama«, sagte Henni, »du trägst ja neuerdings sogar Farbe.«

»Nu, das war Bedingung. ›So in Schwarz und mit Krinoline können Sie bei uns aber nicht reinemachen‹, hat der Herr Ganz beim Vorstellungsgespräch gesagt. ›Sie kommen ja daher wie direkt aus dem Kaukasus.‹ Also habe ich mich verändert.«

Worauf Kuddl aufstand, als wollte er wieder gehen, und fand, das hätte sie sich nicht gefallen lassen dürfen, und Papa hätte für sie einstehen müssen.

Henni hielt ihn fest. »Nu lass mal, Kuddl, es steht ihr doch. Und wie sie strahlt, das ist doch was.«

Dagegen sagte Kuddl nichts mehr. Und als er später mit ihr zurück ins Scheunenviertel spazierte, an all den Kirchgängern vorbei, die zur Mitternachtsmesse zogen – und dicke Flocken schneiten vom Himmel, und sie trugen beide Fäustlinge aus Rosswolle, die Mama Binneweis ihnen gestrickt hatte –, da sagte er sogar: »Wie konnte ich nur so werden, Henni? Ich will auch wieder Freude haben. Es kann doch nicht alles nur duster sein.«

Kapital

Dafür war Herbert die gute Laune in Person. Noch. Als sie wissen wollte, wie er so schnell so unverschämt reich geworden war, lachte er und sagte: »Wieso, die Penunse liegt auf der Straße.« Das hatte er selber aber auch erst begriffen, als ihn einer mit der Nase darauf gestoßen hatte.

Eines Tages war nämlich Wladimir Mausch gekommen, einer aus Herberts Truppe, und hatte gesagt: »Herbert, ich habe da was Todsicheres. Gib mir hundert Mark, morgen kriegst du hundertzehne wieder.« Herbert hatte gerade seinen Lohn als Kabelleger bei der Post gefasst und Geld in der Tasche. Weil er natürlich neugierig war, ob Wladimir Wort hielt, gab er ihm den Hunderter, und wirklich, Wladimir kam am nächsten Tag wieder und blätterte ihm hundertzehne auf den Tisch.

Herbert hatte ausgerufen: »Is ja knorke! Und wie hat sich das so schnell vermehrt?«

»Musste nicht wissen. Kannst das Geld aber bei mir stehen lassen, nächste Woche kriegst du hundertzwanzig. Und wenn du willst, gib mir mehr, ich nehme alles.«

Mehr hatte Herbert leider nicht, denn er schuldete noch Miete und brauchte neue Schuhe. Aber Wladimir Mausch hatte ihm das Geld in der Kneipe Zum Schwaneneck zurückgegeben, und dort standen gleich alle Trinkkumpanen Schlange, um Wladimir ihr Geld zu geben.

Das brachte Herbert auf die Idee mit dem Wettbüro. Am Anfang machte er es haargenau wie Wladimir, aber mit den ersten tausend Mark mietete er sich ein Büro und ließ Visitenkarten drucken. Nach einem Monat hatte er schon hunderttausend Mark erschnorrt, und weil er sich erstens auf Pferderennen spezialisiert hatte und zweitens auch Sachwerte in Zahlung nahm, kamen viele passionierte Zocker zu ihm, die auf der Rennbahn all ihr Bares verwettet hatten und doch nicht aufhören konnten. Denen nahm er ab, was immer sie noch besaßen, dafür blieben sie im Rennen, und zwar als seine »Anleger«. Sein Haus war genauso ein Sachwert, den ein Pleitegänger ihm in Zahlung gegeben hatte, wie der Rennstall und sogar Butler Willi. Seinen Anlegern zahlte er zu jedem Monatsersten einen Gewinn aus, den konnten sie aber auch stehen lassen, dann gab es eine Bescheinigung über den erhöhten Wert ihrer Anlage. Und weil immer mehr liegenblieb, als ausgezahlt wurde, und zudem immer neue Kundschaft kam, waren alle glücklich.

»Was machst du denn mit all dem Geld?«, fragte Henni.

»Na, wetten eben.«

»Ja, aber gewinnst du denn auch?«

»Unsereiner gewinnt immer.« Das hatte er schon damals im Tribelhorn Nautilus auf der Heimfahrt von der Trabrennbahn Karlshorst gesagt.

»Ja, aber gewinnst du auch so viel, wie du ausgibst?«

Herbert zog die Augenbrauen hoch. »Muss ich gar nicht, Dummchen. Solange die reinbuttern.«

Henni wurde schwindlig, wenn sie an das viele Geld dachte und wie lasch er damit umging. »Aber ist das denn legal?«, fragte sie fast verzweifelt.

Herbert prustete los. »Seit wann bitte schön regiert ›legal‹ die Welt?«

Dass Henni ihn nicht blind bewunderte, schien ihn aber doch zu wurmen, jedenfalls schwenkte er triumphierend die *Berliner Morgenpost*, als er am nächsten Tag in den Salon kam, und las ihr einen Artikel vor über das sogenannte Verbrechen und warum daran nichts Schlechtes sei. Henni musste dauernd lachen, was Herbert wieder nicht begreifen konnte, ja, schließlich wurde er richtig sauer und wollte nicht weiterlesen.

Henni ging auf die Knie, kuschelte sich an ihn und flötete: »Bitte, bitte, Herbert, es ist so lustig!«

Da las er doch zu Ende. Danach feixte er: »Da haste dein Fett, von wegen ›legal‹.«

»Aber Herbert, das ist doch ein Scherz«, sagte sie fast gerührt, »der meint das alles nicht ernst.« Sie hätte schwören können, Karl steckte dahinter. Als sie Herbert die Zeitung aus der Hand nahm, sah sie, dass der Artikel mit den Initialen K. M. gezeichnet war.

Herbert zog eine Schnute wie drei Tage Regenwetter. »Trotzdem hat er recht!«, rief er und stampfte mit dem Fuß auf. »Und ich glaube auch sehr wohl, dass er das ernst meint. Es gibt eben noch Leute mit Verstand.«

Doch seine Euphorie war weg, und zwischen ihm und Henni blieb seither ein Graben, der sich auch andernorts zeigte. So wollte Herbert zum Beispiel, dass Henni ihre Arbeit aufgab. »Was du verdienst, ist doch Mumpitz. Mach in der Zeit lieber einen Schönheitsschlaf, da haben wir beide was von.«

Henni schüttelte nur den Kopf. »Du, ich hab mein Geld noch immer selbst verdient«, sagte sie und schämte sich im Stillen, weil sie daran dachte, was Onkel Reimann ihr alles spendiert hatte. Trotzdem wollte sie einem wie Herbert nicht alles verdanken müssen. Und nur ein paar Wochen später waren sie beide froh, dass Henni ihre Kontakte noch hatte.

Lob der Schandtat

Der Artikel in der *Berliner Morgenpost* ging so:

> Im Volk ist der Gedanke verwurzelt, Verbrecher seien verachtenswerte Gestalten, Nichtsnutze, Auszustoßende, kurz: Feinde der Gesellschaft und des Einzelnen. Ich aber entgegne: Feinde des Einzelnen, ja. Feinde der Gesellschaft? Nein. Und zwar aus folgenden Gründen: Zuerst ist der Terminologie Beachtung zu schenken. Lässt sich denn ohne

weiteres festlegen, wer ein Verbrecher ist? Welche Tat ein Verbrechen darstellt, welche nicht? Mörder morden, Diebe stehlen, Spione begehen Spionage. Sehr gut. Doch lässt sich dieser Schluss umkehren? Ist, wer mordet, zwingend ein Mörder, und nicht vielleicht ein Soldat oder Automobilist? Der stiehlt, ist er nicht vielleicht vom Staat beauftragt, Steuerschulden einzuziehen? Wer Spionage betreibt, ist er nicht, solange er es für Deutschland tut, ein Held in unser aller Augen? Nicht die Tat bestimmt demnach, was als Verbrechen zu bezeichnen ist, sondern der Nutzen der Tat für unsere Gesellschaft. Ein Soldat ist kein Mörder, denn er kassiert für seine Tat eben jene Steuergelder. Spionage ist gut, solange sie unserem Land nützt, schlecht, wenn sie ihm schadet, dagegen ist nichts einzuwenden. Ich frage nur: Darf diese Argumentation nicht auch diejenige des Verbrechers sein? Hat der gewöhnliche Mörder nicht das Recht, den Mord gut zu finden, wenn er ihm nützt?

Lasst es mich anders darstellen: Ein Philosoph produziert Ideen, ein Poet Gedichte, ein Pastor Predigten, ein Professor Kompendien usf. Ein Verbrecher produziert Verbrechen. Betrachtet man näher den Zusammenhang dieses letzteren Produktionszweiges mit dem Ganzen der Gesellschaft, so wird man von vielen Vorurteilen zurückkommen. Denn der Verbrecher produziert nicht nur Verbrechen, sondern darüber hinaus das Kriminalrecht und damit auch den Professor, der Vorlesungen über das

Kriminalrecht hält, und zudem das unvermeidliche Kompendium, worin dieser selbe Professor seine Vorträge als Ware auf den allgemeinen Markt wirft. Damit tritt Vermehrung des Nationalreichtums ein. Ferner produziert der Verbrecher nicht nur die ganze Polizei und Kriminaljustiz: Staatsanwälte, Strafverteidiger, Richter, ev. Henker, Geschworene usw., sondern überdies, wenn man so sagen darf, einen Eindruck auf die Massen, teils moralisch-belebender, sehr viel seltener tragisch-sympathischer Natur, und leistet so der Bewegung und Entwicklung der sittlichen und ästhetischen Gefühle, kurz: dem kulturellen Fortschritt einen Dienst, produziert er doch nicht lediglich Kompendien über das Kriminalrecht, nicht bloß Strafgesetzbücher und damit Strafgesetzgeber, sondern auch Kunst, schöne Literatur, Romane und sogar Tragödien, wie nicht nur Shakespeares *Macbeth* und Schillers *Räuber* zeigen. Und hiermit nicht genug! Indem der Verbrecher die Monotonie und Alltagssicherheit des bürgerlichen Lebens unterbricht, bewahrt er es vor Stagnation, regt Erfindungsgeist und Nachahmebegeisterung in Politik und Wirtschaftsleben an und ruft so jene unruhige Spannung und Beweglichkeit hervor, ohne die selbst der Stachel der Konkurrenz abstumpfen würde. Um es anders zu formulieren: Mut zu Verbrechen, Angst vor Verbrechen, Verdacht auf Verbrechen und Beschuldigung zum Verbrechen sind der maßgebende Sporn in Wirtschaft und öffentlichem Leben der bürgerlichen Gesellschaft.

Damit längst nicht genug! Verlässt man die Sphäre des Privatverbrechens: Ohne nationale Verbrechen, wäre je der Weltmarkt entstanden? Ja, auch nur Nationen? Wer aber könnte die Schönheit dieses Weltgesetzes treffender in Worte kleiden als der geschätzte holländische Dichter Mandeville, indem er sagt: »Das, was wir in der Welt das Böse nennen, ist das große Prinzip, das uns zu sozialen Geschöpfen macht, die feste Basis, das Leben und die Stütze aller Gewerbe und Beschäftigungen – und in dem Moment, da das Böse aufhörte, müsste die Gesellschaft verderben, wenn nicht gar gänzlich untergehen.« Nun sagt selbst, geschätzte Bürger: Wollen wir eine Denkensart, die unserer Kultur so eigen ist wie die Brandmarke einer Kuh, dem Einzelnen als persönliche Schuld auslegen?

Fanny und Hanny

Zu jener Zeit kam auch die Nachricht, dass es mit zwei der Lüneburger Mädels ein schlimmes Ende genommen hatte. Fanny war wie Kuddl im Sommer verschwunden. Anders als ihn hatte man sie aber drei Monate später nackt und aufgeschlitzt im Spreewald hinter einem Ginsterbusch gefunden. Das erfuhr Henni von Fannys Bruder, einem Jungen um die zwanzig, der Pit hieß und nach Berlin gekommen war, weil Fannys Mörder inzwischen gefasst worden waren und abgeurteilt werden sollten. Im Auftrag der Familie wohnte er der Verhandlung bei, und in den Tagen zwischen Prozess und Urteilsverkündung ging er nochmals ihre letzten Stationen ab. Dabei kam er auch in die Mietskaserne am Prenzlberg und hinterließ bei Binneweisens auf Stullenpapier eine Notiz, in der er in umständlichen Worten darum bat, Henni treffen zu dürfen.

Sie suchte ihn in seiner kleinen Pension am Zoo auf, und bei Ostfriesentee und Schmalzbrot erzählte er das ganze Elend. Fannys Mörder waren entlassene Soldaten, ein gemeiner und ein dekorierter. Ihrer Aussage nach waren sie wie Vater und Sohn gewesen, Seite an Seite hatten sie in all den Kriegs- und Nachkriegsjahren durchgestanden, was man als Soldat an Drill, Schlachten, Giftattacken, Grabenkoller, Gefangenschaft und Lazarett so durchzustehen hatte. Als sie endlich heimkehren durften, stellte der Ältere fest, dass ihm anno 18, als schon Frieden war, zu Hause im Mecklenburgischen das Kind verhungert und seine Frau darüber übergeschnappt und weggesperrt worden war. Die Braut des Jüngeren, Fescheren hatte sich einen anderen genommen, der dienstuntauglich war, einen Musikus mit Nickelbrille und Klumpfuß, der in den umliegenden Dörfern zum Gottesdienst das Harmonium spielte und, wie der Fesche behauptete, sogar beim Blasebalg-Treten hinkte.

Danach hatten die zwei ausgedienten Soldaten sich wieder zusammengerauft und beschlossen, in Berlin ein Unternehmen zu gründen, und zwar ein Heiratsinstitut. Auf die Art wollten sie wieder zu was kommen, menschlich wie privat. Mit goldgeprägten Visitenkarten waren sie losgezogen, um Frauen anzusprechen. Es herrschte ja in Berlin wie überall Frauenüberschuss – da dürfte es, hatten sie sich gesagt, mit etwas Organisation nicht allzu schwer sein, dass jeder, der eine will, auch eine bekommt.

So hatten sie Fanny kennengelernt und sich prompt an ihr entzweit. Beiden erschien sie als größtes Glück auf Erden, und beiden hatte Fanny schöne Augen gemacht. Erst waren die Männer aufeinander losgegangen, dann hatten sie sich besonnen und einander geschworen, dass sich nie und nimmer ein Weibsbild zwischen sie stellen werde. Und weil eben doch keiner der beiden von Fanny lassen wollte, hatten sie sie endlich schweren Herzens abgestochen. Mit dem Bajonett – gelernt ist gelernt.

An der Stelle weinte Henni ein paar Tränen auf ihr Schmalzbrot, dabei war das erst das halbe Elend. Pit hatte im Gericht nämlich auch Hanny getroffen – oder Auguste, wie er sie natürlich nannte. Sie trat nicht als Zeugin auf, da die Polizei sie nicht hatte ausfindig machen können. Pit entdeckte sie aber im Publikum, inkognito und offensichtlich kurz vor der Niederkunft. Als er sie ansprach, wimmelte sie ihn ab und rannte weg. Er folgte ihr und sah, dass sie in der Münzstraße anschaffen ging, wo noch mehr Schwangere standen. Als er noch einmal versuchte, mit ihr zu reden, schrie sie los, und zwar Zetermordio, sodass ein paar Kerle auf ihn losgingen und er nun selber wegrennen musste.

Nur von Tilly, der Dritten im Bunde, konnte er Gutes berichten. Die hatte sich nach jenem ominösen Schönheitsabend bei der Köchel nicht um den offenen Kredit geschert, sondern war wie angekündigt schnurstracks zur Hauptpost marschiert und hatte ihrem Herrn Papa telegrafiert, er möge ihr Geld für die Heimreise schicken. (Er war es auch gewesen, der ihnen die Ziege und die Hühner mitgegeben hatte.) Danach hatte sie bis morgens um fünfe auf der Wache des Bahnhofs Friedrichstraße mit den Schupos Skat gespielt und war mit dem Frühzug wieder nach Hause. Dort war sie jetzt glücklich unter der Haube, und zwar, wie Pit strahlend verkündete, mit seiner Wenigkeit. Auf dem Hochzeitsfoto, das er Henni zeigte, ahnte man noch Tillys blaues Auge, das der Ziegendieb ihr geschlagen hatte. Inzwischen war sie wie Hanny guter Hoffnung.

Zuletzt fuhren sie noch zu Anna Köchel, damit Pit sich auf das Sofa setzen konnte, auf dem sein ermordetes Schwesterherz »sexualisiert« worden war und seine Angetraute den Abend lang so bitterlich geweint hatte.

Henni tat ihm den Gefallen, auch darum, weil sie Anna Köchel gern wiedersah. Schönheitsabende gab es ja inzwischen nicht mehr, aber die Einrichtung war noch wie damals. Anna Köchel ließ die beiden allein, damit Pit der toten Fanny gedenken konnte, und Pit saß lange still neben Henni, sah mit gefalteten Händen und versunkenem Lächeln ins leere Zimmer, als würde dort noch getanzt, und Henni war ganz gerührt. Es hatte wohl mit dem Sofa zu tun, auf dem sein Schwesterherz gesessen hatte, als ihre Triebe erwachten, dass sich nun auch bei Pit etwas regte. Seine Schmalzhand wanderte auf Hennis Schenkel, und er wollte, dass sie sich für ihn nackig machte und tanzte.

Henni schob die Schmalzhand weg. »Ich bin inzwischen mehr auf Kunst aus, musst du wissen, ich will ans Theater.« Während sie das sagte, erkannte sie, dass sie die Schauspielerei fast schon wieder vergessen hatte, und gab sich in Gedanken dafür eine Kopfnuss.

Beim Hinausgehen bot Anna Köchel ihr an, wieder für sie zu »laufen«, wie sie es nannte, doch Henni gab ihr die gleiche Antwort.

Anna Köchel ging es nämlich auch ohne Schönheitsabende blendend. Das Telefongeschäft blühte, und für sich privat hielt sie sich Milli, die jüngste der drei Schulerschwestern. Als Schoßhund, wie sie sagte, um nachts was zum Kuscheln zu haben. Dafür fütterte sie sie durch.

Pit gab nach dem Treffen mit Henni noch zwei schwülstige Briefe bei Binneweisens für sie ab, diesmal auf Briefpapier, in denen er Henni bat, sie wiedersehen und schick ausführen zu dürfen. Doch bevor sie ihm absagen konnte, schrieb er, diesmal wieder auf einen Stullenwickel, dass er zurück in die Heide müsse, weil Auguste, also Hanny, sich im Bahnhof Stralauer Tor vor die U-Bahn geworfen habe oder auch in Wehen gefallen sei und er ihre Leiche zurück nach Lüneburg eskortieren müsse.

Großglockner

Im Februar wurde auch Kuddl vorgeladen, nicht ans Gericht, aber zur Wache. Zwei Wachtmeister holten ihn aus Hennis Wohnung und chauffierten ihn im Streifenwagen aufs Präsidium.

Arthur Binneweis hatte schon an Heiligabend so was vorausgesagt. »Du kannst nicht vermisstgehen und wiederauftauchen, und die Polizei weiß von nichts. Wenn du dich nicht meldest, tu ich das, so gehört sich das. Sonst machen wir uns alle strafbar.« Und wirklich bekam Kuddl wegen mangelnder Kooperation mit der Staatsgewalt eine Buße aufgebrummt, zwanzig Mark, die Henni für ihn bezahlte.

Beim Verhör, das zwei Tage dauerte, ging es allerdings um mehr. Sie waren ja zu dritt verschwunden, und nur Kuddl war zurück. Natürlich wollte die Polente wissen, wie es dazu gekommen war, wo die anderen abgeblieben waren und ob Kuddl vielleicht Dreck am Stecken hatte.

Solange er weg war, schwitzte Henni Blut und Wasser, und als er am dritten Tag endlich nach Hause kam, heulte sie vor Erleichterung.

Kuddl schien gar nicht zu begreifen, was sie so mitgenommen hatte. Er trank den Kaffee, den sie ihm kochte, und berichtete dabei, was er den Wachtmeistern erzählt hatte. Das kam alles so natürlich rüber, dass sie nur ganz zu Anfang dachte: »Das also hat er ausgebrütet, als er all die Tage hier auf dem Bett gelegen und Löcher in den Gips gestarrt hat.« Doch als er ausgeredet hatte, war sie richtig überzeugt, dass sie ihn damals in der Kate im Havelland furchtbar missverstanden hatte.

Was Kuddl erzählte, war, dass er im Sommer mit Sebastian und Paul eine Wette abgeschlossen hatte. Damals schrieb die Presse gerade großartig über einen Genoveser Gebirgsjäger, der mit anderen anno 15 gegen die österreichische Armee eine Geschützstellung auf der Königsspitze angelegt hatte, auf über dreitausend Metern Höhe und mit kilometerlangen Tunneln unter Gletscher, und der just mit drei Waffenbrüdern auf Streife gewesen war, als die Truppen abgezogen wurden. Und weil sie kein Rückzugsbefehl erreicht hatte, blieben sie bis ins Frühjahr 20 dort oben. Das heißt, einer fiel in eine Gletscherspalte, einer wurde vom Blitz getroffen, und einer wollte desertieren, ging aber im Schneesturm drauf. Nur der Vierte überlebte. Das war Arturo Semmel. Nachdem der Truppenproviant aufgebraucht war, ernährte er sich von abgestürzten Steinböcken, denn anno 15 hatte man ein Schießverbot erlassen, damit der Feind nicht aufmerksam wurde, und ein Befehl gilt so lange, bis er zurückgenommen wird, also konnte er nicht jagen. Später aß er in der Not auch einen seiner toten Kameraden an. Als zwei Bergsteiger ihn im Mai anno 20 endlich fanden und sagten, der Krieg sei längst vorbei, war er so ausgehungert, dass er nicht mal mehr jubeln konnte.

So, und dieses Arturo Semmels wegen hatten Kuddl und seine beiden Kumpels nun gewettet, ob sie es auch schafften, einen Winter im Gebirge zu überleben. Sie zogen los in Richtung Großglockner – zu Fuß, um sich schon mal abzuhärten. Der Plan war, noch vor dem ersten Kälteeinbruch eine Unterkunft auf mindestens dreitausend Metern zu bauen, handwerklich begabt waren ja alle drei. Kuddl hatte mechanisches Geschick, Sebastian arbeitete auf dem Fernmeldeamt, und Paul, von dem der Wettvorschlag gekommen war, hatte bis dahin im Winter Stangeneis für Bolle am Rummelsburger See gesägt und im Sommer Straßen gebaut.

Sie kamen nur nicht weit. Schon im Harz zerstritten sie sich und änderten die Wette ab. Erst hätte nur verlieren sollen, wer als Erster aufgab. Doch Kuddl hatte irgendwann ganz nebenbei gesagt, vermutlich sei es Arturo Semmels Glück gewesen, dass er zuletzt allein gewesen war, weil er von da an auf Schwächere keine Rücksicht mehr nehmen musste, sondern die letzten Kräfte aus sich herauspressen konnte. Von da an stellten Sebastian und Paul sich gegen ihn und sagten, sie hätten kein Vertrauen mehr zu ihm und wollten lieber wetten, ob er allein es länger schaffte oder sie zu zweit. Kuddl wollte diese Wette nicht eingehen, weil ihm allem Hickhack zum Trotz an ihrer Kameradschaft lag, also zogen sie ihm in der Nacht eins über, und als er erwachte, lag er gefesselt an der Feuerstelle und musste zwei Tage lang bis zur nächsten Straße robben, bis jemand ihn losband.

Danach war er innerlich so zerrüttet, dass er den Glauben an die Menschheit verlor, die Wette sausen ließ und bis in den November hinein im Harz umherirrte, ohne mit irgendwem zu reden, nur hier und da um ein Abendessen oder um ein Lager im Stroh anklopfte und dafür Holz hackte und Kartoffeln erntete und einmal sogar ein Dach neu deckte. Als irgendwann der erste Schnee fiel, vermisste er ein Zuhause und nicht zuletzt Henni und wollte zurück nach Berlin – wo die Zerrüttung aber auch nicht nachließ.

Die Wachtmeister hatten noch lange gebohrt, wo Sebastian und Paul abgeblieben sein mochten, aber Kuddl wusste nichts weiter zu sagen, außer, dass sie die beiden wohl auf dem Großglockner suchen müssten. Er zeichnete ihnen die Route auf, die sie hatten nehmen wollen, warnte aber zugleich, dass Sebastian und Paul bestimmt ihre Pläne geändert hatten, damit er sie nicht fand. All das leuchtete den Wachtmeistern ebenso sehr ein wie Henni, und so ließen sie ihn laufen.

Henni freute sich schon, dass Kuddl fast wieder der Alte war, hatte er die lange Geschichte doch astrein und flüssig erzählt. Aber kaum war er fertig, haute er sich wieder aufs Bett, starrte Löcher in die Decke und mochte sich nicht mal rühren, als sie ihm Königsberger Klopse aufwärmte.

Auf und ab

Es war aber auch so, dass das Bett immer einkrachte, wenn Kuddl sich bewegte, weil das abgebrochene Bein nur lose eingesteckt und Kuddl einfach zu schwer war.

Bis Henni endlich einen Tischler holte. Herr Bukofzer hatte seine Werkstatt in den Hackeschen Höfen, nicht weit von der Schendelgasse. Er war ein echtes Original, trug ein Nachthemd als Oberhemd und eine Kippa, die so abgewetzt war, dass sie wie ein Haarnetz aussah, parfümierte sich mit Odol und pfiff ganze Opern durch eine Zahnlücke. Als er kam, um das Bett zu flicken, spannte er Kuddl gleich mit ein, und Kuddl spurte nicht nur, er stellte sich auch sehr geschickt an.

Nach einer halben Stunde nannte Herr Bukofzer ihn »mein Sohn« und bedauerte, keinen solchen Gehilfen zu haben. Als er hörte, dass Kuddl gelernter Fahrradmechaniker war, sagte er: »Ein Fahrradklempner fehlt noch in den Höfen. Wie wär's, du richtest dich in einer Ecke meiner Werkstatt ein, und wenn die Kundschaft ausbleibt, gehst du mir zur Hand?«

Kuddl wurde rot. »Das wär schon eine Perspektive.«

Allerdings sah er nicht, wie er zu Werkzeug kommen sollte, denn mit dem roten Bruno wollte er nichts mehr zu tun haben, auch mit den anderen Kommunisten nicht, und sonst hatte er keine Kontakte.

Dabei half Herbert. Der hatte seine zwanzigtausend Anleger fein säuberlich katalogisieren lassen, und was immer er brauchte, in seinem Katalog fand er den Mann dafür. Als Henni ihm die Adresse brachte, murrte Kuddl zwar erst und meinte: »Mit dem Pröppke, der sich wohl für Eduard den Siebten hält, will ich ebenso nichts zu schaffen haben wie mit den Kommunisten.« Die Adresse nahm er noch, aber das Geld, das Herbert geschickt hatte, damit Kuddl sich den Krempel zum Fahrradflicken überhaupt leisten konnte, schlug er aus. »Das lass mal meine Sorge sein«, sagte er, als Henni fragte, wie er denn zu der Knete kommen wolle, und tatsächlich trieb er sie auf und kaufte von einem pensionierten Fahrradklempner irgendwo im Rheinischen eine solide, gut gepflegte Ausrüstung.

Henni malte für sein neues Geschäft die Reklametafel. Kuddl sollte sie in der Rosenthaler auf den Gehsteig stellen, damit die Radfahrer auch den Weg in die Hackeschen Höfe fanden. »Kuddls mechanische Werkstatt für Ihr Zweirad – Handwerk mit Tradition«, wollte sie schreiben. Doch erstens passte das nicht aufs Schild, und zweitens fand Kuddl den Spruch affig. Also übermalte sie die Tafel und schrieb nur noch: »Rad ab? Da lang.« Darunter malte sie ein Rad mit einem tüchtigen Rums in der Felge.

Je mehr es mit Kuddl bergauf ging, desto tiefer sackte Herbert. Zu Silvester schmiss er noch ein rauschendes Fest, zu dem die ganze feine Gesellschaft kam. Der Höhepunkt: Anita Berber höchstselbst legte Schlag Mitternacht auf dem Billardtisch im Herrenzimmer einen Nackttanz hin, zu dem die Stimmführer der Berliner Philharmoniker Schuberts *Der Tod und das Mädchen* fiedelten und drei nackte Knaben Weihrauchfässer mit qualmendem Opium schwangen. Danach rauschte sie leider gleich wieder ab, was Henni vor allem deshalb bedauerte, weil Herbert die Gelegenheit hatte nutzen wollen, sie als Tänzerin in Berbers Bühnenprogramm im Schall und Rauch zu schmuggeln.

Und eine Woche später war Herbert pleite. Wegen der Berber. Weil nämlich nicht die gesamte geladene Prominenz sein Kunstverständnis zu schätzen wusste und einige von Herberts besten Anlegern ihr Kapital zurückzogen – oder es gern zurückgezogen hätten. Denn Herbert hatte ja nichts flüssig. Das wiederum rief die Presse auf den Plan: »Von Grafenhuber insolvent«, titelte die *Vossische*, und die *Rennsport-Zeitung* schrieb: »Der Wettkönig prellt die Zeche.« Prompt wollten alle zwanzigtausend »Anleger« ihre Einlagen zurück! Herbert verkaufte, was er konnte, das Restaurant, die Pferde, aber das war ins Feuer gespuckt. Er wurde verhaftet und kam in Moabit vors Kriminalgericht.

Kein Anwalt wollte ihn verteidigen, jedenfalls nicht ohne fette Bezahlung. In der Not bat Herbert den ominösen K. M. von der *Berliner Morgenpost* um Hilfe. Der antwortete auch postwendend: »Sehr geehrter Herr von Grafenhuber, um Ihr Schicksal sind Sie nicht zu beneiden. Leider bin ich persönlich während Ihrer Verhandlung verhindert. Tragen Sie jedoch die beigelegte Verteidigungsschrift als Ihr Plädoyer vor, sollte Ihnen vollkommene Gerechtigkeit gewiss sein.«

Herbert hüpfte vor Freude in seiner Zelle, und mit Verve trug er seine Verteidigung vor. Gleich nach den ersten Sätzen kassierte er eine Verwarnung wegen Verhöhnung des hohen Gerichts. Nachdem er zu Ende gelesen hatte, fing er die Maximalstrafe ein und wanderte für sechs Jahre nach Plötzensee. Dazu bekam er von all der Aufregung noch eine Gesichtsrose. Er war wirklich nicht mehr zu beneiden.

So hatte sein Plädoyer begonnen:

Wertes Gericht, niemand weiß besser als Sie, dass Recht und Gesetz menschengemacht sind. Dass Bestrafung und Freispruch willkürliche Akte darstellen. Dass Gut und Böse, Gesetzestreue und Rechtsbruch nicht gott- noch naturgegeben sind, sondern Frage der herrschenden Mode. Regeln eines von Menschen erdachten Spiels.

Das Spiel heißt »Zivilisation«. Es heißt »moderne Gesellschaft«. Es heißt »Kapitalismus«. Und wer, wertes Gericht, wüsste besser als Sie, was Spielen bedeutet? Einer gibt, ein anderer nimmt, es entsteht ein heiterer Kreis Gleichmütiger. Sie fragen sich, was ich sagen will? Ob ich in meiner Lage ans Kartenspiel denke? Ich denke *nicht* ans Kartenspiel. Ich denke an meinen Beruf.

Die Strafe, denke ich, die der Dieb erhält, ist Teil des Spiels unserer Gesellschaft. Das Diebesgut, das der Dieb behält, ist Teil dieses Spiels. Der Lohn des Richters, der Anwälte und der Polizei sind Teil des Spiels. Die Strafe, die der Dieb kassiert, ist keine Strafe, die er erhält, weil er Spielregeln verletzt hätte, sondern Teil des Spiels.

Kurz: Die Polizei, der Dieb, Sie, Herren Anwälte und Richter, und viele Personen mehr, wir tun nur eines: Wir spielen ein Spiel. Dieses Spiel heißt »Güterverteilung«. »Eigentumsübertragung«. »Gebt, so wird euch gegeben«.

Wertes Gericht, das Verbrechen hat wie jeder ehrsame Beruf seinen ordentlichen Platz am Tisch der kapitalistischen Gesellschaft!

Herberts Pech war, dass er schon im Januar 21 bankrottging. Ein paar Monate später ging es mit der ganzen Wirtschaft bergab, und sein Fall wäre höchstens noch eine Kurznotiz unter »Vermischtes« wert gewesen.

Vorsätze

Zur rauschenden Silvesterparty hatte Henni auch Karl eingeladen. Das war einerseits der Not geschuldet, denn seit Onkel Reimann sich nicht mehr um sie kümmerte, hatte sich Hennis Auftragslage als Vorführdame verschlechtert. In der Schendelgasse hatte sie kein Telefon (auch kein Elektrisch oder fließend Wasser). Wer Henni buchen wollte, musste sie also entweder gleich am Laufsteg ansprechen oder den Bäckermeister Grünbaum in der Grenadierstraße anrufen. Hatte der gute Laune, richtete er Henni die Nachricht aus, wenn sie morgens einen Bagel oder Barches bei ihm kaufte. Nur hatte er die immer seltener. Und blieb Henni ein paar Tage weg, weil sie bei Herbert pennte, hatte er den Anruf sowieso vergessen.

Um das Geschäft anzukurbeln, hatte sie schon Onkel Reimann ein Kärtchen geschrieben, das sie mit Blümelein umrahmte, und ihm erzählt, dass sie doch nicht schwanger sei und dafür ihren verstörten Bruder beherberge und leider immer weniger verdiene, weil sie nicht Onkel Reimanns geschäftliche Begabung hätte. Um ihn neugierig zu machen, hatte sie noch erwähnt, dass sie das Haar nicht mehr als Bob trug, weil das jetzt alle Welt tat, sondern eine sogenannte Windstoßfrisur hatte. Das mache ihr einen langen Nacken, denn vom Schlüsselbein bis hinters Ohr sei alles frei und küssenswert. Leider ließ Onkel Reimann sich dadurch nicht verlocken, er gab nicht mal Antwort.

Andererseits hatte Henni Karl auch deshalb eingeladen, um Herbert eine Freude zu machen, aber dazu kam es dann gar nicht. Denn Karl war einer der ersten Gäste am Griebnitzsee. Zur Begrüßung schenkte sie ihm Champagner ein und wollte eben fragen, ob die schöne Kolumne übers Verbrechen nicht vielleicht aus seiner Feder stamme, da sagte er seufzend: »Es ist nicht einfach für mich, hier zu stehen. Weißt du eigentlich, wem dieses Haus bis vor kurzem gehört hat?« Schuldbewusst schüttelte Henni den Kopf, der Frage war sie aus dem Weg gegangen. »Einem Professor Steinsteiger. Sein Fachgebiet war das Osmanische Reich. Er ist ein ganz scheuer und verletzlicher Mensch. Ich war oft hier zu Gast, als einer von wenigen Auserwählten. Er las uns Gedichte vor, die er aus den osmanischen Sprachen übersetzt hatte. Dazu gab es Tee und Brot, der Professor war sehr bescheiden. Im Krieg fiel er dann unter Spionageverdacht. Es wurde vermutet, dass er in die Arabische Revolte involviert war, was ich durchaus für möglich halte. Er bekam Lehrverbot und Hausarrest und lebt jetzt bei seinem neunzigjährigen Vater in Schlesien. Ich will lieber nicht wissen, wie Herr von Grafenhuber zu diesem Haus gekommen ist.«

Traurig fragte Henni: »Warum erzählst du mir das, Karl?«

»Weil es nun mal so ist. Und weil ich hören möchte, was dich hertreibt. Ich kenne jenen Herrn von Grafenhuber nicht persönlich, aber eine Tilla Durieux oder einen Granach, Henni, triffst du hier nicht an. Du kommst vom Weg ab.«

»Damit eben das nicht passiert, habe ich dich ja eingeladen«, versuchte sie sich rauszureden. »Und ich muss doch von was leben. Außerdem hat Herbert meinem Bruder Kuddl wahrscheinlich das Leben gerettet.«

Karl stellte das unbenutzte Glas ab und griff schon wieder nach dem Hut. »Komm nächsten Dienstag in die Kellerbühne an der Lessingstraße 12. Es ist nicht das Staatstheater oder die Volksbühne, aber vielleicht werden wir ja eines Tages auch bedeutend. Und zumindest gibt es dort ehrlich verdientes Geld.«

Damit ging er. Und Henni kam endlich doch auf eine richtige Bühne.

Lippenstift

Dort spielte sie allerdings eine sonderbare Rolle. In Lessings Keller, wie das Etablissement hieß, wurde Kleinkunst dargebracht. Unter wechselnden Pseudonymen schrieb Karl fast alle Texte, die übrigen waren Gassenhauer. Es spielten und sangen Schauspieler aus den umliegenden Theatern, die sich den Spaß erlaubten, nach der Vorstellung vor tausend Leuten im großen Haus noch etwas frisch von der Leber weg zu wagen. Geprobt wurde so gut wie nicht. Es gab auch ein »Hausensemble«, aber das bestand aus gerade mal zwei Leuten, nämlich Fisling und Henni. Fisling saß den ganzen Abend am Klavier, Henni tat alles Übrige: Sie stand in der Garderobe, verteilte Programmzettel, verkaufte aus dem Bauchladen Zigaretten, und wenn Fisling gerade den Mund voll hatte, sagte sie auch die Nummern an.

Denn das Programm ging durch von neun Uhr abends bis halb zwei am Morgen, und Fisling aß und trank en passant mit der Rechten, während die Linke weiter Akkorde drückte.

Henni war erst enttäuscht über ihre Rolle, und in der ersten Woche – sie spielten dienstags, donnerstags und samstags – schlich sie reichlich verdruckst um die Tische. Dann sagte Karl: »Mensch, Henni, du sollst die gute Seele unseres Etablissements sein, und ich hab mir was dabei gedacht. Nun schleich nicht so, zeig dich mal! Stell dir vor, du wärst die Chefin hier. So will ich dich sehen.«

Da guckte sie erst stumm, dann nickte sie und sagte: »Meinetwegen, kannste haben.«

Fortan kam sie eine Stunde früher und ließ sich alle Texte von ihm geben. Kamen die ersten Leute, blickte sie jeden scharf an und sagte zum Beispiel: »Bei der dritten Nummer, der von Lotte Hinrichs, hören Sie haarscharf hin, denn das ist was für Sie, das verspreche ich Ihnen.« Oder: »Paul Page singt heut was über die Forelle, das singt er ganz für Sie.« Und als Paul Page kam, sagte sie zu ihm: »Das Pärchen links an der Bühnenkante, singen Sie die mal an, die werden schmelzen.« Das tat er dann, und nicht nur das Pärchen schmolz, sondern das ganze Publikum zerging wie Harzerkäse. Nachher fragte Paul Page natürlich, wieso die so geschmolzen waren, aber Henni konnte nur mit den Achseln zucken. »Keine Ahnung, Herr Page, mir war nur, sie würden. So was kömmt aus der Lamäng.« Und weil kein Schauspieler dagegen immun ist, wenn das Publikum seinetwegen schmilzt, rissen sie sich ein Bein dafür aus, wieder in Lessings Keller aufzutreten.

Sogar die Durieux kam und rezitierte einen Hamlet, den Karl hochulkig ins Berlinerische übersetzt hatte. Das war umso schöner, als Asta Nielsen im Kino gerade den *Hamlet* gab (mit Bob wohlgemerkt) und dafür groß gefeiert wurde. Aber selbstredend war die Durieux viel, viel besser!

Logisch, dass Henni bald alle Nummern ansagte. Und sie las nicht mehr nur die Titel ab, sondern gab immer auch eine Geschichte zum Besten, die wiederum mit den Gästen zu tun hatte, denen sie die Nummer »zugeteilt« hatte. Alles frei erfunden natürlich. Immer nur ein paar Sätze, sie sollte ja nicht selbst zur Nummer werden, aber genau diese paar Sätze machten das Publikum wach für das, was danach kam. Oder wie Fisling es in Worte fasste: »Wenn Henni angesagt hat und ich danach in die Tasten haue, ist es, als legte ich mich in ein vorgewärmtes Bett.«

Das brachte Henni auf die Idee, wie sie auch den Zigarettenverkauf ankurbeln könnte. Sie war ja bei den Herrschaften mittlerweile sehr begehrt, und immer wieder kam es vor, dass wer versuchte, sie zu küssen oder auf seinen Schoß zu ziehen. »Leider, leider bin ich schon versprochen«, sagte sie dann immer, wobei sie das i von »leider« ganz langzog. »Ich kann Ihnen, wenn Sie wünschen, aber gern eine Kippe anrauchen.« Die angerauchte Kippe verkaufte sie dann um einen Zehner, während sonst die Zigarette einen Fünfer kostete, dafür klebte ihr Lippenstift darauf, und zwar satt, denn entweder schminkte sie sich den »Bienenstich-Mund« von Mae Murray oder die Vampirlippen von Theda Bara. So verkaufte sie Abend für Abend je eine Hunderterschachtel Juno und eine Hunderter Vera-Damenzigaretten. Und weil sie Karl gegenüber nur für den Fünfer abrechnen musste (vier Pfennige für ihn, einen für sie, und die Zigarettenbildchen in den Schachteln durfte sie auch behalten), verdiente sie allein mit Anrauchen zehn Mark, minus den Lippenstift.

Garbaty

Der Zigaretten wegen zerstritt sie sich dann aber mit Kuddl. Die Sachlage war kompliziert. Hennis Vermieterin Rosa Ivancyk war eine mollige Fuffzigerin in Schürzen, die an einer Stelle einschnitten und an einer anderen quellen ließen, und mit einer etwas scharfen Ausdünstung, dafür hatte sie aber einen unverwüstlichen Humor. Ihr Mann war einer von den vielen Zigarettendrehern im Scheunenviertel. Die einen drehten für Muratti, die anderen für Josetti, wieder andere für Manoli oder Garbaty. Ivan Ivancyk war Garbaty-Dreher, und zwar drehte er die Königin von Saba, was die Königin der Zigaretten war, noch beliebter als die Juno. Das alles wusste Henni nicht, als sie begann, in Lessings Keller Juno und Vera mit ihrem Lippenstift zu verzieren. Und sie wusste auch nicht, was sie davon halten sollte, als Kuddl, der eine ihrer Vorstellungen besuchte, sie noch im Saal beschimpfte: »Wofür gibst du dich da her? Verkaufst Juno und Vera! Weißt du nicht, Henni, unter welchen Bedingungen die Josetti-Arbeiter drehen?«

»Nein«, gestand sie. »Und was soll ich deiner Meinung nach verkaufen?«

»Na, Königin von Saba, was sonst?«

»Und warum gerade die?«, fragte sie betrübt, denn in den Februarwochen lag jeder Hunderterschachtel Juno die Vierfarbabbildung einer historischen Legende bei, und ihr fehlten nur noch Mata Hari und Kleopatra, denen sie regelrecht entgegenfieberte.

»Darum«, sagte Kuddl nur, was ihr auch lieber war, denn vor Kundschaft zankte sie nicht gern mit ihm. Danach blieb er bis zur letzten Nummer und begleitete sie nach Hause, um unterwegs lang und breit zu erklären, was es mit der sozialen Wohlfahrt der Arbeiterschaft auf sich habe. Er erzählte von den Anstellungsbedingungen eines durchschnittlichen Drehers und den Leistungen der Garbaty-Familie, die nämlich als Einzige ihren Leuten nicht nur eine Arbeitslosenversicherung bot, sondern eine Kantine, Pausenräume, eine eigene Wäscherei und sogar eine Bibliothek. Dazu gab Garbaty Frühstück und Mittagessen aus, hatte Arbeiterwohnungen mit Bad, schmiss der Belegschaft Faschingsbälle – und die nicht irgendwo, sondern todschick im Deutschen Hof in Köpenick.

Das beeindruckte auch Henni. Sie begriff nur noch nicht, wieso er sich wieder derart echauffierte. »Bist du etwa wieder Kommunist?«

Erschrocken sah Kuddl sie an, dann sagte er trocken:

»Blödsinn. Man muss kein Kommunist sein, um zu erkennen, wer hier der Gute ist.«

In jener Nacht schlief er wieder bei ihr, das kam nicht mehr oft vor. Für eine Weile hatte er einen Schlafplatz mit sechs anderen in einem Zimmer in der Lothringer Straße gemietet, nur an den Wochenenden schlief er dort nicht, denn dann kamen noch mal zwei dazu, die in Rostock auf der Werft arbeiteten, aber ein Mädchen in Berlin hatten, und damit wurde es ihm zu eng und zu stickig. Er hatte aber auch schon behauptet, in Herrn Bukofzers Tischlerwerkstatt hinter der Hobelbank geschlafen zu haben, in den Spänen lag es sich angeblich herrlich.

In Wahrheit lag er während der Woche bei der üppigen Rosa Ivancyk. Das begriff Henni allerdings erst, als die sie plötzlich so reizend behandelte und ihr, wenn sie aus dem Haus ging, Schwarzbrot mit Zwiebeln und Knoblauch zusteckte. Auch Kuddl roch nun immer nach Zwiebeln und Knoblauch, und als sie ihn darauf ansprach, versuchte er die Sache auch gar nicht zu vertuschen.

»Bei Rosa, weißte, fühle ich mich so richtig schön aufgehoben.«

Ganz im Gegensatz zu Ivan Ivancyk, dem schmeckte das Frühstück bei Garbaty besser. Außerdem war die Prinzessin von Saba so begehrt, dass er oft Überstunden machte, und als er in Pankow eine Garbaty-Wohnung ergattern konnte, nahm er sie, ohne Rosa zu fragen. Die wiederum wollte ihr Haus in der Schendelgasse nicht allein lassen, man weiß ja nie, wann ein Mieter die Kerze brennen lässt und alles in Flammen aufgeht. Nun lebte er seit einem Jahr in Pankow und sie im Scheunenviertel, und so wollten sie es auch weiterhin halten, zumindest solange die Königin von Saba ein Erfolgsprodukt war. Die Ehe praktizierten sie daher nur noch am Wochenende, und beide fanden, sie hätten sich noch nie so sehr geliebt wie jetzt.

Henni ahnte nun auch, warum Kuddl an den Wochenenden so zerknittert wirkte, offenbar war es richtige Liebe. Aus Mitleid bot sie nun statt der Vera die Königin von Saba an. Die Juno allerdings behielt sie weiter im Sortiment, die lief einfach zu gut. Außerdem lagen den Garbaty-Zigaretten gerade nur langweilige Sammelkarten von Ozeandampfern bei, und Henni hoffte weiter auf Kleopatra und Mata Hari.

Nestflucht

Die aber bis zuletzt nicht kommen wollten, und im März wechselte Josetti die Serie und legte der Juno Gemälde italienischer Meister bei.

Der Schnee schmolz, Kuddls Geschäft begann richtig gut zu laufen. Trotzdem wurde er immer unausstehlicher. Das hatte damit zu tun, dass er schlecht träumte, und einen schreienden, um sich schlagenden Kuddl wollte Rosa Ivancyk nicht in ihrem Bett haben. Henni auch nicht, aber was sollte sie tun.

»Das machen die Zwiebeln«, sagte sie zu ihm, doch Kuddl träumte auch, wenn er keine Zwiebeln gegessen hatte.

»Schlechte Träume sind ein gutes Zeichen«, sagte Herr Bukofzer, »da löst sich was.« Nur hätte Henni es lieber gehabt, es würde sich nicht gerade in ihrem Bett lösen.

Schließlich kaufte sie sich eine Schlummerrolle und schlief in der Nische vor dem Ofen. Wenn sie die Beine angewinkelt auf den Stuhl legte, passte sie genau rein. Denn Kuddl versprach zwar immer, sich etwas Eigenes zu suchen, dabei kamen ihm aber meist schon die Tränen, weil er neuerdings so viel Nestwärme brauchte, und er suchte auch nicht.

Zu anderen Zeiten hätte Henni ihm geraten, zurück zu den Eltern zu ziehen, denn Binneweisens hatten sich wieder vergrößert, Platz genug wäre also gewesen. Weil die Kinder von Frisör Pavellek beide tuberkulös geworden und ins Sanatorium gekommen waren, was natürlich kostete, hatte man mit Pavelleks getauscht und eine Zweizimmerwohnung im ersten Hof bezogen. Das konnte man sich jetzt leisten, weil Arthur Binneweis auf der Post wieder höhergestuft worden war und Ruth Binneweis ja noch dazuverdiente.

Was Papa Binneweis allerdings gar nicht gern sah. Als Henni sie zu Ostern besuchte, sagte er: »Wir haben doch, was wir brauchen, nun könnte sie wieder zu Hause bleiben und stricken und filzen. So doof ist doch keiner, dass er aus freien Stücken fremden Dreck wegmacht!«

Aber seit sie Putze bei der Feuersozietät war, wirkte Ruth Binneweis wie verwandelt: »Herr Pawlow sagt: ›Doof ist besser als bucklig, das sieht man nicht so‹«, antwortete sie schnippisch. Und dieser Herr Pawlow, der die Putzkolonnen dirigierte, fiel überhaupt in jedem zweiten Satz, das musste ein toller Hecht sein. »Herr Pawlow sagt übrigens auch, dass die Frau sich selbst befreien muss, kein Mann kann ihr das abnehmen.«

»Wovon denn befreien, wenn nicht von den Flausen in deinem Kopp«, murrte Arthur Binneweis. »Wir haben doch, was wir brauchen.«

Worauf Ruth Binneweis Henni zuzwinkerte, als könnte man den alten Binneweis ja nicht mehr ernst nehmen. »Arthur, der Mensch lebt nicht vom Brot allein.«

»Sagt Herr Pawlow, schätz ich.«

»Nein, das sagt das liebe Jesulein.«

In ihrer neuen Freiheit erlaubte Ruth Binneweis sich sogar, Hennis Auftritt in der Lessingstraße zu bewundern, die trug nämlich an dem Abend ein todschickes Abendkleid von Friedländer, das keine Geringere als Mady Christians ihr geborgt hatte, weil sie den Winterspeck nicht loswurde und bedauert hätte, wenn es nur im Schrank hinge. »Nächstes Jahr ist es bloß noch ein alter Lumpen.«

Womit sie recht hatte, denn alles ging schnell zu jener Zeit. Auch Mama Binneweisens Stelle bei der Feuersozietät Berlin war viel zu bald Geschichte. Verbockt hatte es wieder mal die Regierung. Reparationsvertrag hieß das, dabei ging damit alles in die Binsen. Deutschland schuldete nämlich den Siegermächten noch Wiedergutmachung vom Kriege her, und im Mai wurde die Summe auf unanständige hundertzweiunddreißig Milliarden Goldmark festgelegt. Was das eigentlich bedeutete, blieb Henni so schleierhaft wie den meisten, aber die gute Laune trübte es doch. Überall auf der Straße hörte man, dass Deutschland jetzt überhaupt nie mehr auf die Beine käme, und Karl reimte: »Der schöne Aufschwung erstickt im Keim, am kältesten ist's jetzt daheim.«

Um die Schande zu vertuschen, wurde wieder mal die Regierung gestürzt, aber ausgerechnet der bisherige Finanzminister Joseph Wirth wurde Kanzler. »Erfüllen wir, was die Alliierten von uns fordern, um an der Erfüllung der Forderungen deren praktische Unerfüllbarkeit zu demonstrieren«, predigte er. Und wie machte er das? Da das Geld nicht da war, wurde es eben gedruckt, und über Nacht war die deutsche Mark nur noch die Hälfte wert. Danach jede Woche wieder die Hälfte. So wären die hundertdreißig Milliarden Goldmark irgendwann ein Pappenstiel.

Der beliebteste Schlager in Lessings Keller ging so: »Herr Wirth, ick lass anschreiben, geben Sie mirn Stück Papier. Ick kritzel Ihnn paar Nullen druff, und die Molle jehört mir.« Den mussten sie jeden Abend zwei-, dreimal geben, und alle sangen mit.

Mit der Regierung wechselte auch die Leitung in der Feuersozietät Berlin, und die neue beschloss, den Gürtel enger zu schnallen. Man weiß ja nie, was alles noch kommt. Das hieß, geputzt wurde ab sofort nur noch wöchentlich statt täglich, und damit war Ruth Binneweis die Stelle los. Als Henni zu Pfingsten mit ihren Eltern Unter den Linden entlangspazierte, trug sie zwar weiterhin Farbe und hatte sich sogar Hennis Hütchen aufgesteckt, aber es war nicht zu übersehen, dass sie geheult hatte. Arthur Binneweis ging zwei Schritt hinter ihnen und hatte die Hutkrempe übers Gesicht gezogen, damit nicht auffiel, wie sehr er feixte.

Henni bedauerte sie zutiefst. »Wie traurig, Mama! Ich kenne ja keinen, dem die Arbeit so gut gestanden hat wie dir.«

»Nu, nu, das Jesulein am Kreuze hat viel mehr gelitten«, murmelte Ruth Binneweis und tupfte sich die Nase, obwohl sie nicht lief. »Ich werd schon wieder auf die Füße fallen. Das hat übrigens Herr Pawlow auch gemeint.« Den hatten sie versetzt, von der berlinischen in die Sozietät für das platte Land Brandenburg.

Und er sollte recht behalten. Keine zwei Wochen später hatte Ruth Binneweis ein Vorstellungsgespräch im Danziger Eck, einem Wohnheim der Hanse am Landwehrkanal, und wurde dort Zimmermädchen. Gegen Arthurs Willen. Der hatte zwar nur eine ungefähre Vorstellung davon, wer in einem Wohnheim der Hanse so abstieg, aber die reichte aus, dass er seiner Frau die Stelle meinte verbieten zu müssen.

Im Danziger Eck wohnten vor allem freundliche Reeder, Anwälte des Schifffahrtsrechts und Kontoristen, die in Berlin Bewilligungen einzuholen oder Papiere zu beglaubigen hatten. Man hörte viel Platt, es roch nach Pfeifentabak, Kernseife und Stockfisch, und Ruth Binneweis war gerührt, wie reinlich die Herren waren. Die meisten richteten ihr Bett allmorgendlich auf seemännische Art selbst, wuschen auch ihre Wäsche und hängten sie an raffiniert verflochtene Leinen, die Klammern überflüssig machten und zwischen Tür und Schrank abermals raffiniert geknotet waren, alle nach demselben System.

Aber sie lernte dort auch, was Julius Fromms nahtloses Gummikondom ist (»beim Eimerleeren«, wie sie betonte), und manchmal lud man sie nach Arbeitsschluss um zwei Uhr nachmittags noch in die Bibliothek auf eine Tasse stets ausgezeichneten Tee ein, den die Herren selbst aufgossen, und dann schnackten sie über Gott und die Welt. Davon konnte Ruth Birnneweis dann wieder lange erzählen, und oft traf sie Henni danach noch auf ein weiteres Tässchen, weil sie gar nicht wieder nach Hause mochte, so aufgedreht war sie. Und dabei war Deutschland doch in der Depression.

Karls Krise

Am empfindsamsten zeigte sich zu Hennis Erstaunen in jener Zeit Karl, der ewige Witzbold, der sonst immer über allem gestanden hatte. Spitze Witze produzierte er zwar immer noch, aber sein Humor klang mit jedem Tag verzweifelter, und er sah auch immer ungesünder aus. Henni und der Fisling sagten schon länger: »Karl, Mensch, pass auf, wir brauchen dich noch!«

Mit Deutschland hatte seine Krise aber gar nicht so viel zu tun, im Gegenteil, an der Regierung Wirth konnte er seine Wut so richtig ausleben. Die reichte nämlich viel länger zurück. Das erfuhr Henni, als Karl mit Migräne ausfiel und sie mit Fisling ein Notfallprogramm zusammenstellte – was nicht allzu schwer war, denn Karl hatte in den letzten Monaten Hunderte Pamphlete, Lieder und Szenen geschrieben, von denen manche am nächsten Tag bereits überholt waren, aber viele waren viel zu gut, um nur einmal aufgeführt zu werden.

Wieso Karl darauf bestand, immer alles neu zu schreiben, erklärte Fisling ihr so: »Letztes Jahr war Karl schon mal in der Krise. Er hatte vor, Großes zu schreiben, nicht bloß die Kapp-Sache, auch anderes. Aber nichts wollte werden. Sein Problem ist, er will immer zu viel, er ist sich gegenüber viel zu kritisch. Das weiß er auch. Dazu hatte er privaten Schlamassel. Richtig gut war er nur noch, wenn er auf die Schnelle und ohne Pardon etwas hinhauen musste. Blindwütig, in einer halben Stunde einen Leitartikel. Da hatte er wieder Biss und die nötige Höhe, wenn du verstehst. Deshalb kam er eines Tages, sagte: ›Fisling, ab morgen machen wir Instant-Kabarett. Jeden Abend frisch angerührt, immer das Aktuellste vom Aktuellen, tagsüber wird geschrieben, nachts gespielt.‹ ›Karl‹, sag ich, ›damit schuften wir uns zu Tode.‹ Er: ›Meinetwegen.‹ Alles, was ich ihm noch rausleiern konnte, war, den Rhythmus zu reduzieren, nicht sechs Tage die Woche, sondern drei Tage auf, vier zu. So, wie wir's jetzt halten.«

»Was war denn der private Schlamassel?«, fragte Henni. Vielleicht hatte es ja mit ihr zu tun, das hätte ihr geschmeichelt.

Aber Fisling blätterte schon wieder in den Noten und winkte nur ab. »Schwamm drüber.«

Es wurde ein herrliches Programm an jenem Abend,

nur Nummern vom Feinsten. An die Gäste verteilte Henni diesmal keine Lieder, dafür erzählte sie dem Publikum vor jeder Nummer, was sie in Lessings Keller bei der ersten Aufführung erlebt hatte. Das war manchmal richtig bewegend, und Karl kam andauernd vor. Der war wieder auferstanden und saß hinten im Saal, und fast alle Berühmtheiten und Sternchen auf der Bühne sagten, bevor sie loslegten: »Für dich, Karl.« Es war aber auch ein Lied schöner als das andere, und Fisling legte sich ins Zeug, bis Karl so gerührt war, dass er aufsprang und rief: »Nun lasst mal das Gesülze, ich bin noch nicht tot. Oder habe ich was verpasst?« Worauf alle ganz befreit lachten, denn irgendwie war es tatsächlich so, als feierten sie Abschied.

Nachdem die Vorstellung aus und alle samt Fisling weg waren, saß Henni mit Karl noch an der Bar. Er genehmigte sich einen Cognac, Henni trank aus, was noch herumstand, und weil beide zu aufgekratzt waren, um schlafen zu gehen, erklärte Karl ihr bis halb vier Uhr früh, wie die deutsche Depression zustande gekommen war und was sie bedeutete. Aber Henni kapierte es bis zuletzt nicht.

»Na, das wird heut nüscht mehr«, sagte Karl endlich, »besser, wir gehen zu Bett.«

»Och, mich drängt es nicht, in meinem Bett liegt mein Bruderherz und schlägt im Schlafe um sich«, sagte Henni.

Karl zündete sich eine der schicken Henry-Clay-Zigarren an, die er neuerdings rauchte. »Hat er denn nichts Eigenes?«

»Er will nicht. Kuddl ist in der Krise und braucht Nestwärme.«

»Das verstehe ich gut«, sagte Karl, »aber dann wartet er auf dich.«

»Meinetwegen kann er an meinem Nachthemd schnuppern.« Während sie das sagte, dachte sie: Nun frag mich schon.

Und endlich sagte Karl: »Also bei mir ist dicke Platz. Und ich lass dich auch in Ruhe.«

Brauchst du doch gar nicht, dachte sie und sagte: »Gebongt, da sage ich nicht nein.« Sie ging Lippenstift nachziehen und holte den Mantel (immer noch den ollen Pfeffer-und-Salz-Mantel), dann hakte sie sich bei ihm unter, und sie verließen das Theater.

Es war nicht weit zu ihm, und es war ein schöner Weg. Sie gingen schweigend, Karl rauchte seine Zigarre auf, und Henni versuchte, möglichst viel Sauerstoff zu tanken, damit sie nicht so schnell einschlief.

Sie log auch fast nicht, als sie sagte: »Ich bin noch überhaupt nicht müde.« Doch Karl hatte schon Bettwäsche geholt, die nach Rose und Lavendel roch, und bezog ihr in einem kleinen Gästezimmer das Bett. »Warte, bis du liegst. Ich werde noch etwas schreiben. Nimm dir von allem, was du brauchst.«

Karl hätte sie sich nehmen mögen, aber dazu hatte sie nicht den Mut. Artig machte sie sich bettfertig, danach lauschte sie noch an seiner Tür und hörte, wie die Underwood ratterte und er immer wieder halblaut redete oder ablas oder stöhnte. Als sie sich hinlegte, ließ sie die Tür offen stehen, damit sie ihn auch beim Einschlafen noch hörte. Aber er hatte recht gehabt, sie hatte sich das Kissen noch nicht zurechtgedrückt, da schlief sie schon.

Frauenrollen

Am nächsten Morgen hatte sie schon das Bett abgezogen und wollte wieder raus auf die Straße, als Karl nach Hause kam – er sah nicht aus, als hätte er viel geschlafen – und ihr eine Tüte mit Croissants von einer Bäckerei draußen in Tempelhof zuwarf.

»Du gehst doch nicht schon wieder«, sagte er. »Gieß lieber Kaffee auf, ich dusche kurz.« Und als sie es endlich geschafft hatte, den modernen Gasherd anzudrehen, und schließlich der Kaffee aufgegossen war, setzte er sich in seinem Morgenmantel aus chinesischer Seide an den Küchentisch, duftete nach Veilchenseife und Chlorodont und sagte seufzend: »Ist doch viel schöner zu zwein als allein. Von mir aus bleib.«

»Aber was sagt deine Frau dazu?«

»Siehst du hier eine Frau?«, fragte er trocken.

»Na ja.« Es sah schon alles sehr nach Frau aus, die Vorhänge und Kissen und die Ordnung, und noch auch so, eigentlich fehlte nur das »Tüdelü«.

Sie wollte das Thema aber nicht vertiefen. »Karl«, fragte sie stattdessen, »erinnerst du, was du ganz am Anfang zu mir gesagt hast, damals an dem Abend bei den Klumpatschisten?«

Er verzog gerade das Gesicht, offensichtlich war der

Kaffee nicht der beste. Aber er trank tapfer einen zweiten Schluck, dann fragte er: »Nee, was denn?«

»Dass ich singen soll. Und du wolltest mir Lieder schreiben.«

»Dir Lieder schreiben?«, wunderte er sich. »So was verspreche ich höchst selten. Aber es stimmt, du solltest singen.«

»Na, dann schreib jetzt eines für mich. Für morgen Abend.«

»Du bist doch aber unsere Ansagerin. Das gibt ein Mischmasch, und Mischmasch ist nie gut. Klarheit ist das A und O …«

»… jeder revolutionären Bewegung, ich weiß«, fiel Henni ihm ins Wort, »hat Rosa Luxemburg gesagt.« Dabei sah sie wohl so traurig aus, dass Karl versprach, sich etwas auszudenken.

Dann gab er ihr den Wohnungsschlüssel und sagte: »Ich muss in die Redaktion, fühl dich hier mal ganz wie zu Hause.«

Als er weg war, machte Henni den Abwasch, dann fuhr sie in den Osten, um nach Kuddl zu sehen. Sie hatte ein schlechtes Gewissen, weil sie ihn allein gelassen hatte, und da er um diese Zeit längst in der Werkstatt war, fuhr sie direkt zu den Hackeschen Höfen. Dort war er dann auch und klempnerte an einem alten Stahlross herum. Eine Weile sah sie ihm zu, dann sagte sie: »Vielleicht penne ich eine Weile auswärts.«

»Geht klar«, nuschelte Kuddl, er hatte ein Ventil zwischen die Zähne geklemmt.

»Ist auch kein Problem für dich, ja?«

Er sah verwundert hoch, dann klempnerte er weiter. »Wo soll da das Problem sein?«

»Nirgends«, sagte Henni und ging in die Schendelgasse, um zu packen. Irgendwie gefiel ihr nicht, wie Kuddl geantwortet hatte. Vielleicht hatte sie sich geirrt, und er brauchte ihre Nestwärme gar nicht. Vielleicht irrte sie sich öfter und merkte es nicht.

Jedenfalls blieb ihr ein maues Gefühl, das auch nicht verschwand, als sie zurück in Karls Prachtwohnung war. Vielleicht irrte sie sich ja auch bei Karl, und er war nicht nur schüchtern, sondern hatte eine krankhafte Neigung, so wie Anna Köchels Veteranen. Als sie zu stöbern begann, stieß sie als Erstes auf die Kleider seiner Frau – alles todschick, nur Henni leider zwei Nummern zu groß, die musste ein ziemlicher Spargel sein. Noch dazu waren das alles nur Wintersachen, die leichte Kleidung war ausgeräumt. Das sah nach großer Reise aus. Sie lag auch im Ehebett Probe, das noch weicher war als das Gästebett. Aber es hätte auch ein Brett sein können, für Henni war schon klar, dass sie hier nicht lange allein schlafen würde.

Die große Frage war nun, welche Rolle sie in Karls Leben spielte. Auf dem Theater gab es die Ehebrecherin, die Brave und die Regentin: Lulu, Gretchen und Lady Macbeth. Dann gab es noch die Lesbierin, aber die fiel ja hier aus.

Regentin hätte ihr am besten gefallen, und bei einem Herbert oder Engelbrecht konnte sie das auch sein. Karl dagegen hätte sie nur ausgelacht. Die Brave wollte sie nicht spielen, sollten doch andere »Tüdelü« hauchen und Heimchen am Herd sein.

Blieb die Lulu. Ja, mit der konnte sie sich anfreunden. Eine Lulu brauchte einen Onkel. Aber keinen so netten und faden wie Franz Reimann. Richtig Lulu konnte sie erst spielen, wenn der Onkel ihr verfiel, die Fasson verlor, sich zum Affen machte. Alt genug war Karl, zweiundvierzig, so stand es in den Papieren in seinem Schreibtisch. Nur verfallen wollte er ihr nicht, und das wurmte sie gerade sehr.

Als er aus der Redaktion nach Hause kam, fragte sie ihn ins Gesicht: »Karl, was braucht eine Frau, damit du dich nach ihr umsiehst?«

»Oh, ich sehe mich nach vielen Frauen um. Schöne Menschen sind schöne Menschen. Ich bin aber gerade sehr erschöpft. Darf ich mich hinlegen?«

Henni hatte Lust, ihn zum Kanapee zu führen und ihm die Schuhe auszuziehen, aber ein Gefühl sagte ihr, dass das die Sache nicht befördern würde. Eine Lulu zog keinem die Schuhe aus. Also wartete sie, bis er Schuhe und Hosen ausgezogen, die Hosen über einen Bügel gehängt und sich ächzend aufs Bett geworfen hatte, dann kniete sie sich über ihn.

»Sieh mich an«, befahl sie. Und als er sie ansah, machte sie den Mata-Hari-Blick, wippte eine Locke aus der Stirn und hauchte: »Mensch, Karl.«

»Was?«

Er klang gereizt.

»Mensch, Karl«, wiederholte sie, weil sie nicht weiterwusste.

»Ach so, ich verstehe.« Er wischte sich müde übers Gesicht. »Und was hat sie dir erzählt?«

Henni hatte eine Ahnung, wovon er sprach. Deshalb sagte sie nur: »Na, rate.«

»Ach weißt du, ist mir auch schnuppe. Die Arme erzählt alles Mögliche über mich. Ich glaube, sie hasst mich, und sicher hat sie recht damit, ich bin ein grauenhafter Ehemann. Übrigens drückst du mir auf den Magen.«

Henni ließ sich zur Seite fallen, lag neben ihm auf dem Rücken und sorgte dafür, dass wenigstens ihre kleinen Finger sich noch berührten. Sie überlegte fiebrig, wie sie der Angelegenheit wieder Schwung geben könne.

Bevor ihr etwas einfiel, murmelte Karl: »Ich bin so froh, dass du da bist, Henni. Wäre ich allein, würde ich jetzt eine Flasche Martell kippen, die Wohnung vollqualmen und bedeutungsschwangeres Zeug zusammenschreiben. Aber mit so einem jungen Ding neben sich …«

Er seufzte.

»Sag schon«, raunte Henni so leise wie er, als von Karl nichts nachkam.

»Mit so einem jungen Ding neben sich wird einem erst bewusst, wie kindisch das ganze Selbstmitleid ist. Ich bin kein Backfisch mehr, Henni. Ich muss aufhören, mich so zu benehmen.«

»Ja.« Henni selbst kam sich gerade sehr erwachsen vor. »Sei ein Mann, Karl. Tu, was ein Mann in dieser Lage tut.«

Er nickte.

»Das sollte ich wirklich.«

In der nächsten Sekunde schlief er.

Die nächsten Tage wurde nichts besser. Karl freute sich, dass Henni da war, und zog daraus keinen Nutzen. Henni hoffte vergeblich, dass sich etwas ändern würde, wenn sie ihm nur immer schöne Augen machte.

Nicht einmal ein Lied schrieb er ihr. »Ach so, dein Lied«, sagte er, wenn sie ihn darauf ansprach, und zwei Tage später wieder: »Ach ja, dein Lied.« Nach zwei Wochen behauptete er endlich, er hätte eines geschrieben, auch ein zweites und drittes, aber dann tauchte unangemeldet Detlef Zaug zur Vorstellung auf oder Lydia Barbarow und einmal sogar Emil Jannings, und da bekamen natürlich die das Lied. Und vielleicht stimmte auch alles nicht, und Karl hatte gar nie daran gedacht, ihr das Lied zu geben. Denn wieso sollte ausgerechnet sie ein Lied über die Katzen auf dem jüdischen Friedhof singen oder eines über die Steuerabteilung der städtischen Verwaltung oder eines über den Dichter Rabindranath Tagore, der gerade in Berlin war und von Zigtausenden gefeiert wurde? Dieses klang übrigens, als wäre es auf Indisch geschrieben, dabei war alles Berlinerisch, nur ohne Sinn und Zweck, und Jannings brachte es ganz großartig direkt ab Blatt.

Als sie sich beschwerte, dass er sie nicht ernst nahm, sagte Karl nur: »Ach, Henni, ich nehme doch überhaupt nichts mehr ernst.«

»Außer dich selbst«, sagte sie ziemlich giftig.

Karl dachte kurz nach, dann nickte er. »Vielleicht hast du recht, entschuldige bitte.« Und dann küsste er sie richtig warm auf den Mund, wenn auch ohne Zunge, und danach hielt er ihren Kopf mit beiden Händen, lehnte seine Stirn an ihre, roch süß nach Henry Clay und Martell und blieb so einen Seufzer lang. Als er sich wieder aufrichtete und kurz ihr Haar streichelte, als ob er es in Ordnung bringen müsste, fügte er hinzu: »Die Wahrheit ist, Henni, mir fällt zu Frauen gerade nichts ein.«

Na ja, und dass er sie also immerhin als Frau sah, nicht als Gör, schmeichelte ja auch wieder.

»Dann warte ich«, sagte sie tapfer und kam sich schon wieder schrecklich erwachsen vor. Das Gefühl, wie Karl schließlich ihre Hand nahm und Hand in Hand mit ihr den Ku'damm entlangging, blieb ihr noch bis zum nächsten Mittag.

Da traf sie Mama wieder, auf einen Sprung ins Josty, denn die Schokolade dort war immer noch spitze. Eigentlich hatten sie Arthur Binneweisens Geburtstag feiern wollen. Nur war es so, dass Arthur Binneweis gar nicht in Berlin war, sondern bei seinen Töchtern in Plön. Das hatte zwei Gründe. Der erste war »gottgegeben«, wie Ruth Binneweis es nannte, Arthur war nämlich Großvater geworden, vor zwei Monaten schon, und nutzte die Sommerflaute auf dem Postamt, um ein paar Tage Ferien einzuziehen. Der zweite Grund war schwerwiegender, und Ruth Binneweis musste immer wieder für eine Weile schweigen und um die passenden Sätze ringen, damit sie die Sache richtig darstellte. Ganz allgemein ging es darum, dass Hennis Papa eifersüchtig war. Noch allgemeiner, korrigierte Ruth Binneweis sich aber gleich, sei er ja überhaupt kein eifersüchtiger Mensch. In letzter Zeit aber wiederum eben schon, allgemein wie im Besonderen, wobei sie mit »im Besonderen« jenen Herrn Pawlow meinte, zu dem sie immer noch losen (sehr losen, wie sie betonte) Kontakt hatte. Das »allgemein« dagegen bezog sich auf die Hanseaten und darauf, dass Ruth Binneweis jetzt was aus sich machte. »Das hat seinen Stolz angenagt«, erklärte sie, während sie Schlagsahne aus dem Töpfchen auf ihre warme Schokolade löffelte, um sie gleich wieder abzulöffeln, wie man das eben mit Jostys Wiener Schokolade so machte. »Und wenn einer wie Arthur einen angenagten Stolz hat, macht er gern Dummheiten.« Wie dumm Arthur Binneweis genau gewesen war, ließ sie ungesagt, und Henni wagte es auch nicht, so mitten unter Leuten danach zu fragen. Ruth Binneweis ihrerseits schien überhaupt keine Scheu zu haben, im Mittagsgedränge aus ihrem Eheleben zu plaudern. Fest stand jedenfalls, dass er ihr gebeichtet hatte, und zwar unter Tränen. Auch einen Wutausbruch hatte er gehabt, weil er für kurze Zeit der Meinung gewesen war, dass alles im Grunde nur ihre Schuld wäre, wofür er sich dann aber auch gleich wieder entschuldigt und neue Tränen vergossen hatte. Fest stand auch, dass Arthur Binneweisens Abenteuer eine Stange Geld gekostet hatte. Ob eine Lustbarkeit, eine Ablasszahlung oder ein Ärztehonorar, blieb bei Josty wieder ungesagt. Die Konsequenz aus alledem war aber, dass Arthur Binneweis seiner Frau die Gegenwart eines solch liederlichen Menschen nicht länger zumuten mochte – umso mehr, als er, wie er erklärt hatte, nicht garantieren könne, dass er, solange sie ihrerseits einen solch losen Lebenswandel pflege, nicht nochmals seine Prinzipien vergessen würde. Und um sich und ihr Zeit zum Nachdenken zu geben und auch »seine Scham auszuschlafen«, wie Ruth Binneweis es nannte, war er vor fünf Tagen nach Plön gereist und hatte sich seither nicht mehr gemeldet (obwohl nun auch in der Mietskaserne ein öffentliches Telefon hing und es ab dem späten Nachmittag ein Leichtes war, Ruth Binneweis an den Apparat holen zu lassen). »Er wartet wohl auf ein Zeichen.«

»Ein Zeichen wofür?«, fragte Henni. »Dass du ihm vergibst?«

»Vergeben habe ich ihm gleich«, versicherte Ruth Binneweis. »Er tat mir ja auch leid, weil er sein Abenteuer nicht mal genießen konnte. Nein, aber er will hören, dass ich wieder zu Hause bleibe, damit er nicht mehr eifersüchtig sein muss.«

»Woran du natürlich nicht denkst.«

»Müsste ich?«, fragte Mama Binneweis nur spitzbübisch.

»Den Deibel sollst du!«, rief Henni.

Und nachdem sie ausgelöffelt hatten und Ruth Binneweis ins Danziger Eck zu ihren Reedern war, ging Henni zu Kuddl in die Werkstatt, erzählte alles brühwarm – und erkannte ihren Kuddl nicht mehr. Denn der schwang sich gleich aufs Rad und fuhr nach Plön, dreihundertfuffzig Kilometer, um Arthur Binneweis den Kopf zu waschen.

Als Henni zurück in Karls Wohnung kam, wunderte sie sich gerade, dass Papa Binneweisens »Abenteuer« sie nicht wirklich erschüttert hatte, sagte sich aber, dass das an ihrer neuen Reife lag, und stolperte ums Haar über ein paar schlanke Knöchel in Seidenstrümpfen. Da kramte jemand kniend im Flurschrank.

»Hoppla«, rief Henni.

Worauf sich eine lang aufgeschossene Dame mit Habichtnase und onduliertem blondem Haar aufrichtete, ebenfalls »Hoppla« sagte und Henni musterte. Der Blick schwankte zwischen Mitleid und Vergnügen. Schließlich drückte sie Henni kräftig die Hand. »Dacht ich's mir doch, dass Karl es nicht lange allein aushält. Ich bin Rosemarie.«

»Ich bin das Blumenmädchen«, erklärte Henni, »und es ist nicht, wie Sie vielleicht denken.«

»Ach, Blumenmädchen, was weißt du schon, was ich denke!«, erwiderte Rosemarie und zündete sich eine Khedive Exquisit an. Dann ging sie voraus in die Küche. »Ich habe Tee parat, setz dich dazu.«

Henni setzte sich und sah, wie Rosemarie Teegeschirr rausholte und Keksdosen untersuchte, mit verkniffenem Gesicht, weil sie die Zigarette im Mund behielt und der Rauch ihr in die Augen kam. Endlich schnitt sie, weil sie sonst nichts Genießbares fand, eine Dauerwurst und Pumpernickel auf, und Henni fasste den Mut zu sagen: »Ich denke, dass Sie denken, dass Karl mich nur hier hat, damit ich ihm das Bett anwärme. Aber so ist er nicht, leider, muss ich sagen, denn ich finde ihn ja ganz famos. Natürlich weiß ich nicht, was zwischen Ihnen beiden war und wieso Sie von ihm weg sind, Karl schweigt darüber wie ein Grab. Doch ich denke, wenn man einen hat wie Karl, sollte man sich zweimal überlegen, ob man den wirklich wegschmeißt, weil, einen besseren findet man nicht wieder.«

Rosemarie setzte sich. »Iss«, sagte sie und langte selber tüchtig zu.

Henni machte sich ein Schnittchen, während Rosemarie die Wurst ohne Brot aß und überhaupt nicht wirkte, als lebte sie nicht mehr hier oder als wäre ihr Leben auch nur das kleinste bisschen in Schieflage, und Henni fragte sich, ob sie vielleicht schon wieder etwas völlig falsch verstanden hatte, gleichzeitig sagte sie sich, dass genau so und kein Quäntchen anders eine Regentin aussah. Fast hätte sie übers Wetter geredet, weil sie das Schweigen nicht mehr aushielt und sich bei allem anderen so dumm vorgekommen wäre, da strich Rosemarie sich mit dem kleinen Finger, der als einziger nicht an der Wurst gewesen war, das Haar hinters Ohr, schob noch einen Zipfel Wurst in den schon vollen Mund, muckste zweimal und sagte schließlich: »Genau das habe ich mir geschlagene fünf Jahre lang gesagt, Blumenmädchen. Aber selbst der beste Mann ist es nicht wert, dass du dein Leben für ihn hergibst, wenn er dich nicht liebt.«

»Ja, aber, und ob Karl Sie liebt«, rief Henni. »Er ist ganz aus den Pantinen, weil Sie weg sind.«

»Das glaub ich gern, Blumenmädchen«, sagte Rosemarie, und nachdem Henni ihr verraten hatte, dass sie

Henni hieß, und Rosemarie vorgeschlagen hatte, dass sie sich duzten, sagte Rosemarie: »Karl liebt mich sogar sehr, und ich ihn auch. Aber im Leben jeder Frau kommt der Augenblick, in dem sie sich entscheiden muss. Ich will das ganze Programm, Henni, nicht nur die Fassade.«

»Aber was kann man denn noch mehr wollen als einen wie Karl?« Henni konnte nicht verbergen, dass sie Rosemarie ziemlich unverschämt fand.

»Na, Sex, Kinder, eine richtige Ehe eben«, antwortete Rosemarie gelassen. »Karl hat es mit Männern, Henni, nicht mit Frauen.«

Henni schoss das Blut in den Kopf. Wieso hatte sie das nicht längst begriffen? Eigentlich war es zum Lachen. Stattdessen war sie wie angeworfen fürchterlich traurig, heulte los und konnte sich gar nicht mehr beruhigen. Jedenfalls lagen in Rosemaries Untertasse, als Henni wieder aus den Augen sehen konnte, vier Kippen Khediva, davor waren es zwei gewesen, und Rosemarie selber kramte wieder draußen im Flur.

Henni schluchzte noch ein Weilchen vor sich hin, aß dabei die Wurst, zerbröselte eine Scheibe Pumpernickel und trank lauen Tee. Dabei dachte sie darüber nach, wie leer und öde ihre Welt doch war, wenn Kuddl weiter seinen Sprung nicht wegbekam, Papa Binneweis in Plön bei seinen aufgeblasenen Zwillingen blieb und Karl sie nie mit Zunge küssen würde.

Als Rosemarie wieder in die Küche kam, war sie im Mantel und hatte zwei pralle Taschen umgehängt. »Geht's wieder?«

Henni nickte. »Dumm komme ich mir vor.«

»Kenne ich«, sagte Rosemarie, zog ein Zigarettenetui aus der Tasche und hielt Henni eine Khediva hin. »Tief runterziehen, das füllt die Leere.« Sie gab ihr noch Feuer, dann sagte sie »Tüdelü« und war weg.

Liszt vierhändig

Auch Henni wollte schon gehen, doch bevor sie aufgeraucht hatte, kam Karl nach Hause und machte ihr Beine, weil er versprochen hatte, sie zu einer Gartenparty mitzunehmen, und sie ja noch alles andere als ausgehfertig war. Ausnahmsweise hatte er gar so was wie gute Laune.

Gefeiert wurde im Grunewald, in einem vornehmen Anwesen an der Wallotstraße, das ein englischer Filmmogul bewohnte. Als sie dort waren, verstand Henni erst so richtig, warum Karl bei Herberts Silvesterfeier derart miesepetrig gewesen war. Die Gäste hier waren auch ausgelassen, und einige tranken gehörig über den Pegel. Trotzdem wurde keiner laut und ordinär, selbst Dr. Hirschfeld, das Walross, der in seinem dröhnenden Bass erzählte, wie die Organisation Consul den Mozartsaal gestürmt hatte, als er dort einen Vortrag über die gleichgeschlechtliche Liebe und das dritte Geschlecht gehalten hatte, bat die anwesenden Damen um Verzeihung, bevor er das Hemd auszog und die Prellungen zeigte, die daher rührten, dass einer mit dem Stuhl auf ihn los war.

Zu diesen Damen gehörte neben Tilla Durieux und der Frau Gemahlin des Oberbürgermeisters Böss auch eine ganz reizende alte Dame, über die Karl und die anderen als »liebe Mathilde« sprachen und mit der Henni eine geschlagene halbe Stunde im Garten saß, wo sie erst über die Aufzucht von Begonien redeten, dann über ein Konzert für zwei Klaviere, das Franz Liszt geschrieben hatte und das die liebe Mathilde gerade mit ihrem Sohn einstudierte.

Das Gespräch fand ein jähes Ende, als Henni sie auch mit »liebe Mathilde« ansprach. Die Dame fand es plötzlich etwas zugig draußen und bat Henni, ihren Sohn Walther zu rufen, damit er sie hineinbegleite. Als Henni in die Runde rief, wer Mathildes Sohn Walther sei, stellte sich heraus, dass das Walther Rathenau war, der neue Wiederaufbauminister und Ehrengast des Abends, und inzwischen wurde Mathilde auch schon von zwei Herren hereingeführt, die sie »verehrte Frau Rathenau« und »Gnädigste« nannten. Henni fiel fast in Ohnmacht, hielt sich an Karl fest und stöhnte: »Blödheit ist ja auch ne Gabe Gottes«, denn Walther Rathenau war seit dem Kaiser der erste deutsche Politiker, der so was wie Würde hatte.

Karl erwiderte darauf nichts, aber er war an dem Abend sowieso mehrheitlich stumm – dabei hatte er auf der Herfahrt noch gekalauert, was das Zeug hielt. Erst als er gebeten wurde, etwas vorzutragen, setzte er sich ans Klavier, drückte die Akkorde und sprach den Text darüber, weil er nicht singen konnte. Die Verse waren für einmal überhaupt nicht witzig oder böse oder gewagt, sondern einfach nur schön und traurig. Es ging darum, dass einer für Deutschland seine Liebe opferte, dass er sie ziehen lassen musste, damit die Welt wieder ins Lot kam, obwohl er wusste, die Welt würde es ihm niemals entgelten, und ebenso wenig seiner Liebe. Der Refrain war:

Die Guten müssen sich opfern,
damit das Gute überlebt.
Die Schlechten wieder kann man nicht lieben.
So schuften wir sieben Tage von sieben,
Während über uns ein bitteres Ende schwebt.

Danach wurde kaum geklatscht, so feierlich war plötzlich die Stimmung, und Walther Rathenau nahm Karls Hände in die seinen und sah ihn einen langen Augenblick nur an, dann wandte er sich ab und verkündete seinen Aufbruch. Gleich nach ihm gingen die meisten älteren Herrschaften. Die Jüngeren nahmen noch ein Bad im Halensee, Dr. Hirschfeld demonstrierte eine Arschbombe, die sich gewaschen hatte, und als Henni bemerkte, dass Karl unter den Pappeln auf und ab ging und flennte, schlüpfte sie, nass, wie sie war, in ihre Kleider, hakte sich bei ihm ein und sagte: »Lass uns nach Hause spazieren.«

Ziemlich lange gingen sie schweigend, außer dass Henni über die Entenflöhe im Halensee fluchte, die sie überall gebissen hatten. Dann fragte sie: »Wenn du Klavier spielst, kennst du vielleicht auch Liszts Konzert für vier Hände?«

Und Karl lächelte endlich wieder und sagte: »Walther besucht seine Mutter fast jeden Morgen, er bringt ihr Blumen und bleibt zum Frühstück, danach üben sie ein bisschen. Wenn du gegen acht Uhr die Viktoriastraße in Tempelhof entlanggehst, hörst du sie spielen.« Danach erzählte er ihr noch so einiges über Walther Rathenau, nichts Persönliches, nur, was ihn antrieb, worum es in seinen Büchern ging und warum sich alle, die ihn kannten, wünschten, er hätte das Amt in der Regierung ausgeschlagen. »Er ist zu gut, um das zu überleben«, sagte Karl, »und das weiß er auch. Deshalb hat er sein ganzes Privatleben an den Nagel gehängt. Nur seine Mutter sieht er noch, und sonntags seine Schwester mit ihren Kindern.«

Henni hatte plötzlich einen Kloß im Hals. »Warst du sein Privatleben?«, fragte sie, aber es war nicht wirklich eine Frage, und Karl antwortete auch nicht. Dafür vergoss Henni jetzt wieder Tränen, als sie sich vorstellte, wie Karl morgens in aller Frühe in die Viktoriastraße fuhr, um seinen Walther mit einem Strauß Blumen in der Hand vorbeispazieren zu sehen, und das höchste der Gefühle war, dass sie sich zunickten. Kurz versuchte sie sich auch auszumalen, wie das aussah, wenn zwei so bedeutende Männer privat wurden. Aber dabei fiel ihr auch gleich wieder Papa Binneweis ein, und sie dachte ganz schnell wieder an anderes.

Hitzefrei

Der Sommer 21 war tropisch. In der Stadt wurde es fast vierzig Grad heiß, und alle Berliner flohen an die See oder wenigstens zu den Ententümpeln. Lessings Keller blieb geschlossen, weil die Theater sowieso Spielzeitende hatten und alle Schauspieler entweder freilichtengagiert waren oder auf Sommerfrische fuhren.

Karl war die meiste Zeit in seinem Zimmer. Ihm schien die Hitze nichts auszumachen. Er saß im Anzug am Schreibtisch – aus Achtung vor dem Leser, wie er sagte – und versuchte sich mal wieder an einem Roman. Henni lag tagsüber in der Badewanne, döste oder las die alten Zeitungen, die sich in der Küche stapelten, nachts tanzte sie öfters mal wieder in Klärchens Ballhaus oder in den Kellern im Osten – mit halber Lust nur, weil auch dort die richtig kessen Feger ausgeflogen waren und Reisegruppen aus der Provinz vorherrschten, die grölend hopsten und kein Gefühl im Leibe hatten.

Sie mopste sich und wäre am liebsten verreist, keiner hatte Zeit für sie. Mama Binneweis arbeitete durch, Kuddl radelte in seinem eigenen Kosmos, Herbert saß noch immer, Engelbrechts Familie war auf großer Dampferfahrt, von ihrem Trompeter Franz hörte sie, dass er auf Schloss Wartin in der Uckermark zum Tanz aufspielte, und da mochte sie nun auch nicht hin. Bei allen anderen, die sie abklapperte, machte keiner auf. Sie hätte vielleicht Pit und Tilly in der Lüneburger Heide besuchen können, dort war es sicher kühler. Die hatten allerdings inzwischen ihr Kind und waren bestimmt vollauf beschäftigt – außerdem dachte sie bei »Kind« gleich wieder an Papa Binneweisens unappetitliches Verschwinden, das verdarb ihr restlos die Lust.

Also verlungerte sie fast den ganzen Sommer in der Badewanne. Mit zwei Ausnahmen. Dr. Hirschfeld hatte sie eingeladen, gelegentlich seine Extremitätensammlung in Wachs und die Masturbationsgeräte zu bewundern. Eines Tages war ihre Langeweile groß genug, sodass sie sich aufraffte, und als sie hinkam, war Dr. Hirschfeld seiner Familie zwar in die Lausitz gefolgt und die Extremitätensammlung war in die Leichenhalle des jüdischen Krankenhauses ausgelagert worden, damit das Wachs in der Hitze nicht schmolz. Doch im Garten saß Ari, der Rotschopf mit der Schuppenflechte – die sich tatsächlich, wie Dr. Hirschfeld angekündigt hatte, inzwischen fast ausgewachsen hatte –, und weil Henni schon ewig und drei Tage von niemandem mehr hofiert worden war, schlich sie sich von hinten an ihn ran und hielt ihm die Augen zu. »Wenn du rätst, wer ich bin, zeig ich dir was.«

Ari kiekste vor Schreck wie ein kleines Mädchen. Danach ließ er sich gehörig Zeit mit einer Antwort, so lange, dass Henni inzwischen in der Broschüre las, die er auf den Knien hatte und in der es um die Therapie von Potenzstörungen mit Testifortan ging.

»Du bist das Mädchen mit den flaschengrünen Augen und dem Bubikopf«, sagte er endlich, und als sie die Hände wegziehen wollte, hielt er sie noch kurz fest.

»Donnerlittchen«, staunte sie. »Gibt es von uns so viele, oder hast du mich wirklich erraten?«

»Nee, so was gibt's im Leben nur einmal.«

»Und warum hast du dann so lange gezögert?«

Er grinste verlegen. »Weil, wenn ich mich geirrt hätte, wollte ich wenigstens so lange wie möglich den Moment ausgekostet haben, als ich noch geglaubt habe, du wärst es.«

»Ganz sicher warst du dir also nicht.« Henni ärgerte sich über sich selbst, ihr fiel nur aus lauter Achtung vor seiner romantischen Ader nichts Besseres ein.

»Doch«, sagte Ari und sah ihr unverfroren in die Augen, ganz anders als beim ersten Mal, als er vor Ehrfurcht gestottert hatte. »Doch, ich war mir sicher. Und was zeigst du mir jetzt?«

»Ach so.« Henni hatte sich noch gar nichts überlegt, aber so, wie er sie ansah, gab es nur eines. »Oben«, sagte sie und deutete aufs Institut, dort im zweiten Stock hatte er sie das letzte Mal untersucht. »Übrigens trage ich nicht mehr Bubikopf, sondern Windstoß.«

»Und deine Augen sind nicht flaschengrün, sondern mehr minzig.«

Minzig war auch sein Kuss, das war angenehm, ganz besonders untenrum. Es gab ja in der Hitze kaum noch was, was kühlte.

Dass Ari nicht mehr stotterte, wenn er Henni ansah, hatte damit zu tun, dass er jetzt meditierte. Und weil er meditierte, aß er nur noch Bohnen, das brachte sie dann auch gleich wieder auseinander.

»Bohnen fördern die Sitzmeditation«, erklärte er Henni, während er im Institutskeller auf einem Bunsenbrenner für sie kochte. Dort schlief er auch, auf einem Notbett zwischen Regalen und gestapeltem Lazarett-

Mobiliar. Nicht wegen der buddhistischen Lehre, der er folgte und deren komplizierten Namen er Henni mit »kleines Fahrzeug« übersetzte, sondern wegen der Hitze unter dem Dach, wo er eigentlich wohnte.

Henni war es im Keller nicht geheuer, dazu war das Notbett schmal wie ein Handtuch. Die Vorstellung, dass es auch zum Frühstück nur Bohnen geben sollte, entschied die Sache endgültig. Henni schob ein Treffen mit Kuddl vor, und weil sie ungern log, ging sie wirklich noch bei ihm vorbei, damit er ihr endlich erzählte, wie er Papa Binneweis den Kopf gewaschen hatte.

Als sie ins Scheunenviertel kam, war es fast Mitternacht. Kuddl saß, nur in Unterhose, auf dem Fenstersims von Rosa Ivancyk, rieb seine Mückenstiche mit Zwiebelsaft ein und rauchte. Er erzählte ihr, dass er ganz umsonst nach Plön gefahren war, denn in der Hitze waren die Fische in den Plöner Seen verendet, und die ganze Sippschaft war wegen dem Gestank hoch nach Eckernförde. Nur Onkel Albrecht war geblieben und hatte den Fischern geholfen, die toten Fische einzusammeln, bevor die Vögel sich daran vergifteten. Und diese Begegnung mit Onkel Albrecht, der so bitterlich über das Fischsterben geweint und ihm eine ganze Nacht lang Fischerlatein aufgetischt hatte, diese Begegnung hatte das scheinbar Unmögliche geschafft: Sie hatte Kuddl weich gemacht.

»Sone Leidenschaft, Henni, das rührt einfach ans Herz. Und son Schmerz. Sechzig Jahre hat Onkel Albrecht da gefischt. Olle Aale und Barsche, mehr nicht, doch nun ist alles tot.«

»Was, und darum willst du Papa den Kopf nicht mehr waschen?«

»Sag ich doch gar nicht. Ich sag nur, wir müssen schätzen, was wir haben. Mehr haben wir nicht. Papa ist kein toller Hecht, klar. Aber Mensch, er ist trotzdem Familie.«

Und deshalb wollte Kuddl auch zu seinem Geburtstag nach Hause, der diesmal auf einen Sonntag fiel, und hoffte, sie würden alle vier zusammen seinen Achtzehnten vom Vorjahr sozusagen nachfeiern. Das hatte er zumindest Papa Binneweis ausrichten lassen, der mit Onkel Albrecht in Kontakt stand. Henni sagte dazu nichts, denn inzwischen war Rosa Ivancyk ans Fenster gekommen, um sie darauf hinzuweisen, dass die Miete, die Onkel Reimann ihr vorgeschossen hatte, nun aufgebraucht war.

»Soll doch Kuddl mal was zahlen«, sagte Henni.

Doch der erklärte, dass er mit seinem Geschäft noch auf keinem grünen Zweig sei, und außerdem könne er genauso gut in der Werkstatt schlafen, jedenfalls den Sommer durch.

So gab Henni schweren Herzens ihr Erspartes her. Inzwischen war die Mark, verglichen mit dem Dollar, keinen Fünftelcent mehr wert. Entsprechend hatte Rosa Ivancyk die Miete um das Hundertfache erhöht, Kuddl hin oder her, und was Henni seit dem Frühjahr auf die hohe Kante gelegt beziehungsweise unter ein loses Brett im Parkett geschoben hatte, reichte nicht mal aus, um die aufgelaufene Schuld zu tilgen. Da im Sommer keine Modeschau gelaufen wurde und Lessings Keller dicht war, musste sie sich schleunigst etwas einfallen lassen.

Dass Kuddl nicht flüssig war und dass er die dreihundertfuffzig Kilometer nach Plön in knapp neun Stunden geschafft hatte, hatte denselben Grund. Eines Tages, als sein Geschäft noch jung war, waren ihm keine Geringeren als die Rennradgrößen Richard und Adolf Huschke, Adam Sachs und Franz Krupkat in die Werkstatt geschneit, weil Sachs auf der Elsässer Straße einen Bremsklotz verloren hatte, und sie wollten auf Trainingsfahrt raus nach Potsdam. Während Kuddl ihm den neuen Klotz einsetzte, bekiekten die vier, was bei Kuddl an Zweirädern zur Reparatur stand, und fachsimpelten über Kardanwellen und Schaltgestänge. Doch da Kuddls Geschäft erst zu laufen begann und nicht allzu viel herumstand, musterten sie schließlich Kuddl selber.

Richard Huschke fragte: »Bahn oder Straße?«

»Nee, für Straße biste zu blass«, sagte Sachs, ehe Kuddl überhaupt begriff, dass Huschke mit ihm redete.

»Stimmt«, sagte Adolf Huschke, »aber von der Jestalt her musser uffde Straße.«

»Oder zum Sechstagerennen«, warf Krupkat ein.

»Aber erst inn paar Jahren, Junge«, sagte Richard Huschke wieder zu Kuddl, »sonst verheizte dich. Ick wette, du machst Berlin-Neubrandenburg in fünf Stunden. Machste?«

»Weeß ick nich.« Kuddl stand auf und wischte sich die Hände ab. »Ick fahr nur so rum.«

»Na, dann fahr mal jegen die Uhr«, riet ihm Sachs,

»und wennde die fünfe jeknackt hast, denn fährste jegen uns.«

»Oder mit uns«, sagte Krupkat. »Wir suchen ja immer Talente.«

Seither fuhr Kuddl mehrmals wöchentlich nach Neubrandenburg, hin ging's gegen die Uhr, zurück in gestaffelten Sprint-Intervallen. Dazwischen schraubte er an seinem Dixi Wartburg und wechselte Teile aus. Bald kam er den fünf Stunden tatsächlich recht nahe. Nur tat es seinem Geschäft nicht gut, dass er statt Hennis Schild auf dem Gehweg meist nur einen Zettel an der Scheibe hatte, auf dem stand: »Komme später.« Und natürlich war auch Herr Bukofzer nicht begeistert. Er brauchte Kuddl, damit der ihm den Karren schob, und konnte seine Möbel nun oft erst nachts ausliefern.

Immerhin hatte Kuddl wieder ein Ziel, und seit er das hatte, besserte sich seine Laune. Die Wochenenden verbrachte er bei den Bahnrennen in Treptow oder im Deutschen Stadion im Grunewald, fachsimpelte mit den Mechanikern, leistete bei Massenstürzen Hilfe in Sachen Rad- und Kettenwechsel, was vor allem im steilen Treptower Nudeltopp häufig vorkam.

Um auch Papa Binneweis auf andere Gedanken zu bringen, der inzwischen zurück in Berlin war, hatte er beschlossen, ihn mitzunehmen. Das wollte Kuddl ihm an seinem (also Kuddls) Geburtstag eröffnen. Er holte Henni bei Karl in der Fasanenstraße ab und fuhr sie auf dem Lenker zum Prenzlberg. Gefeiert wurde zu Hause in der Mietskaserne. Die größte Hitze war vorbei, und Kuddl fand es zu Hause jetzt wieder am gemütlichsten.

Dort erfuhren sie allerdings, dass Papa Binneweis schon ein neues Steckenpferd hatte. Und zwar war er von seinem Urlaub mit der Plöner Familie als Vegetarianer und Nudist zurückgekehrt. Vom neuen Enkel redete er überhaupt nicht, dafür erzählte er pausenlos, wie er erst mit einer Schlamm- und Hydrotherapie, verbunden mit Darmspülungen und Heilfasten, Sonnenanbetung und Elektrowellen von seiner Gemütsschwere und seinen selbstzersetzenden Gedanken geheilt worden war und dann im Kreis seiner Töchter und Schwiegersöhne die Schönheit des Luftbads und Nacktbadens entdeckt hatte. Außerdem war er, nicht zuletzt dank der Lektüre von Pudor und Ungewitter, dessen Schrift *Die Nacktheit in entwicklungsgeschichtlicher, gesundheitlicher, moralischer und künstlerischer Beleuchtung* er Kuddl denn auch zum Geburtstag schenkte, dem Kreis der »deutschen Luftbadjünger« beigetreten.

Und Henni traute ihren Augen kaum, Kuddl spie nicht etwa drauf. Er hatte auch nichts dagegen, dass Arthur Binneweis sich nackt an seinen Geburtstagstisch setzte und erklärte, nur so sei er rein, nur so sei er vollkommen, nur so könne er seiner Frau und seinen Kindern als Mensch begegnen. Nein, Kuddl zog sich sogar selber aus. Und als Arthur Binneweis wortreich das moderne, kalte, hektische und von Sünde befleckte Großstadtleben einem Dasein in der schlichten, unbefleckten Natur, der Unschuld Adams und der Schönheit eines Lebens in vertrauensvoller Nacktheit gegenüberstellte, unterbrach er ihn nur, um auch ja nichts falsch zu verstehen.

Henni ging bald zu Mama in die Küche. Die stand

ganz ratlos vor den Schätzen, die ihr die wiederkehrenden Gäste im Danziger Eck als Trinkgeld mitbrachten, denn ihr Lohn als Zimmermädchen hielt mit dem Zerfall der Mark natürlich nicht Schritt. Das alles hatte sie extra für Arthurs Rückkehr gehortet: zwei Eimer Hering in Lake, ein großes Glas Mettwurst aus dem Bremer Teufelsmoor, Räucherschinken, Räucheraal, Schmalz, Lübecker Marzipan, Büsumer Krabbenpaste und gepökelten Lachs aus Bergen.

»Dabei isst er nur noch Grünzeug«, stieß Mama Binneweis hervor. So verbiestert hatte Henni sie noch nie gesehen. »Das macht er nur, damit ich auf den schönen Sachen sitzenbleibe!«

»Nu, nu«, sagte Henni, aber diesmal half kein Jesulein. Immerhin konnte Ruth Binneweis endlich weinen, dabei streichelte sie den gepökelten Lachs. Als Henni sie schon allein lassen wollte, hielt Ruth Binneweis sie zurück und sagte: »Ihr nehmt das mit, ja? Damit nichts verkommt.«

»Aber Mama, das essen du und ich, wir schlagen uns die Bäuche voll.«

Doch Ruth Binneweis schüttelte den Kopf. »Wenn Arthur fleischlos leben will, tu ich das auch. Das gönne ich ihm nicht, dass wir uns wegen Schmalz und Räucheraal entzweien.«

Dafür zerstritten sich Kuddl und sein Papa bereits wieder. In seiner Begeisterung dafür, dass Kuddl so viel Verständnis für seine neue Lebensrichtung zeigte, hatte Arthur Binneweis sich immer weiter vorgewagt und schließlich über die Überlegenheit des arischen Körperbaus doziert.

»Nackt besehen ist der Arier zweifellos der schönste Mann.« Dabei bezog er sich auf Ungewitters Studien. »Und hat die deutsche Frau erst die unverhüllte Gattenwahl, müssen früher oder später zwangsläufig alle niederen Rassen aussterben.«

»Willst du damit sagen, ich habe keine deutsche Frau verdient?«, fragte Kuddl. Arthur Binneweis verstand ihn erst gar nicht, weil er ganz vergessen hatte, dass seine Kinder von Muttern her Juden waren.

Dann sagte er: »Das ist doch Philosophie, Kurt. In der Praxis entscheiden ganz andere Faktoren. Ihr seid natürlich ganz vollwertige Menschen, Henni und du.«

Aber Kuddls Stimmung war gekippt. Erst packte er seinen halbjüdischen Leib wieder in die Klamotten, dann zerrte er Henni und Mama Binneweis ins Zimmer, pflanzte sie vor Arthur Binneweis auf und schimpfte auf eine Art und Weise, dass Henni der Mund offen blieb.

»Nackt oder nicht nackt«, schrie er Arthur Binneweis an, »arisch oder nicht, du bleibst ein fieser Spitzel ohne Charakter. Du wirst nie auch nur den kleinen Finger dieser jüdischen Putze wert sein, die deine Frau ist, oder den kleinen Finger deiner angeblich so geliebten nichtarischen Henni. Du bist es auch nicht wert, dass ich mich für dich beschmutze, wie ich es leider getan habe. Weißt du, was ich mir wünsche? Ich wünsche, du wärst damals in den Krieg und dortgeblieben!«

Danach wollte er mit Henni aus der Wohnung, doch die machte sich noch mal frei.

»Warte«, sagte sie, schnappte sich die beiden Heringseimer und klemmte den Lachs unter den Arm. »Das zahlt uns die Miete.« Mama Binneweis versprach sie, dass sie dafür Gesundkost bekam.

Auf der Heimfahrt drückte das Wetter schon wieder, manchmal zuckte über Potsdam ein Blitz, trotzdem war es finsterer als sonst um halb zehn im August. Henni bohrte, wieso Kuddl Papa einen Spitzel genannt hatte.

»Hast du dir denn nie überlegt, Henni, wieso Papa als Einziger im Quartier nicht im Krieg war, den alten Hein mal ausgenommen?«

»Na, er hatte doch ein kriegswichtiges Amt.«

»Ja, genau, ›kriegswichtiges Amt bei der Post‹, das sagt sich so schön. Aber von welchem Krieg ist da die Rede? Hat er die Russen und Franzosen abgehört? Dass ich nicht lache. Rate lieber mal, wer damals der Wilmersdorfer Bürgerwehr geimpft hat, wo die Luxemburg und der Liebknecht sich verstecken. Mannheimer Straße 43, erster Stock, Familie Marcusson, mit Telefonanschluss. Na, klingelt's?«

Henni war baff, dann lachte sie. »Das erfindest du jetzt.«

Kuddl trat eine Weile stumm in die Pedale. »Beweise hab ich keine. Es gab aber mal welche, die hatten.«

Henni fror plötzlich. »Hießen die per Zufall Sebastian und Paul?«

Aber Kuddl schwieg schon wieder.

»Mensch, sag bloß, du hast die beiden für Papa …«

Er trat so plötzlich in die Rücktrittbremse, dass Henni vom Lenker rutschte und der Lachs den Gehweg entlang fast bis zum Alex schlitterte.

»Das alles wurde nie gesagt, hörste?« Er sah sie scharf an.

»Indianer-Ehrenwort«, flüsterte sie. »Und was weiß Papa?«

»Nur, dass er unter Beobachtung steht. Von kommunistischer Seite. Deshalb hat er sich auch versetzen lassen.«

»Hat er?«

»Musste. Fliegt ein Spitzel auf, ist er erpressbar. Rate, was dann passiert.«

»Weiß ich doch nicht.«

»Na, entweder er streut Falschmeldungen und lockt zum Beispiel Nationale in einen Hinterhalt, es gibt ein Gemetzel, und der Schuldige wird hingerichtet.«

»Oder?«

»Oder er weigert sich. Dann hat seine Frau plötzlich einen Unfall. Oder seine Tochter wird auf offener Straße erschossen …«

Henni dachte wieder an Sebastian und Paul. »Oder sein Sohn …«

»Egal. Jedenfalls war er eine ganze Weile brav. Aber die Plöner Mischpoke hat ihm was ins Ohr gesetzt. Ich hab schwer den Verdacht, dass er wieder aufsteigen will.«

»Als Nationaler?«

»Wenn so der Wind bläst, ja. Einer wie er hat keine Überzeugung, auch wenn er vielleicht denkt, er hätte. Der betet nur nach.«

»Da hat er die Rechnung aber ohne Mama gemacht.«

Kuddl schob plötzlich das Rad weiter. Die offenen Heringseimer schaukelten am Lenker, dass die Lake spritzte.

»Was ist?«

»Mensch, Henni, Mama ist Jüdin, schon vergessen? Du hast ja heute gehört, wie er von den Juden denkt. Und die Plöner Mischpoke bekniet ihn schon lange, dass er sie abschiebt.«

»Ja, aber so was tut er doch nie«, rief Henni. »Er könnte doch gar nicht ohne sie!« Sie fand die bloße Vorstellung so aberwitzig, dass sie laut herauslachte. Und plötzlich war sie davon überzeugt, dass Kuddl überhaupt nur fantasiert hatte. »Junge, Junge, fast hättest du mich drangekriegt«, sagte sie erleichtert. »War doch alles nur zusammengereimt, ja?«

Kuddl sagte nichts, er schritt nur strammer aus. Bestimmt, damit sie nicht sah, wie er lachte. Oder damit sie drin waren, ehe das Gewitter losbrach.

»Lass bitte schön die Heringe im Eimer«, rief sie ihm fröhlich nach, »mit denen hab ick noch Großes vor.«

Erst sollte aber Ruth Binneweis die versprochene Rohkost kriegen. Am anderen Tag fuhr Henni zu Ari und erzählte ihm, dass ihr Papa gerade von einer weitreichenden Fastenkur zurückgekehrt und leider immer noch so geschwächt sei, dass er nur Unsinn rede. Als

Ari trotzdem nicht gleich helfen wollte, doppelte sie nach, wie traurig sie darüber sei, dass sie ihn nicht mehr sehen könne, aber sie müsse jetzt wohl jeden Tag nach jwd fahren, um ein Feld zu plündern, weil sie so rein gar kein Geld habe.

Ari wollte Hennis minzgrüne Augen nicht gleich wieder missen und besorgte ihr einen Korb voll Gemüse. »So brauchst du nun eine Woche lang nicht raus aus der Stadt und kannst mich jeden Nachmittag besuchen.«

Damit zwang er Henni, weiter zu lügen. Sie erzählte ihm, dass ihre Mama aus dem Gemüse Saft presse, weil der arme Papa noch keine feste Nahrung vertrage, und so ein Korb voll Gemüse gerade mal Saft für einen einzigen Tag hergebe. Und weil selbst der solide Ari es nicht fertigbrachte, ihr jeden Tag einen Korb voll Gemüse zu organisieren, blieb sie an den anderen Tagen weg und half stattdessen Karl bei der Abschrift der ersten Kapitel seines Romans.

Ihrer Meinung nach taugte der nicht viel, aber Karl setzte große Hoffnungen hinein. Und weil er drei Wochen lang fast rund um die Uhr durchgearbeitet und davon ein blockiertes Kreuz, ein Augenleiden und nervöse Zuckungen bekommen hatte, las Henni ihm vor, was er bisher geschrieben hatte, notierte, was er korrigiert haben wollte, und tippte danach mit zwei Fingern und vorgestreckter Zunge alles mit Durchschlag nochmals ab, damit Karl seinem Verleger schon mal was zeigen und der ihm einen Platz im nächsten Verlagsprogramm freihalten konnte. Sonst, sagte Karl, käme das Buch womöglich zu spät. Zu spät wofür, verriet er ihr nicht.

Der Roman handelte vom Sohn eines jüdischen Industriellen, der einerseits im Betrieb seines Vaters eine leitende Stellung innehatte, andererseits als Schriftsteller den Kapitalismus hinterfragte – mit ellenlangen Exkursen über dies und jenes, die Henni weder verstand noch witzig oder sonst wie nützlich fand. Die Zerrissenheit dieses Knaben hörte auch nicht auf, als der Krieg ausbrach, den er als Intellektueller nämlich kritisierte und als Leiter der Kriegsrohstoffabteilung, in die ihn die Regierung berufen hatte, gleichzeitig verlängerte. In beiden Funktionen gab er sein Bestes, das war eben seine Natur. Und nach dem Krieg wurde er aus lauter Pflichtgefühl sogar Minister, obwohl er eigentlich immer nur hatte schreiben und frei denken wollen. Aber sein Leitspruch lautete halt leider: »Wachsen im geistigen Sinne bedeutet nicht größer werden, sondern kleiner werden«, was, wie Karl ihr erklärte, von einem gewissen Kierkegaard geborgt war, deshalb stellte der Knabe immer das sogenannte Gemeinwohl vor sein eigenes. Es war schlecht zu übersehen, dass dieser Knabe Walther Rathenau war, obwohl er bei Karl Theodor Gut hieß, und deshalb las sich manches doppelt peinlich, insbesondere das Intime – zumindest, wenn man nicht wusste, wie verschossen und wie unglücklich Karl war. Aber Henni sagte doch immer: »Ganz famos«, wenn Karl sie um ihre Meinung bat, weil sie Angst hatte, dass er gleich wieder aufhören würde zu schreiben, wenn sie ehrlich wäre.

Immerhin verschickte Henni die Abschrift nicht wie versprochen, nachdem sie fertig war, sondern ließ sie ganz hinten im Putzschrank verschwinden. So verschaffte sie Karl Zeit, um weiterzuschreiben – jedenfalls so lange, bis er sich wunderte, dass der Verleger sich nicht meldete, den Karl immer nur den »Bückling« nannte. Dann war halt offenbar der Umschlag verloren gegangen und die Post schuld, und bis Karl das Original nachgeschickt oder vorbeigebracht hatte und der Bückling es endlich gelesen und zweifellos abgelehnt hatte, war Lessings Keller wieder auf, und Karl musste seine Enttäuschung nicht ersäufen, sondern konnte sie immerhin in schöne Schlager fassen.

Organisieren

Doch Lessings Keller nahm bald ein jähes Ende. Der Besitzer des Kellers ging bankrott, und sie mussten ausziehen. Kurz versuchten sie sich in einer stillgelegten Schlosserei in Neukölln, die sie für 'nen Appel und 'n Ei mieten konnten. Doch den prominenteren Schauspielern war das zu weit draußen, die spielten ja vorher noch in den großen Häusern. Damit hätte Henni endlich singen dürfen. Nur blieb auch das Publikum weg, und die paar Nasen, die zur ersten und einzigen Vorstellung in Neukölln kamen, holte Karl lieber alle mit auf die Bühne. »Mitspielabend« hieß das. Henni verteilte laufend Stichwörter, Karl führte Regie, Fisling untermalte dramatisch. So hatten sie wenigstens etwas zu lachen, und es war nicht nur ein Abklatsch ihrer schönen Zeit in der Lessingstraße.

Im Geheimen hatte Henni den Verdacht, dass Karl sich den Bankrott ausgedacht und die Schließung von Lessings Keller ermogelt hatte. Denn ganz anders, als sie vorausgesagt hatte, war der Bückling von Karls Roman begeistert, als er eines Nachmittags auf dessen Sofa endlich die ersten Kapitel zu lesen bekam, und Karl ging mit neuem Schwung an die Arbeit. Außerdem schrieb er ja noch für die *Morgenpost*. Und behauptete er auch immer, ein Lied schreibe sich beim Frühstück zwischen erstem und zweitem Kaffee, so saß er doch lieber Tag und Nacht in ungesunder Haltung über seiner Underwood und goss seine große Liebe für Walther Rathenau in Worte.

»Wo bleib ich denn jetzt ab?«, fragte Henni betrübt, als sie nach dem Neuköllner Mitspielabend mit Fisling wieder westwärts fuhren. Da war schon entschieden, dass sie schließen würden.

Fisling hatte bereits Pläne, er wollte mit Trude Hesterberg in der Kantstraße die Wilde Bühne eröffnen und hätte Henni auch mitgenommen. Allerdings nicht, damit sie sang oder durchs Programm führte, das tat Trude Hesterberg schon selber. Nicht mal Zigaretten anrauchen hätte sie dürfen, nur Mäntel abnehmen und Programmzettel verteilen. Das war ihr zu doof, zudem rechnete es sich nicht.

In ihrer Not stand sie fast täglich beim KaDeWe-Personaldienst auf der Matte und bat darum, dass man sie wieder laufen ließ, Karls Wohnung lag ja quasi um die Ecke. Erst hieß es nur, im Sommer würde keine Mode vorgeführt und Henni solle im Oktober wiederkommen. Aber nachdem sie dem Personalleiter, einem kleinen, rundlichen Schweizer, der Hefti hieß und dessen Magen dauernd lautstark kollerte, Heilfasten mit indischen Bohnen empfohlen hatte, wurde er zutraulich. Erst ließ er sich von ihr in der Lebensmittelabteilung die richtigen Bohnen zeigen. Dann wollte Henni wissen, wo eigentlich das ganze schöne Gemüse hinkam, wenn es nicht mehr taufrisch war, und Herr Hefti erklärte ihr, dass das meiste in die Großküchen des KaDeWe wanderte, führte sie aber noch in einen der Lagerräume und zeigte ihr eine Art zweiten Laden nur fürs Personal, das sich dort gegen Gutscheine eindecken durfte. Danach zog er sie in eine Nische, um sie zu küssen, und Henni ließ ihn auch.

Er stöhnte: »Ach, wenn ich doch nicht gebunden wäre!«

Und Henni setzte ihren Mata-Hari-Blick auf, bis er sich endgültig festgebissen hatte, dann schlug sie die Lider nieder und sagte leise seufzend: »Es wäre auch zu schön gewesen. Aber dürfte ich nur hin und wieder Ihre Nähe atmen!« Das hatte sie aus einem Stück von Wedekind, und prompt bot Herr Hefti ihr an, als Faktotum überall im KaDeWe einzuspringen, wo gerade wer krank oder sonst Not am Mann war.

»Bekomme ich dann auch solche Gemüse-Gutscheine?«, fragte sie, und als Herr Hefti mit tiefem Bedauern erklärte, dass die Gutscheine nur an Festangestellte ausgegeben würden, sagte Henni so gefasst: »Verstehe«, dass es ihm das Herz brach und er die Brieftasche hervornahm, »was soll's, ich esse ja jetzt nur noch

Bohnen« rief und Henni seine Gutscheine schenkte. Zur Belohnung nannte Henni ihn ihren Ritter, und als sie sich vorbeugte, um ihn zum Dank nochmals zu küssen, fuhr sie ihm wie im Versehen mit zwei Fingern über den Schritt.

Als Henni Ari eröffnete, dass Papa Binneweis seine Kur beendet hatte und sich wieder selbst versorgte, freute er sich, weil er dachte, dass Henni nun wieder täglich zu ihm käme, und sie fühlte sich ein bisschen schlecht, als sie sagte: »Nee, weißte, Ari, so ganz ohne Liebe kann ich auf die Dauer nicht.«

»Aber was heißt denn ›ohne Liebe‹?«, rief er. »Henni, alles ist Liebe! Mach mit mir Sitzmeditation, und du wirst sie fühlen.«

Aus Mitleid aß Henni noch einmal Bohnen mit ihm und setzte sich danach im Lotossitz vor ein Schälchen mit Kohle und Weihrauch. Aber nach zehn Minuten stand sie wieder auf: »Ich mag dir nichts vormachen, Ari. Deine Minzezunge in der Muffe, als es so heiß war, das war ein Erlebnis. Aber jetzt kommt der Herbst, und da bist du mir von deinem ganzen Wesen her zu mager.«

Ari atmete noch eine ganze Weile summend aus, und Henni dachte schon, sie müsste ohne Abschied gehen, dann atmete er aber wieder ein und stand auf. »Wie könnte ich dir etwas übelnehmen, Henni«, sagte er und führte sie zur Tür, »in mir ist nur Liebe.«

»Wenn das so ist, dann gib mir bitte schön noch das Gemüse da mit«, sagte sie, denn Ari hatte ihr wieder einen Korb voll Grünzeug organisiert. Aber das wollte er dann doch nicht, und als sie an ihm vorbei aus der Tür ging, ließ er ein Momentchen zu lange den Fuß stehen, sodass sie darüber stolperte und hinschlug.

Kleinhandel

Der Herbst verging friedlich. Karl tippte an seinem Roman, Henni wartete morgens um acht neben dem Telefon auf einen Anruf von Herrn Hefti, dann rauschte sie los, damit sie pünktlich um halb neun Uhr an ihrem Platz war. Am meisten half sie in der Papeterie und in der Möbelabteilung aus. In der Papeterie waren gleich zwei Verkäuferinnen guter Hoffnung und deshalb oft unpässlich, eine dritte war außerdem Diabetikerin. In der Möbelabteilung soffen der Abteilungsleiter und sein Assistent öfters nach dem Dienst im Kanon und schoben anderntags eine Kantinenvergiftung vor. Leider wurde sie fast nie den Kolonialwaren zugeteilt, dabei roch es dort so schön. Noch lieber war sie nur bei der Herrenmode und im Heimlieferdienst.

In die Herrenmode-Abteilung kamen einzelne Herren, aber auch Ehepaare. Die einzelnen Herren waren immer unsicher, egal, ob jung oder alt, und Henni konnte ihnen andrehen, was sie wollte, wenn sie nur tüchtig mit Komplimenten um sich warf. Sie hatte aber den Ehrgeiz, aus den Knaben wirklich was zu machen, denn in den meisten steckte mehr, als sie zeigten.

»Sie haben ein so schönes Kreuz«, sagte sie zum Beispiel, »und Sie müssen wissen, das steht für innere Haltung. Ihnen würde ich mein ganzes Erspartes anvertrauen: Wer ein so stolzes Kreuz spazieren trägt, der schummelt nicht. Sie müssen das Kreuz aber auch zeigen, daher sollten Sie dringend was mit Taille tragen. Sie werden staunen, wie anders die Welt Ihnen begegnet.« Oder sie seufzte: »Das Leben kann ganz schön anstrengend sein, nicht wahr? Ein so zarter, feiner Typ wie Sie passt eigentlich gar nicht in unsere Zeit. Nehmen Sie hier, diesen doppelt gewobenen, der hält was aus. Der ist wie ein Panzerwagen. Erinnern Sie im Krieg den Ehrhard EV4? Schnittig und nicht kaputt zu kriegen. In so was kann man auch mal ausruhen, mitten im Schlachtengetümmel.« Mit der Masche verkaufte sie hervorragend, nur hatte sie am Abend mindestens einen oder sogar mehrere ihrer Kunden an der Backe, denn so ein einfühlsames Mädchen wünschten sich natürlich alle.

Angenehmer waren deshalb die Ehepaare. Hier redete Henni nur mit der Frau, sonst gab es gleich Rabatz. Erst mal lobte sie die Klamotten, die er am Leib trug, die hatte ja schließlich *sie* ihm ausgesucht. Dann verriet sie: »Ganz neu gibt es was *noch* Feineres, *noch* einen Zacken Ausgekochteres. Schauen Sie hier. Männer haben keinen Blick dafür, die achten höchstens auf die Obernaht. Aber sehen Sie mal, wie das hier abgesteppt ist, und fühlen Sie den Saum, wie viel da noch drinsteckt. Wir wollen ja nicht hoffen, dass Ihr Göttergatte aus dem Leim geht. Aber sagen wir, der Sohnemann schlägt ihn um noch eine Handlänge. Kein Problem, wir trennen das hier auf und das hier, dann sitzt dem das wie maßgeschneidert. Denn was wir hier haben, ist mehr als Qualität, das trägt sich auch in zwanzig Jahren noch wie eben erst entworfen.

Der Schnitt ist übrigens englisch, und ich brauche Ihnen ja wohl nicht zu sagen, für wen der entworfen wurde. Am besten schlüpfen Sie mal rein« – das war der Moment, in dem sie den Herrn mit einbezog –, »Sie werden sehen, das trägt sich wie eine Krone.« Dann hatte er ihn an, und Henni nahm die Frau sanft beim Arm. »Haken Sie sich mal bei ihm unter und gehen Sie zusammen ein Stück. Na, ist das nicht königlich?«

Wenn Herr Hefti sie zum Heimlieferdienst berief, dann immer erst nachmittags, wenn der Livree tragende KaDeWe-Lieferant Ruprecht eine Hilfe zum Tragen brauchte. Vom Krieg her hatte er einen Haufen Granatsplitter im Knie, die man nicht hatte rausschneiden können, weil sie zu winzig waren, und die sich andauernd entzündeten. Wenn sie auslieferten, fuhr er seinen Daimler wie der Teufel, und während Henni ablud, blieb er gemütlich in der Kabine sitzen, rauchte seine billigen Muratti und pfiff älteren Frauen nach. Das gefiel ihm besser, als allein zu Hause rumzusitzen, deshalb war es ihm auch recht, wenn Henni sich bei der Kundschaft Zeit ließ.

Immer wieder wurde sie nämlich auf einen Kaffee oder ein Gläschen in die gute Stube gebeten, und dabei präsentierte sie Mama Binneweisens hanseatische Spezialitäten, die so frisch und satt sogar im KaDeWe nicht oft zu kriegen waren. Mit der Zeit hatte sie eine richtige Stammkundschaft und nahm auch Bestellungen entgegen, die sie an Mama Binneweis weitergab. Manchmal nahm sie Bares, aber lieber tauschte sie. Sie hatte ein Talent dafür, die Kundschaft so lange auszufragen, bis sich bei jedem was Besonderes zeigte. Das bot sie dann dem Nächsten an. Bald verschob sie nicht mehr nur Hering, Mett und Marzipan, sondern Obstbrände, Nachschlüssel, juristische Beratung und Vorab-Modelle der neuesten Pariser Schuhmode Größe 39.

Wenn sie dann wieder bei Ruprecht zustieg, fragte er: »Und was haste nu wieder, spanische Galeonen oder Meissener Porzellan?«, und sie erstattete Bericht. Manchmal brachte sie ihm als Dank fürs Warten auch etwas mit, ein Stück Kuchen, das sie in den Ärmel geschoben hatte, oder eine Flasche Essig, die sie getauscht hatte.

Doch Ruprecht winkte immer ab. »Sieh du mal lieber zu, dass du koscher bleibst. Vom Tausch zum Klau ist selten weit.« Dann spurte er hupend auf die Straße ein und raste eins weiter.

Henni dachte an Herbert und seine zwanzigtausend Kontakte und wusste, dass Ruprecht nicht falschlag. Sie behielt aber nie was für sich. So einiges ging an Rosa Ivancyk, und die Miete zahlte sie ja streng genommen für Kuddl. Was an Gesundkost anfiel, wanderte auf den Prenzlberg, und alles Geistige zu Karl, der bechern konnte, als wär er die Wüste Gobi, und von dem sie unbedingt wollte, dass er ihr gut blieb, weil es ja so praktisch war, bei ihm zu wohnen.

Sitzfleisch

Kaum hatte Henni an ihn gedacht, meldete sich vom Knast aus Herbert bei ihr, mit einem sonderbaren Kassiber, der Kuddl von Unbekannt übergeben worden war. Am letzten Septemberwochenende hatte es zur Eröffnung der ersten Schnellstraße in Berlin Autorennen gegeben, und bei einem der Rennen hatte Fritz von Opel fast hundertdreißig km/h hingelegt, was nicht Weltrekord war, aber doch unerhört, jedenfalls redeten alle darüber. Das hatte offenbar auch Herbert sentimental gestimmt.

»Mensch, Henni, weißt du nicht mehr, du und ich im Tribelhorn Nautilus nachts durch den Grunewald? Was hätten wir auf der AVUS alle in Grund und Boden gebrettert! Die hundertdreißig jedenfalls hätten wir locker geknackt. ›Unsereiner gewinnt immer.‹ Und nun sitzt du draußen und ich drinnen, ick hör und seh nüscht von dir. Mensch, biste denn nicht mehr meine Braut?« Es folgte aber nicht etwa eine Liebeserklärung, sondern zuerst eine verworrene Beschreibung, wie er den Tribelhorn wohin verschoben hatte, damit er nicht in die Pfändung kam, und dann die Aufforderung an Henni, Kuddl zu mobilisieren, damit der wiederum Björn aufsuchte, an einem Ort, den Herbert nur verschlüsselt nannte, doch Kuddl, schrieb er, würde schon wissen, wie was wo. Sobald der Björn den Tribelhorn rausgeeist habe, solle Kuddl beim nächsten Rennen für ihn fahren, und Henni solle auf Kuddl setzen, mit Geld, das Herbert ihr in einem zweiten Kassiber schicken wollte.

Henni war erst ratlos, denn auf keinen Fall wollte sie Kuddl in irgendwas reinziehen. Doch dann entschied sie, dass Kuddl wohl Björn informieren durfte, die Rennen fahren sollte aber, wenn schon, Ruprecht. Dazu kam es jedoch nicht. Weil: Erstens gab es keine Rennen mehr auf der AVUS, außer private, bei denen es öfters mal knallte. Zweitens schickte Herbert die Kohle nie. Darüber war Henni denn auch froh.

Kuddl fuhr dafür seine ersten Fahrradrennen. Erst als sogenannter Wilder, ohne Stall oder Verein, und zwar sowohl Sprint als auch Ausdauer. Insgeheim hoffte auch er bestimmt, eines Tages zu siegen, aber zu Henni sagte er nur, er wolle vor allem neue Kundschaft fürs Geschäft gewinnen. Allerdings war es so, dass die anderen alle für einen Radsportverein fuhren und die Vereine wiederum alle politisch gebunden waren – genau deshalb wollte Kuddl ja auch keinem beitreten –, und jeder Verein wiederum hatte nicht nur seine Fahrer, sondern eben auch seine linientreuen Mechaniker. Der rote Bruno zum Beispiel betreute die Fahrer vom BAV, dem Berliner Arbeiterradverband. Wenn Kuddl als Unparteiischer nun einem Verbandsfahrer ohne Notfall das Rad wechselte, riskierte er gleich Prügel vom Jugendbund der betreffenden Partei. So weit war es noch nicht gekommen, aber Scheiben eingeworfen hatten sie Kuddl schon, worauf Herr Bukofzer einen Heidenschreck bekommen hatte und ein Herzrasen, das ihn für zwei Tage niederzwang. Außerdem schlitzte jemand Kuddl regelmäßig die Reifen auf. Zu manchen Rennen durfte er erst gar nicht antreten, weil nur Vereinsgebundene und Stallfahrer zugelassen waren. Startete er aber, hielt er sich gut, und nachdem er zudem die fünf Stunden nach Berlin-Neubrandenburg geknackt hatte, trat er vor Franz Krupkat, als der in der Flotten Speiche überm Bier saß, und Krupkat erinnerte sich sogar und lud Kuddl zur Trainingsfahrt ein. Und weil Kuddl ihm nicht nur als Radfahrer imponierte, sondern er auch beeindruckt war, wie Kuddl sich bisher durchgebissen hatte, so ganz ohne Stall oder Verein, sagte er zu ihm: »Junge, wir gründen jetzn Stall nur für dir, und der is weder politisch noch irgendwat. Denn lassense dir in Ruhe. Und wennde erst die ersten Erfolje einjeheimst hast, kommn die janzen Freizeitfahrer in deine Bude und beleben dit Jeschäft jenauso jut, als würdeste bei den Rennen Ketten wechseln. Aber denn willste deine Bude nich mehr, weilde mit die Rennen nen janz schönen Reibach machst.«

Das gefiel Kuddl. Weil ja aber niemand so was tut, ohne was dafür zu wollen, fragte er: »Und was bekommst du dafür, Franz?«

Krupkat lachte und haute Kuddl auf die Schulter, dass es knallte. »Wenn wir denn vorm lieben Gott stehn, Junge, denn sag ihm: ›Moment, eine jute Tat vom Krupkat kennick. So durch und durch böse, wie alle sagen, war der janich.‹«

Und noch in der gleichen Woche trommelte Krupkat ein paar Kumpels zusammen und mietete ein Hinterzimmer in einer Kaschemme, die Zum Hundejustav hieß. Dort gründete er offiziell den »Radfahrstall gesinnungsfreies Berlin«, und zwar ganz korrekt mit Präsident (das war Krupkat), Vizepräsident und Kassierer. Der Verein hatte den einzigen Zweck, Kuddl als Spitzenfahrer durchzusetzen.

Kuddl war mordsnervös. Für den Anlass hatte er sich von Henni extra einen Anzug aus dem KaDeWe borgen lassen. Und Henni war genauso nervös, denn Krupkat hatte Kuddl gefragt: »Kennst du wen, der die Sache musikalisch untermalen könnte?«, und so kam Henni zu ihrem ersten Auftritt als Sängerin.

Nachher lachten sie darüber. Die fünf Kumpels, die Krupkat zusammengetrommelt hatte, sahen weder aus wie Geschäftsherren noch wie Sportsleute, sondern wie Knastbrüder, auch wenn sie einander während der Sitzung siezten. Dazu becherten sie für zehn. Weil der Pianist nicht gekommen war, sang Henni ohne Begleitung, dabei stand sie auf einem Tisch und stieß mit dem Kopf an die Decke, weil der Hundejustav nur ein Kohlenkeller war. Zwei Lieder hatte sie singen wollen, beides Schlager von Karl, die sie passend gefunden hatte, aber schon nach dem ersten drückte ihr Krupkat einen Schein in die Rechte, ein Glas Schnaps in die Linke, und sagte: »Nu quäl dich ma nich länger, Mädchen, dazu is dein Bruderherz da.«

Kuddl lachte zwar, aber enttäuscht war er doch, er hatte sich große Hoffnungen gemacht. Und Henni sorgte sich um den Anzug, weil der so stank und sie befürchtete, mit Lüften wäre da nichts mehr zu machen. Aber beide sorgten sich umsonst: Der Anzug duftete nach einer Nacht auf Karls Balkon wie neu, und die Knastbrüder in Krupkats Rennstall legten sich ganz rührend für Kuddl ins Zeug. Sie schleusten ihn in gute Rennen ein, schleppten Material, feuerten ihn von den Rängen oder aus dem Graben an und freuten sich wie Kinder, wenn er eine Wertung gewann.

Auch Karl war im Hoch. Nicht seines Romans wegen, da ging die Laune auf und ab wie Oberhofers Rösselbahn. Doch Walther Rathenau war als Wiederaufbauminister zurückgetreten, und man durfte hoffen, dass er in Zukunft privatisierte und wieder für mehr Zwischenmenschliches offen war als nur für das Frühstück mit Mathilde und den Sonntagskaffee mit den Schwesterkindern. Kurz war das Leben also rundum nett.

Der Wurm kam erst an dem Tag wieder rein, als Karl Henni zu einer Wohnzimmeraufführung der *Madame Pompadour* mitnahm, die später am Berliner Theater rauskommen sollte. Karl hatte am Libretto mitgeschrieben, und Fritzi Massary gab eine Pompadour zum Ohnmächtigwerden. Henni trällerte danach tagelang: »Die Pom-, die Pom-, die Pompadour ist eine schöne Ha-Ha-Ha«, und: »Heut könnt einer sein Glück bei mir machen.« Karl trällerte: »Joseph, ach Joseph, was bist du so keusch?« Dabei war ihnen beiden nicht zum Trällern zumute, denn an dem Tag war bekannt geworden, dass Rathenau weiter für die Regierung tätig sein wollte und bereits als Unterhändler nach London geflogen war. Und Henni hatte zum zweiten Mal die Aufnahmeprüfung an Max Reinhardts Schauspielschule verpasst. Wobei ›verpasst‹ das falsche Wort war, denn eigentlich hatte sie sich bei der Sommernachtsparty am Halensee ja umentschieden gehabt. Dort hatte sie sich erlaubt, Tilla Durieux daran zu erinnern, dass die ihr Schauspielstunden hatte geben wollen, wenn Henni ihr im Gegenzug zeigte, wie man Mode Gassi führte. Die Durieux hatte aber nicht nur keinerlei Erinnerung an ihr Versprechen, sondern hatte – während ihr Gatte Paulchen Henni äußerst unangenehm unters Blusenrevers linste – sehr herablassend festgestellt, dass Henni sich in Lessings Keller als Mädchen vom Dienst doch prima mache und dumm wäre, würde sie nach Höherem streben. Seither wollte Henni doch lieber wieder Tänzerin werden.

Trotzdem gab es ihr einen Stich, als sie feststellte, dass schon wieder ein Oktober verstrichen war, ihr neunzehnter Geburtstag rasant wie ein Komet auf sie zusauste und sie noch immer keine Großtat vorzuweisen hatte, während Kuddl schon als Neunjähriger einen gebrochenen Arm für sich hatte verbuchen können und bis dato auch ein eigenes Geschäft und fünf gewonnene Zwischenwertungen auf der Bahn. Ja, und Fritzi Massary hatte Henni nach der *Pompadour* erzählt, dass sie sogar mit zarten sechzehn Jahren schon erstmals als Soubrette auf der Bühne gestanden hatte. Es war zum Heulen!

Zu ihrem Geburtstag wünschte sich Henni, dass Papa Binneweis nochmals mit ihr zur Hasenheide hinausfuhr wie seinerzeit an ihrem vierten. Er murrte zwar: »Wenn ich diesmal nur heil wiederkehre«, als wäre der gestauchte Knöchel damals ein Kapitalverbrechen gewesen. Doch er nahm sich tatsächlich frei und begleitete sie nach Neukölln.

In diesem November war fast alles anders: Eine diesige Sonne schien, die Hasenheide war voller Kinder, weshalb es nach trockenem Laub und vollen Windeln roch, und auch der Kletterturm war ausgewechselt worden. Das wunderbar wehe Gefühl von Vergänglichkeit und ferner Heimat, auf das Henni gehofft hatte, wollte sich einfach nicht einstellen. Dann zeigte Arthur Binneweis aber auf ein Haus und sagte: »Dort habe ich damals das Mädchen rausgeklopft, das dich runterholen sollte. Elfriede hieß sie wohl.« Henni beschloss zu klingeln, um zu sehen, ob Elfriede noch dort wohnte, und um sich endlich für die blutige Nase zu entschuldigen.

Eine ältere, verhärmt aussehende Frau mit strähnigem Dutt und Fingern voller Kohlestaub machte die Tür auf. Henni erklärte ihr zweimal, wer sie waren und wieso sie geklingelt hatten, bevor die Frau sie hereinbat und in die Küche ging, um Wasser aufzusetzen und ein einziges, sorgfältig gedritteltes Kartoffelplätzchen aufzutischen.

»Wir wollten eigentlich Elfriede besuchen«, sagte Henni nochmals, doch gleichzeitig pfiff der Kessel, und die Frau goss den Tee auf, setzte sich zu Henni und Arthur und erzählte, dass ihr Mann Gustav anno 16 an der Somme geblieben, ihr Sohn Gustav als Fahnenjunker anno 17 ebenso wie Elfriedes Bräutigam in der Schlacht von Arras gefallen und Elfriede selber anno 17 wie so viele Schwangere an der Spanischen Grippe gestorben war. »Und du hast sie also gekannt?«, fragte sie endlich und hielt Henni den Teller mit dem muffigen Kartoffelplätzchen so dicht vor die Nase, dass Henni nicht ablehnen konnte.

Henni holte schon aus, die ganze Geschichte zu erzählen, aber bevor sie dazu kam, stand die Frau auf, nahm Hennis Gesicht in ihre beiden Hände, die sich anfühlten wie welkes Laub, küsste Henni auf den Mund, dann rief sie: »Und du lebst und bist so schön stattlich und richtig was geworden! Sieh mal an, ein richtiges Weibsbild, was?« In ihrem plötzlichen Anfall von Übermut kniff sie Henni sogar in die Hüfte, obwohl da nicht viel zu kneifen war, dann sagte sie zu Arthur Binneweis: »Ist es nicht das größte Wunder auf Erden, Herr, was aus einem so kleinen, nassen Bündel eines Tages wird?«

Arthur nickte und wischte zu Hennis Verwunderung eine Träne aus dem Augenwinkel, dabei sagte er: »Ja, aber ein gerade so großes Wunder ist es, was ein einzelner Mensch wie Sie für dieses unser Deutschland zu tragen in der Lage ist.«

»Dietlinde«, sagte sie, »einfach nur Dietlinde.« »Arthur«, sagte Papa Binneweis und stand auch kurz auf, um eine Verbeugung anzudeuten – das hatte Henni von ihm überhaupt noch nie gesehen –, dann setzten sie sich wieder, und Dietlinde erzählte von Elfriede und ihren beiden Gustavs »Geschichten zum Lachen«, wie sie es nannte. Zuletzt führte sie Henni und Arthur ins Schlafzimmer, in dem noch immer vier Betten standen. Auf einem lagen »Sohnemann Gustavs Schätze«: wie sie sagte, nämlich ein Plüschbär, ein Matrosenhemd und geplättete Geldstücke, die er auf die Eisenbahnschienen gelegt hatte. Auf dem Bett von Vater Gustav lag nur sein Nachthemd, so als käme er zum Abendbrot wieder nach Hause, und auf Elfriedes lagen eine Nickelbrille, ein gestricktes Püppchen, noch ungebrauchte gehäkelte Fäustlinge für ein Kleinkind und eine Ausgabe vom *Kleinen Häwelmann*, die Arthur hochnahm und aufschlug. Außen war sie ganz fleckig, doch innen wie neu. »Wäre mein Geburtsgeschenk geworden«, erklärte Dietlinde, und mit verlegenem Lachen fügte sie hinzu: »Nun habe ich so oft darüber geheult, dass es sich nicht mal mehr verkaufen lässt.« Worauf Arthur das Buch sorgsam wieder hinlegte, Dietlindes Hände in seine nahm und heiser ausrief: »Gute Frau! Ach, du gute verlassene Frau!« Henni kannte ihn gar nicht wieder.

»Gibt es noch andere Sachen?«, fragte sie, um den peinlichen Moment zu überbrücken.

Dietlinde schüttelte den Kopf. »Nein, nichts sonst, nur das hier. Alles andere habe ich verkaufen müssen.«

Als sie sich verabschiedeten, weil Mama Binneweis mit dem Honigkuchen wartete, wurde es draußen schon wieder dunkel. Die Luft roch sauer nach Braunkohle. Eine Weile gingen sie schweigend, und Henni dachte daran zurück, wie Dietlinde sie in der Tür noch mal geherzt und gerufen hatte: »Nein, was auch aus dir geworden ist! Ein so schöner Mensch, ein so prächtiges Mädchen! Dieses Glück!« Was natürlich Gesülze war, aber doch nett. Papa Binneweis hielt die Hände vor der Brust gefaltet und blickte dann und wann seufzend in den Nachthimmel. Und als Henni ihn von der Seite ansah und fragte: »Was? Nu spuck schon aus«, sagte er: »Da lebt man sein Leben und denkt, man ist mittendrin. Und eines Tages macht man einen kleinen, einen winzigen Schritt zur Seite, und gleich erkennt man, wie schal und leer doch alles ist. Wie viel es noch gäbe. Und man war drauf und dran, es zu verpassen.«

»Und was wäre das?«, fragte Henni mit ehrlicher Neugierde, denn solche Gedanken hatte sie ja auch.

»Eine Aufgabe«, sagte er so leise, dass sie es sich vielleicht nur eingebildet hatte. Und als sie nachfragte, kam schon wieder nüscht mehr.

Fremdgehen

Erst als sie in der Elektrischen saßen, verriet er ihr, dass er über eine »Trennung von Tisch und Bett« nachdachte. Und irgendwie mochte Henni sich darüber gar nicht mehr wundern. Sie fragte sich nur, ob alles wirklich auf seinem Mist gewachsen war, weil: Wäre sie Mama Binneweis gewesen, hätte sie ihn schon längst vor die Tür gesetzt.

Nicht nur, aber auch, weil Arthur Binneweis seit dem Sommer zu Hause nun konsequent nackt lebte, zum Frühstück statt der *BZ am Morgen* die Zeitschriften *Nackt-Sport* und *Der Leib* las und Mitglied im Freisonnlandbund und in den Vereinigten Nacktsport-Scharen war. Mit denen traf er sich auch jedes Wochenende am Motzener See. Ließ das Wetter es zu, übten sie sich im Hufeisen- und Speerwerfen, bei Regen und Kälte saß man im gut geheizten Lokal und hörte gemeinsam Radio, tanzte Ringelreihen oder debattierte mit dem Freisonnlandgründer Artur Feodor Fuchs die neuesten

Theorien zum Fortleben des Germanentums, zur sexuellen Verrohung und zur Judenfrage.

Ruth Binneweis sagte dazu nichts. Ein einziges Mal wollte sie Arthur sogar zu einem Nudistentreffen begleiten, kehrte aber schon in der Tür wieder um, als sie in lauter bekannte Gesichter sah. Die halbe Post war nämlich inzwischen nudistisch, und vor Arthurs Arbeitskollegen wollte sie sich nun doch nicht nackig zeigen. Sie hatte sich Henni gegenüber auch schon darüber beklagt, wie rasant Arthur Binneweisens Lohn mit fortschreitender Inflation schrumpfte. Von dem, was blieb, gab er nun auch noch das meiste an den Freisonnlandbund ab, der Rest ging für Heizkohle drauf. Ruth Binneweis hingegen verbrachte im Danziger Eck bald weniger Zeit mit Putzen als damit, Skat und Schwarzer Peter zu spielen, um sich bei den wechselnden Herren der Hanse beliebt zu machen und genügend Naturalien nach Hause zu schaffen. Denn Grünzeug wurde zum Winter hin immer teurer, und Henni tauschte zwar, was das Zeug hielt, aber hexen konnte sie auch nicht.

Dass Ruth Binneweis ihren Mann so klaglos ernährte, war wohl auch der Grund dafür, dass Arthur Binneweis, als sie in der Elektrischen aus Neukölln nach Hause fuhren, Henni bat, seine Ankündigung der »Trennung von Tisch und Bett« noch für sich zu behalten. Jedenfalls hörte Henni nichts mehr davon.

Dafür hatte sie den Schreck ihres Lebens, als sie zwei Wochen vor Weihnachten eine gute Tat vollbringen wollte und mit einer KaDeWe-Tasche voller Leckereien und Anziehsachen zu Dietlinde auf die Hasenheide rausfuhr. Sie wollte eben den Türklopfer betätigen, als sonderbare Geräusche aus dem Haus drangen und sie befürchtete, Dietlinde hätte erneut die Verzweiflung gepackt und sie täte sich gerade was an. Die Tür war nicht verriegelt, also ging sie einfach hinein und direkt ins Schlafzimmer, wo Arthur Binneweis seinerseits eine gute Tat vollbrachte. Das war kein schöner Anblick, und Henni ließ die beiden gleich wieder allein. Aber ein paar Tage später tranken sie zu dritt im Josty Schokolade, und Henni musste zugeben, dass Papa Binneweis Dietlinde tatsächlich guttat. Deren »Minnebund«, wie sie es nannten, dauerte inzwischen drei Wochen, und sie hatten sowieso vorgehabt, Henni einzuweihen. Gleich am Tag nach Hennis Geburtstag war Arthur wieder rausgefahren und hatte ihr seine Gefühle offenbart. Während er erzählte, kicherte Dietlinde andauernd in die Hände, die sie dazu vor den Mund hielt, als wollte sie den Uhu blasen, überhaupt wirkte sie wacher und auch gepflegter. Nur die Finger waren noch immer schwarz, was, wie sie erklärte, daher kam, dass sie jeden Tag die Eisenbahngeleise entlanglief, aufsammelte, was von den Kohlewagen gefallen war, und damit ihr Haus heizte. »Das wirst du nicht mehr lange nötig haben«, versicherte Arthur ihr. Jedenfalls begleitete sie ihn zwar noch nicht zu den Versammlungen am Motzener See, doch sie sprachen schon davon, zu Ostern mit der Plöner Sippschaft wieder hoch nach Eckernförde zu fahren, wo Arthur Binneweis im Sommer seine Erleuchtung erfahren hatte.

Ein Zweiter, der vielleicht auf Liebespfaden wandelte,

war ausgerechnet Karl. Allerdings tat er das, wenn er es denn tat, so dezent, dass sie nie sicher sein konnte, ob nicht etwas ganz anderes dahintersteckte. Er sagte nur immer: »Heute kommt übrigens mein Schwippschwager, ein überaus menschenscheuer Mensch«, und das war für Henni dann das Zeichen, doch bitte mal wieder in ihrer Kaschemme im Scheunenviertel zu nächtigen.

Dabei entdeckte sie wiederum, dass Kuddl in fremden Teichen fischte. Zweimal schlief sie in der Schendelgasse, blieb allein und vermisste ihn, denn Rosa Ivancyk hatte ihren Ivan zu Hause, dort konnte er also nicht sein, und in der Werkstatt war er auch nicht gewesen. Als Henni Rosa Ivancyk das nächste Mal die Miete brachte, was ein Puter und zwei Flaschen Moselwein waren, fragte sie so nebenbei, wann sie den Kuddl eigentlich das letzte Mal gesehen hatte, worauf Rosa Ivancyk ein Gesicht zog.

»Miserables Thema«, seufzte sie und erzählte Henni, dass Kuddl, seit er Rennen fuhr, nur noch zu ihr kam, um sich verarzten zu lassen, wenn er gestürzt war, oder sich auszuheulen, wenn wieder eine der Damen, die ihn neuerdings hofierten, sein Herz gebrochen hatte. »Der dumme Junge verliebt sich alle naslang zutiefst, dabei suchen die Damen doch nur den Kitzel und den Schweißgeruch.« Sie selbst, das gab sie offen zu, hing inzwischen an Kuddl fast so sehr wie an ihrem Ivan – aber eben auch nur fast. Im Traum hatte sie den Ivan wirklich schon stehenlassen und den Kuddl an der Hand genommen und zu ihm gesagt: »Nu schlepp mich zum Altar.« Doch im Wachsein wusste sie auch wieder, was sie an ihrem

Ivan hatte und was dem Kuddl fehlte, um sie froh zu machen.

Kakadu

Nur Henni ging Nacht für Nacht allein zu Bett. Erst zu Silvester drehte der Wind. Herr Hefti hatte sich über die Weihnachtstage erkältet, worauf Frau und Töchterchen ohne ihn zum Skilauf in die Schweiz gefahren waren. Nun, da er so weit wiederhergestellt und Strohwitwer war, lud er Henni ein, mit ihm den Jahreswechsel zu feiern.

Er hatte Karten für die Neujahrsgala im Kakadu. »Aber bitte lassen Sie uns nicht vergessen, dass ich verheiratet bin.« Gleichzeitig nahm er schon ihre Hand und sagte: »Nenn mich Emil.« Dass er verheiratet war, hätte Henni nicht abgehalten, aber ihm lief immer noch die Nase. Der Abend schleppte sich entsprechend. Alles war mau: die Küche vegetarisch, die Revue brav, die Musik hatte keinen Pepp, und der Kakadu, der im Käfig über ihrem Tisch saß, machte zweimal in Hennis Frikassee.

Dann entdeckte sie Milli Schuler hinter der Cocktailbar, Anna Köchels Schoßhund von ehedem, und der Abend war gerettet. Milli musste zwar arbeiten, aber erstens machte es Spaß, ihr dabei zuzusehen, denn sie schüttelte die Cocktails so lasziv aus der Hüfte und rollte dazu mit den Augen, weshalb immer alle zu quatschen aufhörten und guckten. Manche sagten auch: »Noch einen«, nur damit sie noch mal wackelte. Zweitens konnte sie gleichzeitig servieren und reden, und so versorgte sie Henni mit Klatsch, bis der die Ohren wackelten.

Emil war erst enttäuscht, denn als Henni sich verdrückt hatte, saß er noch beim Dessert, aber als sie ihm Milli vorstellte, verguckte er sich sofort. Und weil Milli Emil auch »mordssüß« fand, wie sie Henni ins Ohr raunte, und ihm einen Sling schüttelte, wobei ihr die Brust rausrutschte, wurde der Abend noch sehr lustig.

Milli war sich auch nicht zu schade, Emils triefende Nase abzuschlabbern. »Nach dem Küssen spül ich mit Schnaps, das tötet alles«, verriet sie Henni, und wenn Henni genau aufpasste, sah sie auch, wie Milli beim Abmessen der Schnäpse immer mal einen kippte, kurz spülte und ihn dann erst in den Schüttelbecher spuckte – man musste aber schon sehr genau hinschauen.

Schließlich wankte Emil zur Toilette, denn er hatte sich noch sieben Cocktails schütteln lassen, und Henni sagte zu Milli: »Den wirst du so schnell nicht wieder los.«

»Wetten?«, sagte die bloß. Und als Emil tatsächlich immer forscher wurde und die anderen Gäste störte, mixte Milli ihm etwas, das ihn prompt zu Boden haute. Von dort räumten ihn die Kellner weg und schichteten ihn mit den anderen »Leichen« im Flaschenlager auf.

»Wenn der wieder aufwacht, weiß er gar nicht mehr, dass es mich gibt«, sagte Milli und zeigte Henni ein Fläschlein, auf dem etwas langes Lateinisches stand. »Ein Tröpfchen davon haut sie alle weg.«

Henni gefiel das ungemein, und nachdem sie sich zum

Neujahrstusch geküsst hatten, wurde ihr immer etwas schwindlig, wenn sie Milli ansah.

Um drei Uhr war offiziell Feierabend, was aber nur bedeutete, dass an der Bar nun Selbstbedienung war und Milli hinter der Theke hervorkam, um zu tanzen. Alle wollten, aber Milli tanzte nur mit Henni, und nach den Küssen spülte sie nicht den Mund, sondern steckte ihr die Zunge ins Ohr und raunte dabei: »Von dir kriegt man ja so schnell nicht genug.«

Als sie beide vor Schwindel nicht mehr gerade stehen konnten, verdrückten sie sich durch den Hinterausgang (»vorn lauern immer ein paar Kerle«) und spazierten eng umschlungen vom Ku'damm zur Fasanenstraße. Denn Milli wohnte im Osten und hatte so überhaupt keine Lust, »jetzt noch da raus, und allein«, und überhaupt.

Trotz der wenigen Schritte bis zu Karls Wohnung wurden sie gezählte dreizehn Mal »umworben«, wie Milli das so schön nannte. »Wären wir nicht privat unterwegs, könnten wir ein Heidengeld verdienen. Aber wer denkt in so einer Nacht schon an Geld.«

Dann standen sie im Treppenhaus, die Tür fiel zu, und Henni kuschelte das Gesicht in die Kuhle zwischen Hennis heißem Hals und dem Chinchilla, den sie sich für den Abend im KaDeWe geborgt hatte. Sie schafften es noch knapp nach oben, dort zog Henni Milli ins Gästezimmer, strickte erstmals links und wunderte sich, wie selig sie das machte.

Schlafen taten sie kein bisschen, höchstens nickte mal eine weg, während die andere küsste. Zuletzt lagen sie

Wange an Wange, sahen zu, wie den Laternen auf dem Ku'damm das Gas abgedreht wurde, und Henni dachte gerade: »Wenn ein Jahr so anfängt, kann es nur großartig werden«, da sagte Milli aus dem Nichts: »Mensch, Henni, wenn du diese Beine bei Jimmy auf der Bühne schwingst, werd ich ja so was von eifersüchtig sein!«

Vierzig Mädchen

Das war nämlich Millis Geschenk an Henni. »Jimmy«, eigentlich James French und noch eigentlicher Johann Franzos mit Namen, inszenierte Revuen im großen Stil. Seine Abende nannte er selber »Fleischbeschauen«, und er hatte sich in den Kopf gesetzt, in der nächsten Inszenierung nicht weniger als vierzig nackte Mädchen tanzen zu lassen. Dafür hatte er das Metropol an der Behrenstraße gemietet und das gerade hochbegehrte Autorenpaar Leif Kunz und Dorothea Freilich für eine schmissige Geschichte gewonnen. Hans Albers und Thorsten Weinreich amtierten abwechselnd als Conférencier. Und damit die tausend Plätze auch mit letzter Sicherheit stets ausverkauft waren, sang die fabelhafte Cora Fabri mit Albers oder Weinreich ein Duett. Alles war geritzt, und die Proben liefen. Doch an Silvester hatte Jimmy ein paar Mädchen entlassen, weil sie über die Feiertage weggefahren waren, und das war Hennis Chance.

Wohin sie fuhren, verriet Milli ihr aber erst, als sie schon unterwegs waren. Der Aufbruch war hektisch gewesen. Noch im Bett lümmelnd, hatte Milli gefragt: »Wie spät ist es eigentlich?« Dann war sie hochgeschossen und hatte ihre Kleider zusammengekramt: »Was, gleich zehne, und das sagste so tranig? Los, zieh dir was zum Aufknöpfen an, und nix wie weg.«

Als sie ankamen und Henni sich aufknöpfte, sagte Jimmy erst: »Die hat doch kaum Busen.«

»Nee, aber Beene«, antwortete Milli, und der Beine wegen ließ Jimmy sie dann auch durchrutschen. »Bezahlen tu ick aber nach Busen.« Deshalb bekam Henni dann nur fünfzig Mark, Milli, die Melonen hatte, bekam hundert.

Das Metropol war miserabel geheizt, aber sie probierten so fleißig, dass sie nur in den Pausen froren. Zuerst fand Henni es sonderbar, so im Dutzend nackt die Beine zu schwingen, aber nach zwei Stunden war es schon ganz normal, und wenn sie in den Pausen rauchten, zogen sie sich nicht extra was an, sondern ließen sich von den Musikern in die Mitte nehmen und wärmen. Pinguin-Kuscheln hieß das.

Jimmy saß die meiste Zeit oben im Rang und dirigierte sie über Boten. Die Boten schickte er zu den Choreografen, und die setzten seine Ideen in Bewegung um. In Hennis Augen war es mehr Gehopse als höhere Kunst, oder besser: Die Kunst bestand darin, vierzig Mädels im Gleichtakt hopsen zu lassen. Um sie zu dirigieren, gebrauchten die Choreografen keine Namen, sie nannten sie »die Rote«, »langes Elend« oder »Adlernase«, so wusste jeder gleich, wer gemeint war. Nur die Solotänzerinnen hatten Namen. Das musste Henni auch erst lernen. Erst wurde sie »der Kerl« genannt, weil sie so wenig Oberweite hatte, aber sie fühlte sich nicht gemeint. »Na, du da, der Fingerspargel«, schrie Jimmy von der Empore herab.

»Henni heiß ich«, rief Henni zurück.

»Ist mir doch schnuppe«, rief Jimmy runter, »tanzen sollste, nicht heißen.«

»Außerdem heißt unsere Lotusblüte schon Henni«, erklärte ein Choreograf. »Lotusblüte« war eine Hauptrolle in der Geschichte, in der es um Sklavenhalter im Orient ging, deren Harem von deutschen Forschern befreit wurde.

»Dann heiß ich Henri«, entschied Henni, und das gefiel Jimmy dann so gut, dass er sie in ein Bild einteilte, in dem sie nur zu sechst waren und Albers oder Weinreich reihum auf dem Knie saßen, während Albers oder Weinreich sangen: »Kinder, Kinder, diese Inder haben keinerlei Moral.«

Die Szene probierten sie immer nur mit Thorsten Weinreich, weil Hans Albers noch auf Tournee war, und Thorsten Weinreich machte sich einen Spaß draus, die Mädchen in den Hintern zu kneifen, während sie auf seinem Knie rumrutschten. Natürlich durften sie kein Gesicht verziehen, was nicht allen Mädchen gelang, und dann kassierten sie einen Anpfiff. Nur Henni kniff Weinreich nie, und sie fragte sich schon, ob er etwas gegen sie hatte. Aber als Henni sich nach der Probe auf dem Weg zur Garderobe an ihm und Jimmy vorbeidrücken musste weil die im Flur noch etwas beredeten, sang Weinreich so leise, dass sie ihn leicht hätte überhören können: »Henri, Henri, und wie steht's um deine Moral?«

Das fand sie in dem Augenblick so frech, dass ihre ganze Schlagfertigkeit flöten ging und sie ihm nur ins Gesicht lachen konnte, und Weinreich lachte zurück und zeigte sein Gebiss, das ausgesprochen lose gestrickt war, aber er war auch schon einiges über sechzig. Und dann formten seine schön geschwungenen Lippen die Worte: »Acht Uhr«, diesmal ganz ohne Ton, damit Jimmy ihn nicht hörte.

Eilig zog Henni sich an, denn Milli wartete auf sie, und mit einem Fuß waren sie schon aus der Garderobe, als Milli fragte: »Haben mich vorher meine Kieker betrogen, oder hat Weinreich was zu dir gesagt?«

Henni lachte. »›Acht Uhr‹ hat er gesagt.« Sie wollte Milli weiterziehen, aber die hielt sie zurück. »Ja, spinnste? Da wartest du natürlich! Mensch, du hast es schon vom Tutti zur kleinen Nummer geschafft, du schaffst noch das Solo!« Ungefragt sprühte sie Henni mit Sheherazade voll, dann rannte sie einer Gruppe Mädels nach, die sich nach den Proben immer traf, um bei einer von ihnen zu kochen.

Es war schon fast acht, aber Henni dachte nicht daran, mit Thorsten Weinreich auszugehen. Als die Mädchen weg waren, fuhr sie allein in die Fasanenstraße, während sie Millis Parfum roch und immer mal wieder ein bisschen heulte, weil sie Milli so sehr vermisste und die plötzlich so fern und fremd war.

Auch Karl war nicht da, sondern bis Dreikönig mit seinem Schwippschwager auf Bäderfahrt. Deshalb holte sie nur eben den Chinchilla-Kragen und ging damit zu Emil Hefti, der gleich hinterm KaDeWe wohnte, damit er ihn für sie ins Regal zurücklegte. Und um ihm zu sagen, dass sie die Revue tanzte, und um ihn zu bitten, dass sie ihn trotzdem anrufen durfte, wenn sie nicht probte, damit er sie wieder mit Ruprecht auf Heimlieferung schickte, weil sie ja einen Kundenstamm zu pflegen hatte, was sie nur motorisiert tun konnte. Und um zu sehen, ob er überhaupt wieder aufgewacht war von Millis Tropfen und in welcher Verfassung, und um sich zu entschuldigen, dass sie ihn nicht abgeschleppt hatte. Vor allem aber ging sie, weil sie sich gerade so weggeworfen fühlte und darauf hoffte, dass Emil sie wieder hofierte, nur gerade so, dass nichts passierte, damit sie sich noch eine Weile besonders fühlen konnte, bevor sie ohne Milli in ihr kaltes Bett stieg.

Emil machte ihr auf, war aber ausgesprochen sonderbar. Er nannte sie wieder Fräulein Henni und nahm zwar den Chinchilla entgegen, schien sich aber sehr zu wundern, wie der zu ihr gekommen war, und Henni musste schnell eine Geschichte erfinden, von wegen versehentlich doppelt zur Hauslieferung eingepackt.

Emil schien ganz und gar vergessen zu haben, dass sie die Nacht im Kakadu verbracht hatten. Er fragte sie sogar: »Sind Sie auch gut gerutscht?«, und als sie zurückfragte: »Und Sie?«, seufzte er: »Ach, mit furchtbaren Kopfschmerzen. Ich liege seit Weihnachten mit Grippe im Bett.«

»Essen Sie Bohnen«, riet Henni und erntete endlich ein kleines Lächeln.

»Richtig, Ihre indischen Bohnen! Davon sollte ich tatsächlich noch ein Tütchen haben.«

Januar mit Pfirsich

Bei der zweiten Probe kniff Weinreich Henni noch immer nicht, wollte aber auch nicht mehr mit ihr ausgehen. Auch von den Mädchen lud keine sie ein, was Henni erst wunderte, weil viele linksgestrickt waren oder sogenannte Doppelverdiener und von nahem besehen nicht so hübsch, dass Henni dagegen abgefallen wäre. Milli fand sie alle »lasch wie ungesalzene Pfannkuchen« und nannte sie »olle Tippsen«. Erst mit der Zeit begriff Henni, dass Milli eifersüchtig über sie wachte und offenbar auch deshalb nach der Probe mit den anderen kochen gegangen war, um ihnen »den Tarif durchzugeben«.

Auch Henni passierte es, dass ihr eine den Tarif durchgab. Sie hieß Marie-Sophie von Leim, hatte rote Locken wie ein Clown und bildete das einzige Duo mit Cora Fabri. Außerdem war sie mit Henni in die Knierutschszene eingeteilt und hatte gemerkt, dass Weinreich Henni nicht kniff.

Sie sorgte dafür, dass sie sich auf dem Klo kreuzten, und erklärte: »Wenn du dir hier was rausnimmst, Kleene, biste dran.« Als Vorgeschmack strich sie Henni schon mal mit den Fingerknöcheln grob unter der Nase entlang. »Die großen Rollen im Stück sind vergeben, klar? Schießt eine quer, wird sie kreuzweise, und sowieso eine

Jüdin, ist das klar? Da helfen dir auch deine Kulleraugen nix.«

»Klar«, sagte Henni lässig, »und wenn ich wen ersetze, dann die Cora Fabri und nicht dich.« Trotzdem fror sie danach jedes Mal, wenn sie am Klo vorbeiging.

Das Stück wurde ein voller Erfolg. Die Leute tobten, und nach jeder Vorstellung bildeten sich vor dem Metropol Trauben von Männern, die alles Mögliche haben oder geben wollten. Natürlich wurde um Autogramme und Küsse und getragene Schlüpfer gebettelt, da gaben sie meist zur Antwort: »Wer trägt heut noch Schlüpfer?« Aber es gab auch solche, die wollten eine zum Film oder sonst groß rausbringen, oder sie gaben sich als Behörde aus und wollten in einer Nische ums Eck Papiere prüfen oder »den werten Gesundheitszustand«, dabei stand ihnen die Hose schon waagerecht.

Henni drückte sich immer schnell durch, und Milli meist auch. Doch wenn sie schlecht bei Kasse war oder vielleicht auch nur eine ihrer Launen hatte, konnte sie sich oben auf die Treppe stellen und rufen: »Wer mich ersteigert, mit dem gehe ich, das Mindestgebot ist soundso.« Und sie ging dann auch, ließ Henni einfach stehen oder sagte zu den Männern, die leer ausgegangen waren: »Die da kriegt ihr für die Hälfte.« So was tat sie, wenn sie der Meinung war, Henni hätte eine Strafe verdient. Und Strafen gab's für alles Mögliche: für Zuspätkommen, wenn sie verabredet waren, für eine falsche Antwort, fürs Nichtmerken, wenn Milli geknickt war und geknuddelt werden wollte, vor allem aber, wenn Milli fand, Henni hätte eine unnötig angefasst oder auch nur zu lange angesehen oder sich zu lange ansehen lassen.

Mit den Kerlen hätte Henni dagegen alles Mögliche anfangen dürfen. Doch wehe, sie kam einem Mädchen zu nahe. Zur Sicherheit nahm Milli Henni auch weiterhin nicht mit, wenn sie mit anderen aus der Truppe ausging, und tat sie es doch mal, ließ sie sie den ganzen Abend nicht los und quasselte pausenlos, nur damit Henni nicht zu Wort kam. Und sprach eine Henni direkt an, küsste Milli Henni auf den Mund, damit die nicht antworten konnte. Und bei alldem tat sie so, als wäre es ein Scherz, doch Henni konnte fühlen, wie Millis Hand klammerte und wie kalt sie war.

Umso süßer war Milli, wenn sie allein waren. Henni brauchte Milli nur anzulächeln, da schmolz sie dahin und weinte dicke Tränen, nur weil sie nicht fassen konnte, dass Henni sie mochte. Und lagen sie im Bett, wurde sie weich wie ein reifer Pfirsich, schmiegte sich an Henni und roch dazu noch so gut, dass auch Henni manchmal zum Heulen zumute war, weil sie daran dachte, mit wie wenig sie bisher zufrieden gewesen war und mit wie wenig die meisten Menschen zufrieden waren und wie anders die Welt doch wäre, dürften alle so liegen wie sie jetzt.

So ging der Januar vorbei, und Henni fiel erst auf, wie garstig und verregnet er gewesen war, als sie nach einer Vorführung in die Fasanenstraße kam und Karl als heulendes Elend in der Küche vorfand. Er war stockbetrunken und lallte: »Erst lässt Er es vier Wochen regnen, dann schickt Er noch mein Liebesleben baden.«

Vor allem aber begriff sie endlich, wer Karls Schwippschwager gewesen war. Ja, und wie unglücklich Karl jetzt sein musste.

Denn Walther Rathenau war an dem Tag überall *das* Thema gewesen. Die *Morgenpost* verschenkte zur Feier der historischen Stunde eine Sonderausgabe mit der Schlagzeile »Joseph Wirth wird Reichskanzler und Rathenau sein Außenminister«. Henni bekam keine mehr ab, doch Kantinenwirt Maurus, Kriegsinvalide mit nur einem Arm, gab Henni sein Exemplar weiter, dabei strahlte er und rief: »Wasn Glück für Deutschland!« So dachten alle im Metropol, zumindest hörte man nichts anderes. Denn Rathenau hatte bei einer internationalen Konferenz in Südfrankreich dafür gesorgt, dass die Reparationszahlungen gesenkt wurden, und dafür konnte man ihn nur lieben. Oder wie einer der Beleuchter sagte: »Ick bin ja keen Sozi, aber dit mussick ihm zujestehn, der Rathenau macht mir wieder stolz uff Deutschland.« Die ollen Tippsen hüpften vor Aufregung, als Marie-Sophie von Leim erklärte: »Dit is eben nochn richtiger Kerl, der zeigt der Welt, wos langgeht«, und als Cora Fabri noch eins drauflegte und rief: »Kinder, noch ist Deutschland nicht verloren!«, klatschten alle minutenlang Beifall. Außer Hans Albers, der saß seelenruhig im Lehnstuhl, stopfte seine Meerschaumpfeife und brummte: »Was sind vierzig klatschende Nackedeis gegen vier mit Messern?«

So dachte auch Karl. Als Henni ihm erzählte, wie sie gefeiert hatten und dass sogar die Vorstellung einen ganz neuen Schwung gehabt hatte, warf er erst die leere

Flasche Martell an die Wand, dann sah er Henni aus verheulten Augen an. »Weißt du, was sie im Sachsenkeller singen?«, fragte er und klang fast wieder nüchtern. »›Knallt ab den Walther Rathenau, die gottverdammte Judensau.‹ Und das werden sie tun, wenn nicht heute, dann morgen. Unser Deutschland, Henni, ist schon längst verloren. Und ihres will ich nicht erleben müssen.«

Das erste Mal seit Weihnachten kroch sie wieder bei Karl unter die Decke, trotzdem fröstelte sie die ganze Nacht.

Polarluft

In jener Nacht war aber auch das Wetter gekippt, der Wind blies steif aus Nordost, die Kälte löste den Regen ab, und zwei Tage später herrschten minus zwanzig Grad. Die Kohlmeisen in der Ulme vor Hennis Fenster fielen eine nach der anderen erfroren von ihrem Ast, auch viele alte Leutchen starben. Zehn Tage lang konnten sie die Revue nicht geben, weil das Metropol nicht warm zu kriegen war, und Jimmys Idee, immer nachmittags ein improvisiertes Karnevalsstück für die Schulen zu geben, damit die Kinder den Saal aufheizten, scheiterte daran, dass in den Schulen kältefrei war, auch dort fehlte es an Kohle. Karl verbrannte im Ofen seinen fast fertigen Roman, nicht aus Not, sondern weil seine Verzweiflung auch nicht nachließ, als er wieder nüchtern war. Und weil Ruprechts Wagen in der Kälte nicht mehr ansprang und Henni sonst nichts zu tun fand, half sie Mama Binneweis im Danziger Eck aus.

Die nämlich hatte alle Hände voll zu tun. Das Heizen und Kohleschleppen allein hätte sie schon ausgelastet, denn jedes Zimmer hatte einen eigenen Ofen, und alle waren belegt. Kam aber noch dazu, dass bei den Hanseaten die Grippe umging, sie musste also noch Essigwickel machen, Tee und Suppe kochen, nassgeschwitzte Bettwäsche auskochen und immer wieder mit Eilnachrichten auf die Hauptpost, weil am Halleschen Ufer ein Lastwagen ins Schleudern geraten war und den Telefonmast umgesäbelt hatte. Seither war das Telefon im Danziger Eck unterbrochen, und die Termine, die die Reeder krankheitsbedingt verpassten, versuchten sie per Telegramm zu regeln.

Natürlich hatte auch Ruth Binneweis die Grippe, aber das kümmerte sie nicht, außerdem war sie lieber im Wohnheim als zu Hause. Dort hatte Arthur Binneweis inzwischen Dietlinde einquartiert, damit sie nicht festfror in ihrem schlecht gezimmerten Häuschen, durch dessen Ritzen der Polarwind blies, und jetzt saßen Dietlinde und Arthur (immerhin angezogen, denn auch bei Binneweisens wurde es nur knapp über null) den lieben langen Tag am Küchentisch und blätterten in Katalogen für Saatgut. Für ein Heidengeld war es Arthur Binneweis nämlich über Beziehungen gelungen, einen der heftig umkämpften Freisonnland-Nackt-Schrebergärten zu ergattern. Dort wollte er sich künftig selbst versorgen, weil ihn bis in den Schlaf hinein der Gedanke quälte, dass er, wenn auch über Umwege, nur durch Ruths zweifelhaft erworbene Matjes- und Pökeldelikatessen seinen Vegetarianismus ausleben konnte. Das behauptete er jedenfalls. Ruth Binneweis dagegen erzählte, dass er nicht nur prächtig schlief, sondern dabei so laut schnarchte, dass Frida Winfried, die neue Nachbarin zwei Treppen höher, ihr schon eine Tube Zahnpasta gebracht hatte, damit sie sie ihrem Göttergatten bitte schön in die Nase drückte. Das sollte jedes Schnarchen im Keim ersticken. Denn Frida Winfried arbeitete als Gesundbeterin für verschiedene Filmgrößen und musste Tag für Tag als blühendes Leben erscheinen, sonst glaubte man nicht, dass sie ihr Handwerk verstand.

Die Polarkälte hatte aber auch ihr Gutes. Vor allem wurde viel mehr getrunken und gefeiert, Milli wurde fast jede Nacht im Kakadu gebraucht, und danach schlief sie immer gern bei Henni, weil Karls Wohnung so nah war. Und war sie auch meist müde und angetrunken und schlief sofort ein, so waren diese Stunden für Henni doch die schönsten, weshalb sie zusah, dass sie früh zu Bett kam und vorschlief, damit sie Milli möglichst wach genießen konnte.

20th Century

Dann ließ der Nordostwind endlich nach. Die Revue wurde wieder gespielt, und Henni freute sich wie ein Kind darauf, sich nach den Vorstellungen bei Milli unterzuhaken und mit ihr gemütlich nach Hause zu bummeln, um noch lange zu fläzen. Aber Milli fand es noch immer zu kalt (sie hatte auch keinen ordentlichen Mantel, nur ein zweitklassiges Cape aus Maulwurfspelz) und ging von der Friedrichstraße lieber »zu meinen Goldfischen«, wie sie ihre drei Wohngenossinnen nannte. Eine von ihnen hatte einen Patenonkel im Baugewerbe, daher durften sie seit zwei Jahren als Trockenwohner kostenlos wohnen. Dafür mussten sie alle Vierteljahr in einen anderen Neubau ziehen, jetzt gerade lebten sie ganz nah dem Metropol in der Nolle. Und wenn Henni dann vorschlug mitzukommen, wehrte Milli ab mit den Worten: »Nee, du, meine Goldfische denken sowieso schon, ich kenn sie nicht mehr. Wir müssen auch nicht *immer* zusammenglucken, du und ich.«

In Wahrheit gluckten sie überhaupt nie nicht mehr zusammen – und noch weniger, seit Karl versucht hatte, sich mit Veronal und zwei Flaschen schottischem Whisky umzubringen, die Walther aus London mitgebracht und ihm per Boten zum Geburtstag geschickt hatte. Henni hatte ihn nach der Vorstellung gefunden, auf dem Ku'damm eine Pferdedroschke herangewinkt und ihn zusammen mit dem Kutscher runtergeschleppt. Dann hatten sie ihn ins Wilmersdorfer Hospiz gebracht, damit man ihm den Magen leerte.

Am nächsten Morgen musste Henni im Danziger Eck aushelfen, und als sie zurück in die Wohnung kam, entdeckte sie Rosemarie in der Küche. Die werkelte da mit Schürze herum und fühlte sich offenbar wieder ganz zu Hause.

Offenbar hatte das Hospiz sich bei ihr gemeldet, denn als sie Henni bemerkte, sagte sie: »Wo du gerade im Mantel bist, komm mit und hilf mir, Karl nach Hause zu bringen. Er scheint außer Lebensgefahr und braucht jetzt Liebe und heiße Suppe.«

Schweigend fuhren sie nach Wilmersdorf. Dort packten sie den käseblassen Karl in eine Taxe und brachten ihn wieder nach Charlottenburg.

Nachdem er aufs schöne Teakholz-Kanapee gebettet und in Decken gehüllt war, sagte Rosemarie: »Henni, wo du gerade im Mantel bist, lauf doch eben rüber zur Apotheke und kauf ihm den Löwenzahntee«, eine Empfehlung vom Hospiz, und während Henni gelaufen war und den Tee geholt hatte, hatte Rosemarie Hennis Siebensachen ins Treppenhaus gestellt. »Damit du erst gar nicht abzulegen brauchst«, erklärte sie.

Henni schluckte, aber was sollte sie sagen, Rosemarie gehörte schließlich Karl ebenso wie die Wohnung. »Aber von ihm verabschieden darf ich mich?«

»Den lassen wir mal besser schlafen.« Rosemarie verstellte mit bedauerndem Lächeln die Wohnungstür.

»Und aufs Klo?«

Doch, aufs Klo durfte Henni noch, und dabei klaubte sie den Durchschlag des halben Romans aus dem Putzschrank und schob ihn unter den Mantel.

Danach hieß es »Tüdelü«.

Henni rief sich eine Droschke und brachte all ihren Krempel in die Schendelgasse, darunter viel Tauschware und ein paar Klamotten. Die Schachtel Pariser Haute Chaussure, Größe 39, fehlte, die hatte Rosemarie wohl behalten, und Henni war nicht in Laune, ein paar Schuhen hinterherzurennen.

Als sie am Abend zur Vorstellung ins Metropol kam und Milli die Sache erzählte, sagte die: »Dann kann ich nach dem Kakadu gar nicht mehr bei dir pennen?«

»Na, immer kannst du«, beteuerte Henni. »Ist nur jetzt ein bisschen weiter.«

Doch es war keine Frage von Milli gewesen, sondern bloß eine Feststellung.

Am nächsten spielfreien Abend ging Henni in den Kakadu, um Milli zurückzuholen. Die schüttelte unter viel Hallo ihren neuen Lieblingscocktail, den »20th Century«. Weil Milli kein Englisch konnte und sich nicht blamieren wollte, nannte sie ihn »Fahnen hoch!«, und wenn eine Gesellschaft ihn gekippt hatte, mussten alle Frauen den Rock heben. Wenn sie Lust dazu hatte, machte Milli mit.

»Was willst du denn hier?«, fragte sie, als Henni auftauchte. »Du siehst doch, ich hab zu tun.«

Henni versicherte schuldbewusst: »Ich lass dich auch, ich seh dir nur zu.«

»Heute ist lange Nacht, da wird durchgefeiert.«

»Macht nichts, ich kann dir ewig zusehen.«

Milli stöhnte und verdrehte die Augen. »Ich hab aber Besuch.«

Da entdeckte Henni erst, dass Cora Fabri an der Bar stand, Salem-Aleikum rauchte und sie beide beobachtete.

Sie schob den Hintern auf einen Barhocker, weil die Knie zitterten, und fragte: »Ist sie deinetwegen hier?«

»Frag sie doch«, schlug Milli vor. Und etwas netter schob sie nach: »Sie wohnt gleich um die Ecke. Der Kakadu ist ihre Stammkneipe.«

Henni wurde ein bisschen leichter. Sie sah zu, wie Milli ein paar Kunden abfertigte.

Dann stellte Milli ihr einen Klaren hin: »Käsig siehst du aus. Trink das, und dann geh nach Hause.«

Henni kippte den Klaren und freute sich, wie schön er heizte. Als sie das Glas wieder auf die Theke stellte, erschrak sie, weil plötzlich Cora Fabris Gesicht ganz nah an ihrem war. Neckisch blies Cora ihr Rauch in die Augen, hauchte: »Sind wir etwa zu dritt?«, und küsste sie hinters Ohr.

Das war das Letzte, was Henni mitbekam.

Der Judenstein

Als sie wieder aufwachte, lag sie steif gefroren zwischen Getränkekisten in einem finsteren Flur. Sie rappelte sich auf, tastete sich die Wände entlang und rüttelte an ein paar Türen, bis sie eine fand, die nicht abgeschlossen war. Dahinter lag ein Innenhof. Es roch nach Kohl mit Speckseiten. Da lässt es sich wer gut gehen, dachte sie. Durch die Hofausfahrt kam Henni auf die Augsburger raus und wankte zum Ku'damm, dort hievte sie sich auf einen Pferdeomnibus in Richtung Alex. Sie hatte fieses Kopfweh, und in den Ohren quietschte, toste und schrillte ein besoffenes Großorchester. Auch mit den Augen war was, die Welt wirkte garstig und kalt.

Immerhin, so schlimm wie zu Silvester den KaDeWe-Emil hatte es sie nicht erwischt, das war schon mal was: Sie erinnerte sich, dass Milli ihr einen ausgegeben und Cora angebändelt hatte und dass sie mittendrin weggekippt war. Nur was danach gewesen war, im Kakadu oder bei den Getränkekisten, blieb ein Rätsel. Dezent tastete sie sich untenrum ab, aber da schien alles heil zu sein.

Bei den Hackeschen Höfen stieg Henni aus und erschrak, weil einer ganz dicht an ihr vorbeikeuchte. Von hinten hätte es Ivan Ivancyk sein können, und gleich darauf wurde sie fast umgerannt, von ein paar Hakenkreuzlern, die dem Mann offenbar nachsetzten. Einer von denen, ein Mops mit Rotznase, drehte trotzdem um und kam zu ihr zurück.

»Biste etwa ooch eene?«, schnauzte er sie an. »Euch Bolschewiken gehts jetz nämlich an Kragen.« Doch bevor Henni antworten konnte, sah er sie an, als hätte sie was Ekliges im Gesicht, und rannte wieder den anderen nach.

Kuddls Schild stand nicht wie sonst auf dem Gehweg in der Rosenthaler, und im vierten Hof waren auch die Fahrräder nicht draußen. Weil in der Werkstatt aber ein Gaslicht brannte, ging sie hinein, um Herrn Bukofzer zu fragen, wo sein Gehilfe abgeblieben war.

Kuddl saß neben der Holzbank am Boden, vor ihm stand eine alte Blechbüchse, in der Späne brannten, darüber rieb er sich die Pranken warm.

»Milli hat mich abserviert«, erzählte sie ihm, »und rate, wie.«

Kuddl warf eine Handvoll Späne nach. »Milli? Kenn ich nicht.«

Henni setzte sich ganz vorsichtig neben ihn, gleich kochte ihr Bullerkopp wieder über. Mit zugekniffenen Augen wartete sie, bis er sich wieder beruhigt hatte.

»Doch, kennste. Die Kleene von Schulers. War meine große Liebe.«

Er schnaubte. »Seit wann denn das?«

»Seit Silvester.«

Er grinste müde und wiederholte: »Große Liebe, wa?« Henni lachte gegen ihren Willen mit, dann hielt sie sich jammernd die Schläfen.

Kuddl warf wieder Späne nach. »Rate du mal, für wen ich fahre. Krupkats Radfahrstallvorstand sieht nicht nur aus wie eine Horde Knastbrüder, es sind auch welche, und zwar von der schwersten Sorte: Raubmörder, Bankräuber, Erpresser. Das weiß ich seit gestern. Ich bin ihr Alibi. Auf der Rennbahn, wenn sie mich anfeuern, sprechen sie dabei ihre nächste Gaunerei ab. Fliegen sie auf, bin ich mit drin. Na, irgendwie passt das ja zu mir: Asche zu Asche, Dreck zu Dreck.«

Sie wusste gleich, worauf er anspielte. »Hand aufs Herz, Kuddl, hast du die beiden damals kaltgemacht?«

Er atmete tief durch. »Das werd ich nie überwinden. Obwohl es ja irgendwie Notwehr war. Sie hatten Papa auf der Abschussliste, Sebastian arbeitete auf dem Fernmeldeamt und hatte was rausgekriegt. Wäre es nicht Papa gewesen, sondern irgendeiner, hätte ich auch gesagt: Klarer Fall, Spitzel, weg mit dem. Nur werden solche wie er nicht einfach umgelegt, die werden erst gefoltert, man will ja alle kriegen. Und was hätte Papa wohl gesagt, wenn die ihm das Messer an die Kehle gehalten und gefragt hätten: ›Wie steht's um den Kuddl, ist der ein linientreuer Kommunist?‹ Na, was denkste?«

Henni schüttelte den Kopf. Das alles war so monströs, dass sie überhaupt nichts mehr denken konnte.

»Dann sag ich's dir. ›Der Kuddl kommunistisch?‹, hätte er gesagt, ›dass ich nicht lache. Er und Henni, die haben schon zu Kriegsbeginn harmlose Ausländer angeschwärzt und dafür gesorgt, dass sie deportiert wurden.‹« Er hielt Henni die Finger wie eine Pistole an die Schläfe. »Und peng.«

Henni war starr. »Der Katzenmann! Mensch, aber wir waren doch noch Kinder!«

»Ja und? Warum sollten wir jetzt besser sein? Weeßte, in Zeiten wie unsern wird nicht lange gefackelt. Ein, zwei Tote mehr, was soll's.« Dann tippte er vorsichtig an Hennis Hals. »Ist das da eigentlich Blut? Sieht übel aus.«

Ach, deshalb hatte der kleine Hakenkreuzler sich so erschreckt! Henni fasste auch hin, dann untersuchte sie ihre Finger. »Nur Lippenstift. Stell dir vor, Cora Fabri hat mich gestern abgeknutscht.«

Aber so was machte Kuddl keinen Eindruck mehr. Er hielt Hennis Hände fest und sah sie ganz eindringlich an. »Hör zu, Henni, das alles muss unbedingt unter uns bleiben, die Sache mit Krupkats Bande genauso wie das mit der kommunistischen Jugend, ist dir das klar. Ich bin schon mit einem Bein im Knast.«

»Ich schweige wie ein Grab. Aber du kannst dich doch nicht für den Rest deines Lebens hier verkriechen?«

»Ich verkrieche mich doch nicht.« Er zeigte rüber zum Fenster, eine Scheibe war eingeschlagen und notdürftig mit Brettern vernagelt. »Ich bewache.«

Sie grinste. »Du bewachst den Laden wegen einer eingeschlagenen Scheibe?«

Statt zu antworten, langte Kuddl nach oben, nahm einen faustgroßen Stein von der Hobelbank und legte ihn ihr in die Hand. Darauf stand mit roter Fettkreide »Juden«, auf die andere Seite war ein Hakenkreuz gemalt.

»Geschmiert haben die auch damals bei den Klumpatschs, aber nüscht kaputt jemacht«, sagte Henni. »Das war unter Herbert, der kann es aber jetzt nicht gewesen sein, der sitzt. Außerdem denkt er jetzt anders. Hat das mit Krupkats Ganoven zu tun?«

»Mensch, du sollst schweigen«, fuhr Kuddl sie an. Dann schüttelte er den Kopf. »Das sind Unpolitische.«

»Geht es gegen deinen Herrn Bukofzer? Wo ist er eigentlich?«

Kuddl zeigte hoch. »Im Bett geblieben. Er traut sich nicht mehr runter.«

»Die Hakenkreuzler sind nicht schlimm, mit denen kann man reden.«

»Henni, du hast da was verpasst«, sagte er in einem Ton, als wäre sie ein Kind, »das sind nicht mehr nur einer oder zwei, die hier die Scheiben zerdeppern, und es geht auch nicht mehr nur gegen einen, gegen Bukofzer oder gegen mich. Die Hakenkreuzler, die organisieren sich jetzt. Die haben Stoßtrupps und versammeln sich. Die sind ne Macht. Und ihr Kampf geht gegen alle Juden.«

»Warum ausgerechnet gegen Juden?«, fragte Henni. »Warum nicht gegen die Amis oder die Franzosen? Die haben uns doch im Krieg verkloppt.«

»Wegen Rathenau, weil der jetzt Außenminister ist.«

»Aber der ist doch gut für Deutschland!«

»Ja, und geht es Deutschland gut, braucht es keine Hakenkreuzler. Die wollen keinen Frieden, Henni, die wollen wieder Krieg, die kriegen die Mütze nicht voll. Und darum lügen sie zusammen, dass Rathenau in Wahrheit Bolschewist ist und drauf und dran, Deutschland an die Russen zu verscherbeln.«

»Tut er das?«

»Keine Ahnung. Wenn die so was kaufen, sind sie selber schuld.«

Sie lachten beide, danach wimmerte Henni wieder und rieb sich stöhnend das Gesicht.

»Wer sind diese Bolschewiken überhaupt?«, fragte sie schließlich.

»Die Malocher, die in Russland Revolution gemacht haben. Das zeigt, wie absurd das Ganze ist. Rathenau ist weder russisch nochn Malocher, der hat studiert und parkt den Arsch auf Schloss Freienwalde. Aber Jude, dit isser. Und also trichtern sie den Deutschen ein, dass alle Juden Bolschewisten sind.«

»Du sagst ›den Deutschen‹, als wären wir etwa keine«, wehrte Henni sich. »Und mir trichtert keena janüscht ein.« Sie fand das alles noch irgendwie spaßig.

Aber Kuddl sagte sehr ernst: »Frag mal Papa, ob Mama, du und ich noch Deutsche sind.«

Das fand sie gar nicht schön. »Kuddl, mach Papa

nicht immer mies. Er mag diese Arier-Macke haben, aber er ist doch auch ein Familienmensch und liebt uns schließlich.«

»Halt die Klappe!«, brüllte Kuddl völlig unerwartet, für einen Moment sah er aus, als wollte er dreinschlagen. »Henni, will dir das alles nicht in den Schädel? Mensch, schönreden geht nicht mehr!«

»Nee, das will mir da wohl nicht rein«, gab sie ihm recht.

Danach hatten sie sich nichts mehr zu sagen. Sie trank ihm noch die lauwarme Plörre weg, die er Kaffee nannte und die in einem abgestoßenen Becher auf der Hobelbank gestanden hatte, dann verließ sie die Werkstatt und wollte in die Schendelgasse, um sich dort wieder fröhlich zu schlafen.

Hoch hinaus

Das Tosen in Hennis Ohren hatte nachgelassen, dafür wuchs der Schwindel. Auf dem Weg durchs Scheunenviertel waberte unter ihr alles, sie torkelte wie ein Matrose auf Landgang. Damit sie das nicht verrückt machte, summte sie vor sich hin, »Nicht wahr, hier ist's wie im Zauberreich«, den Operettenschlager, den Hinz und Kunz in jenem Winter sang.

Bis zur Schendelgasse gab es immer wieder Krach und Geschrei. Einmal hörte sie, wie tüchtig Glas zu Bruch ging, eine Schaufensterscheibe wohl, es herrschte auch viel Gerenne. Henni schob das alles auf Millis Tropfen, und je lauter es in den Gassen wurde, desto beherzter sang sie dagegen an.

Als sie in die Schendelgasse einbog, roch es verqualmt. »Da muss einer mit Heizen nicht geizen«, sagte sie sich, bevor sie entdeckte, dass es brannte – und ausgerechnet in ihrem Haus, unten bei Ivancyks. Und an die Fassade hatte jemand »Ostjuden« und »Judensau« geschrieben.

Das konnte Henni nicht mehr auf Millis Tropfen schieben. Karls Angst um Walther fiel ihr ein, und glasklar hörte sie wieder sein Lied vom Halensee:

Die Guten müssen sich opfern,
damit das Gute überlebt.
Die Schlechten wieder kann man nicht lieben.
So schuften wir sieben Tage von sieben,
Während über uns ein bitteres Ende schwebt.

»Krallen die sich auch Walther«, dachte sie, »und bringt Karl sich um, dann bleibt von diesen zwei schönen Menschen nur noch Karls Roman. Oder jedenfalls die Durchschläge von der Hälfte, die ich oben unter der Diele habe.«

Ohne weiter zu überlegen, rannte sie hoch, um zu retten, was zu retten war. Bei Ivancyks stand die Tür offen, es loderte tüchtig, allerdings nur zur guten Stube hin, nicht vorn im Flur, deshalb kam sie problemlos hoch. Auch sonst standen alle Wohnungstüren offen, da war also niemand mehr.

Henni eilte in ihre Wohnung, nahm die Durchschläge unter der losen Diele hervor und schob sie unter den

Rockbund. Dann knöpfte sie den Mantel darüber gut zu und wollte zurück auf die Straße.

Doch inzwischen war das Treppenhaus derart verqualmt, dass sie kehrtmachen musste, die Dachleiter runterzog, die Luke aufstieß und raus aufs Dach kletterte. Dann schlug sie die Klappe wieder zu.

Es war so ein typisches Berliner Dach: auf der Seite eine fast senkrechte Schräge mit Dachziegeln, die richtig was hermachten, und in der Mitte ein Flachdach aus so was wie Pappe, auf dem im Sommer Gras wuchs. Jetzt war aber alles nur Matsch, Henni sah aufgeweichte Kippen und eine leere Josetti-Schachtel. Der Gewohnheit folgend sah sie nach, es war wieder keine Mata Hari drin.

Sie hatte sich ausgemalt, von hier auf das Dach eines Nachbarhauses und dort durchs Treppenhaus wieder runterzukommen, aber leider ging das nicht, weil beide Nebenhäuser höher waren, das eine zudem mit Abstand gebaut, das andere nur eine nackte Mauer ohne Fenster oder Simse, an denen sie hätte hochklettern können.

Im Schatten der Mauer lag auch noch Schnee, es war ja gerade erst haarscharf März. Trotzdem roch es hier oben schon nach Kastanienbäumen, und der Wind war frisch und sauber.

Henni trat vorsichtig zur Dachkante und sah auf die Schendelgasse hinunter. Dort war einiges Volk versammelt. Sie erkannte Rosa Ivancyk an ihrer prallen Schürze, Victor Hosentreter an der knallroten Kippa, die ihm immer von der altersfleckigen Glatze rutschte. Auch aus den Nebenhäusern waren Leute da, dazu ein paar Fremde, zwei Schupos und ein Trupp Hakenkreuzler mit Fahne, so fünf oder sechs Mann. Immer mal wieder lief jemand dazu, fragte was und schaute dann auch. Sie alle standen einträchtig nebeneinander und glotzten, Rosa Ivancyk trocknete hin und wieder mit dem Schürzenzipfel die Augen aus.

Henni wollte gerade rufen, ob denn schon jemand die Feuerwehr verständigt habe, als einer der Hakenkreuzler die Mütze abnahm. Erst sah sie nur einen Blondschopf mit Pausbacken, aber als sie »Engelbrecht« schrie und winkte, sah er wie alle hoch, zuckte dann zusammen und blickte sich um, als hoffte er, da wäre ein zweiter mit dem Namen.

»Menschenskind, Engelbrecht!«, rief sie nochmals.

»Henni, bist du das? Was soll der Quark, komm mal schleunig da runter.«

»Du bist gut, und wie? Drinnen brennt's, rechts und links sind nur Wände, und fliegen kann ich nun mal nicht. Was trägst denn du da für Klamotten? Und was sagt deine Mama dazu? Oder ist das jetzt wieder Klumpatsch?«

Seine Stimme kiekste, als er schrie: »Lass meine Mama aus dem Spiel, ja?«

»Versprochen. Und du ruf mal die Feuerwehr!«

Aber Engelbrecht wechselte nur nervös von einem Bein aufs andere und rührte sich sonst nicht.

»Sag bloß, du warst das mit dem Feuer!«

»Und wenn. Was tust du überhaupt da oben?«

»Na, ich wohne nun mal hier.«

»Du, bei den Ostjuden? Weißt du denn nichts von der jüdischen Weltverschwörung?«

»Nee«, gab sie zu. »Aber bevor du mich aufklärst, sei so lieb und ruf die Feuerwehr.«

Eben da kam aus der Grenadierstraße ein Löschwagen, der allerdings an der Biegung stehen blieb, weil die Leiter zu lang und die Straßenlaterne im Weg war. Die Feuerwehrleute kurbelten die Leiter hoch.

»Sag denen, dass es eilt«, rief Henni. Doch Engelbrecht hörte ihr nicht mehr zu, sondern besprach sich mit einem der Schupos, worauf der Schupo zum Löschwagen trabte und sich seinerseits mit dem Fahrer besprach.

Der stieg aus, machte es sich auf dem Kotflügel bequem, und während zwei Feuerwehrmänner einen Schlauch ausrollten, schnackte er weiter mit dem Schupo.

»Engelbrecht, was treiben die?«, schrie sie, denn inzwischen begann der Matsch zu dampfen, und das Feuer prasselte immer lauter. Deshalb verstand sie auch nicht, was Engelbrecht zurückrief.

»Ich hör dich nicht mehr, hier oben ist zu viel Krach.«

Engelbrecht rannte jetzt selber zum Löschwagen und borgte sich eine Flüstertüte, dann kam er zurück und rief: »Sie spritzen die anderen Häuser ab, damit die nicht auch noch Feuer fangen. Den Brand zu löschen, wird zu gefährlich, es könnte dabei einer draufgehen.«

»Machste Witze? Und ich, ich geh nicht drauf?«

»Ich hab ihnen gesagt, du bist Deutsche, aber sie glauben mir nicht. Mensch, Henni, das hätte nicht so ausgehen müssen. Hättest du mich genommen, könnte ich dir jetzt beistehen. Hier an meiner Seite wäre dein Platz. Ich hab dich richtig doll geliebt, weißte.«

Sie lachte und rief: »Ach, Engelbrecht, du lernst deiner Lebtag keine Frau richtig beurteilen.«

Das war Henni so rausgerutscht, und während sie noch in Durieux'scher Manier die letzten Silben zerdehnte, bis die Unendlichkeit spürbar wurde, begriff Henni, dass gerade, jetzt und hier, ihr großer Auftritt war, auf den sie so lange hingefiebert hatte. Dass die da unten keine Gaffer waren, sondern ihr geliebtes, hochverehrtes Publikum. Das hatte sie von Fisling gelernt: »Jedes Publikum ist das beste der Welt, egal, ob sie quatschen, pfeifen oder faule Eier schmeißen.« Und sie spielte vor vollem Saal – zumindest sah es durch den Rauch und das Flirren der Hitze hindurch so aus. Die Schendelgasse war inzwischen gerammelt voll, wie die Kinder standen sie Kopf an Kopf, pressten Wange an Wange und sahen staunend zu ihr auf.

Das gab ganz neuen Schub. »Ja, Deutsche bin ich«, rief sie durch die Flammen, die nun schon aus den Fenstern hochschlugen. »Eine gute deutsche Jüdin.«

Engelbrechts Stimme kiekste wieder. Im Lärm der Flammen verstand sie nicht mehr alles, aber so was wie: »Unsinn, du bist arisch«, war dabei und: »Dein Papa ist doch auch bei uns.«

Letzteres musste sie erst mal verdauen. Dann rief sie, wie Granach mit rollendem R: »Arisch, Engelbrecht, bin ich gerade mal zur Hälfte. Die bessere Hälfte ist jüdisch. Und ich sag dir was, auf die arische pfeif ich, seit heute bin ich lieber nur Jüdin. Ich, Engelbrecht, ich bin auf meine Mama nämlich stolz. Aber Deutsche bleib ich trotzdem, mein Deutschland lass ich mir nicht nehmen.«

Der Qualm war jetzt so dicht, dass sie nur noch in die Gasse hinabsah, wenn ein Windstoß kurz die Schwaden verwehte. Dazu donnerte das Feuer, dass es klang wie im Sommer bei Karl in der Badewanne, wenn sie den Hahn voll aufgedreht hatte und abgetaucht war. Das wär ja jetzt herrlich. Sie sah, dass Leute von unten hochriefen, aber nur Kuddls Stimme drang durch, der »Henni!« brüllend angerannt kam und sich durch die Menge boxte. Dann verschwand er auch gleich wieder, entweder hatten sie ihn niedergeknüppelt, oder er hatte sich durchgekämpft und war jetzt in einem Nachbarhaus.

Aber der Vorhang war noch nicht gefallen. Engelbrecht meldete sich wieder: »Du stellst dich zu den Verlierern, Henni. Wir machen Berlin jetzt nämlich judenrein.«

Kurz blieb Henni die Spucke weg, dann rettete sie noch mal die Durieux. »›So muss ich dich eben verlassen, Heinrich‹«, zitierte sie. »Aber weißt du, Engelbrecht, so viele dumme Leute kann es gar nicht geben. Sind wir Juden nämlich erst weg, Engelbrecht, wird dein schönes Berlin so kalt und leer und mopsig sein wie dein Bett, wenn deine Herzliebste dich verlassen hat. Du wirst heulen, dass dir die Augen aus dem Kopf fallen. Und wer wird dich trösten?«

Im nächsten Augenblick sprengte hinter ihr der Deckel zur Dachluke auf. Sie dachte kurz, dass Kuddl kam, aber es schossen nur Flammen heraus, und die Hitze traf sie mit einer Wucht, als wäre sie in eine Wand gerannt. Blind kroch sie zur schattigen Seite hin und tastete nach letzten Resten Schnee, um sich damit abzureiben. Dabei fühlte sie auch, dass sie keine Haare mehr hatte. Dann quetschte sie sich mit angezogenen Knien an die Mauer, dort bekam sie am ehesten noch eine Husche Löschwasser ab. Wenn Kuddl sie retten wollte, musste er sich langsam beeilen.

Während sie wartete, ließ sie ihr Solo nochmals Revue passieren. Im Großen und Ganzen war sie zufrieden. Sie wünschte sich nur, der Feuerwehrmann von der Hasenheide damals hätte sie sehen können – andererseits hätte er sie bestimmt vorher gerettet und ihr damit alles vermasselt.

Inzwischen hatte es mehrmals gekracht, dann erzitterte alles. Als ein erster Teil des Dachs einstürzte, riss sie die Augen nochmals auf. Gerade flog die brennende Josetti-Schachtel wie eine Taube auf und verschwand himmelwärts, und Henni fragte sich, ob sie es wohl auch eines Tages auf ein Zigarettenbildchen schaffte.

Dann trat sie ab.

Tim Krohn

Tim Krohn, 1965 in Nordrhein-Westfalen geboren, lebt mit seiner Frau und vier Kindern in der Schweiz, im kleinen Bündner Bergtal Val Müstair. Er veröffentlichte zahlreiche Romane und Erzählungen, zuletzt 2018 *Der See der Seelen* und *Julia Sommer sät aus*. Unter dem Pseudonym Gian Maria Calonder schreibt er außerdem Krimis, die im Engadin spielen und in der Schweiz fast ununterbrochen auf der Bestsellerliste stehen. Mit Berlin verbindet den Autor viel, unter anderem hat er zur Zeit des Mauerfalls als Student dort gelebt und gehörte 1993 zu den Gewinnern des ersten Open Mike. Sein Wenderoman *Dreigroschenkabinett* feierte an der Berliner Volksbühne Premiere, und weite Teile seines Kultromans *Vrenelis Gärtli* wurden in Berlin verfasst. Mit dem Roman *Die heilige Henni der Hinterhöfe*, an dem er über zehn Jahre lang gearbeitet hat, kehrt er literarisch in seine zweite Heimat zurück.